歡笑國度

THE LAND OF LAUGHS

Jonathan Carroll
強納森・卡洛
章晉唯 譯

獻給茱恩，妳是《新面孔》中最棒的演員

也獻給貝芙莉，一切的王后

「生活要像布爾喬亞規律又死板，作品才能暴力又新奇。」

——福樓拜

《歡笑國度》媒體好評

遇到困難時，如果你相信自己最愛的書會是個避難所，這本《歡笑國度》正適合你！——當代奇幻大師尼爾・蓋曼（Neil Gaiman）

卡洛那些引人入勝、不可思議的小說，就如同奧斯卡最佳導演法蘭克・卡普拉（Frank Capra）的電影，一幕幕地揭開菲利普・狄克（Philip K. Dick）和阿根廷作家科塔薩（Julio Cortázar）的故事結構核心。——小說家強納森・列瑟（Jonathan Lethem），《布魯克林孤兒》作者

卡洛即將成為受人熱烈追捧膜拜的偶像。——美國暢銷小說家派特・康洛伊（Pat Conroy）

卡洛的作品相當與眾不同。當你開始閱讀他的小說時，你的每一個直覺都會引導你到一個錯誤的方向——反正啊，他的小說遲早會把你的腦筋搞糊塗，並且讓你喘不過氣。」——美國恐怖小說家彼得・史超（Peter Straub）

我超愛卡洛的小說。它的故事像是可愛的羅威納小狗，令人感到驚喜和愉悅，同時也會反咬你一口。——美國作家奧黛麗・尼芬格（Audrey Niffenegger），《時空旅人之妻》作者

我羨慕那些還沒看過性感迷人、詭異、令人上癮的卡洛小說的人。這本故事猶如一道美味的佳餚，但內餡有著惡魔般的詭計。——《華盛頓郵報》

獻給所有曾經珍視某位作家及其作品的人。如果你曾經著了魔想透過手中的鏡子或其他可以穿越時空的方式，去到《魔戒》的中土世界或是《綠野仙蹤》的奧茲國，你將會非常喜愛這本書。——《洛杉磯時報》

卡洛非常擅長整合富有情感的現實主義與不同程度的奇幻點子。沒有作家跟卡洛一樣，他的小說能夠帶給讀者最難得的閱讀體驗：貨真價實的驚喜、充滿想像力，輕易改變你看待世界的角度。他的小說關鍵特點是，你會在故事中體驗到強烈的同理心。——《國家郵報》

我很少讀到能如此優雅地融合荒誕古怪和令人發寒的書。——知名編輯絲隆（Michelle Slung），《美國國家公共廣播電臺》

讓人欲罷不能、讀到半夜……這個故事的力量精準地達成它的目的。——《克利夫蘭誠懇家日報》

第一部

一

「聽著，湯瑪士，我知道你可能被問過無數次，但那到底是什麼感覺？身為史蒂芬・艾比的——」

「兒子？」啊，又是這個已經被問過八百遍的老問題。我最近才跟母親抱怨，我的名字根本不叫湯瑪士・艾比，應該叫史蒂芬・艾比的兒子。我嘆口氣，撥弄盤中剩下的起司蛋糕。「很難說。我只記得他非常好相處、非常照顧我們。不過這搞不好是因為他每天都嗑到茫的關係。」

母親聽到這句話，眼睛都亮了。我幾乎聽得到她腦中尖銳的小輪子轉動起來，發出咔啦咔啦的聲音。所以他**真的**有嗑藥！而且他兒子還親口證實。她掩飾著內心的喜悅，擺出一副「我懂你」的表情，給我臺階下。

「我想我跟大家一樣，我們讀了許多關於他的事，但我們永遠不知道文章說的是不是真的，你懂我的意思嗎？」

我不想再多談了。「關於他的傳聞，可能大部分都是真的。至少我聽到的或讀到的都是。」幸好這時剛好有個女服務生經過，於是我藉機瞎忙一陣。我跟她要來帳單，查看明細，然後結帳離開。總之，只要能停止這話題就好。

我們到了外頭，空氣依舊感覺得到十二月的寒氣，還瀰漫著一股化學物質的氣味，聞起來像煉油廠，或像一堂專門研究臭味的十年級化學課。她伸手勾住我。我望向她，微微一笑。她長得很漂亮，有一頭紅色短髮，一雙綠色眼睛總是睜得大大的，彷彿看到任何事物都能讓她覺得驚喜，而且還有一副玲瓏有致的身材。我忍不住笑了出來，因為這是當天晚上我第一次因為跟她在一起而覺得開心。

從餐廳到學校的路上大約兩公里，她堅持要步行來回。她說走去餐廳能讓胃口變好，走回學校能幫助消化。我問她是不是都自己劈柴，結果她嘴角連勾都沒勾。我想是我的幽默一般人不懂。

等我們回到學校，我們已聊得十分熱絡。她沒再多問我爸的事，都在聊她一個同志叔叔在佛羅里達州的趣事。

我們走到創始人堂，那是一棟新納粹主義建築，我故意讓我們兩個停在地面的校徽上。她注意到時手臂將我拉得更緊，於是，我想不如這時開口吧。

「妳想看我的面具嗎？」

她咯咯笑了，笑聲聽起來就像水流入排水孔的聲音。接著她朝我搖搖手指，像在說「不不不，你這調皮鬼！」。

「你其實是想帶我去開房間，對吧？」

我原本希望她是個仙女，結果她像噁心的貝蒂娃娃賣弄性感，打破了我幻想的氣球。一次就好，女人為何不能維持那股仙氣呢？不要拋媚眼、不要性解放、不要腦袋空空……

「不是，我是說真的，我在蒐集面具，然後——」

她又勾緊我手臂，打斷我揮舞的手。

「我只是在開玩笑，湯瑪士。我真的很想看。」

新英格蘭所有私立學校都很吝嗇，他們給老師的公寓都爛透了，尤其是單身的老師。我的公寓有一條狹窄的走廊，裡頭有一間書房，書房的牆面曾漆上黃漆，但現在已面目全非。公寓裡還有一間老舊破爛的廚房，我從沒想過要在這下廚，因為修繕費得全部自己出。

但我花了點錢買一加侖的頂級家用油漆，讓掛面具的那面牆至少能保有點尊嚴。

大門一打開面對的是室內走廊，這樣她不會一進門就被面具嚇跑。我很緊張，但又好期待看到她的反應。她一路勾搭依偎，輕柔軟語，不久我們就轉進了我的客廳兼臥室。

「喔，**我的天啊！**這是……？你去哪找來……？」她話都說不出來了。她走上前，嘴裡小口呼著氣，仔細打量。「你去哪找到……呃，這位先生？」

「奧地利。很驚人吧？」這個農夫魯迪的面具表面棕黑，呈現出陽光曝曬後的古銅色，雕工美麗大氣，彷彿雕塑家隨意揮灑，強調出它粗獷、酒醉又胖嘟嘟的臉。而且它閃現著光澤，因為今早我才為它試塗了新的亞麻籽油，現在還沒乾。

「但這……這好像真人一樣。他在發光！」

那一刻，我的期待不斷升高再升高。她有沒有覺得肅然起敬？如果有，我會原諒她。沒多少人會對面具產生敬畏。懂得敬畏的人，在我心中會加非常多分。

她繼續向前靠，我不介意她伸手去碰。我甚至喜歡她的選擇——她碰了水牛、丑角和**坎卜斯**[1]的面具。

「我從大學時期開始買面具。父親過世留給我一筆錢，於是我去了歐洲一趟。」我走到侯爵夫人面具前，溫柔碰著她桃粉色的下巴。「這個是侯爵夫人，我在馬德里小巷子裡的一家小店看到她。她是我買的第一個面具。」

侯爵夫人頭上插著玳瑁髮梳，有著一口雪白巨大的牙齒。她這樣對著我笑已經將近八個年頭。我親愛的侯爵夫人啊。

「那，這又是什麼？」

1 坎卜斯出自阿爾卑斯山的民間故事，是個頭上長著羊角的惡魔，會在聖誕節時，懲罰不聽話的小孩。

「那是約翰·濟慈[2]的死亡面具。」

「死亡面具？」

「對。名人過世時，他們有時會先替他做臉模，再將他埋葬。接著他們會用臉模複製……」

她看著我，好像我是查爾斯·曼森[3]似的，我便不再說了。

「可是這些面具**好詭異！**房間裡有這些東西，你怎麼睡得著？你不會怕嗎？」

「親愛的，妳比這些面具更可怕。」

就這樣。五分鐘之後，她離開了，而我繼續幫其他的面具上亞麻籽油。

2 約翰·濟慈（John Keats, 17951821），英國詩人，詩作體現西方浪漫主義詩歌精神。

3 查爾斯·曼森（Charles Manson, 1934-2017），美國罪犯和邪教「曼森家族」領袖。他成為精神錯亂和暴力的象徵。

二

我父親以前拍完電影都會說，他這輩子絕對不要再拍片了，但那就像他過去曾說過的話，都只是屁話罷了。因為休息幾週之後，只要他的經紀人為他談妥條件豐厚的合約，他就會第四十三次光榮重返聚光燈下。

教了四年書，我也和他說著同樣的屁話。這些年，我改了無數作業、開了無數教職員會議，還長年擔任九年級校內籃球教練，我真的受夠了。我繼承的遺產足夠我隨心所欲做任何事，但說實話，如今我反而不知道自己要做什麼。更正：我確實知道自己想幹嘛，但那只是痴人說夢。畢竟我不是作家，也不知道怎麼做研究，我甚至連那個人的作品都沒讀完，何況他的作品數量也稱不上多。

我的夢想是寫馬歇爾．法蘭斯的傳記，他是世界上最偉大的兒童文學作家，他為人神祕，創意驚人，這三十年來，要不是《歡笑國度》和《星之池》等書，我早就失去理智。

那是我父親這輩子為我做的唯一一件好事。在我九歲的生日這重大的日子裡，我爸送給我三樣禮物。首先是一臺具備著真實引擎的紅色小車，那臺車我第一眼就討厭。接著是一個簽名棒球，上頭寫著「你爸的忠實粉絲米奇．曼托[4]」。我很確定最後一個禮物是後來才補上的，那是一本謝佛．蘭伯版的《歡笑國度》，插畫家是梵．沃特。這本書我珍惜至今。

我知道父親會希望我坐到他送的那臺車裡，於是我坐上車，第一次從頭到尾讀完那本書。結果一年之後，我還是不肯放下那本書，母親便威脅要打給一分鐘收費一百美金的心理分析師金特納醫生，跟他說我不「合作」。但那時我維持一貫的態度，絲毫不理她，繼續翻我的書。

「若能看到別人看不到的光輝，那雙眼就能照亮《歡笑國度》。」

我期望世上所有人都知道這句話。我用半說半唱的方式，反覆悄聲對自己吟誦，就像小孩子獨自玩得開心時會低聲自言自語一樣。

有的小孩晚上因為會怕魔鬼或怪物，需要抱著粉紅小馬或小狗布偶，我都不需要，於是我母親最後終於讓步，讓我隨身帶著這本書。因為我不曾要她唸給我聽，我想這點肯定讓她很受傷。但那時我覺得《歡笑國度》是屬於我的，我甚至不願意和其他人分享觀點。

我偷偷寫信給法蘭斯，這是我這輩子唯一寫的一封粉絲信，他回信時，我欣喜若狂。

4 米奇．曼托（Mickey Mantle, 1931-1995）是美國職棒明星球員，效力於紐約洋基隊，贏得三座美聯ＭＶＰ，入選十六次明星賽，且擁有七枚世界大賽冠軍戒指，廣受所有人愛戴。

親愛的湯瑪士，
照亮歡笑國度的眼睛看到你了，
他們眨眼表達感謝。

你的朋友，
馬歇爾．法蘭斯

我到私立學校時將這封信裱框，我需要找回一絲理智時，依然會看那封信。那是封手寫信，字跡呈斜體，字母大都沒有相連，筆跡像蛛腳一樣延伸，Y和G都在信紙線下拉得老長。信封上蓋著密蘇里州加倫的郵戳，法蘭斯大半生都住在那裡。

我知道一些關於他的小事，因為我之前忍不住當了小偵探，四處調查一下。他四十四歲心臟病身亡，曾結過婚，有個女兒叫安娜。他討厭宣傳和關注，自從他的書《青狗的悲傷》大獲成功，他可以說是從地球上消失了。某篇雜誌的專文裡，附上一張他加倫房子的照片。那是一棟維多利亞式的房子，巨大宏偉，踞立在美國中部平凡無奇的小街上。我每次看到那種房子，都會想起父親拍的一部電影，電影中一名男人從戰場倖存下來，回家之後卻死於癌症。因為戲都發生在客廳和門廊，我父親便將電影取名為《癌症之屋》。這讓他大賺一筆，還再次獲得奧斯卡獎提名。

二月到了，我一直覺得那是最適合自殺的一個月，當時我在教一堂愛倫坡[5]的課，教著教著我便下定決心，最好在今年秋天請個長假，以免我腦袋出亂子。有個學生叫大衛・貝爾，他就是那種常見的蠢學生，他那堂課要跟全班介紹《亞瑟家的沒落》。他站到臺上，說了這段話：「《亞瑟家的沒落》，作者是埃德加・愛倫坡，主角嗜酒如命，娶了表妹為妻。」這幾句話是我幾天前為了激起學生好奇心說的。他繼續說：「……娶了表妹為妻。這個家族，或我是指這個故事，是關於亞瑟家族……」

「沒落了？」我冒著劇透的風險提示他，大家都還沒讀過這故事。

「對，沒落了。」

是時候離開這裡了。

葛蘭瑟姆通知我，請假通過了。他身上都是咖啡和臭屁的氣味，一如往常伸手摟住我肩膀，將我推向門口，問我這「小假期」要幹嘛。

「我想寫一本書。」我不敢看他，若有個像我一樣的人，跟我說他要寫書，我怕自己也會露出同樣的表情。

「太好了，湯瑪士！大概是你爸的傳記吧？」他手指放在嘴唇上，故作神祕向兩邊望，

5 埃德加・愛倫坡（Edgar Allan Poe, 1809-1849）是美國浪漫主義作家，詩作和短篇小說以懸疑、驚悚和黑暗風格為名。

好像隔牆有耳似的。「別擔心。我誰都不會說，我保證。這年頭傳記都講求真實，都是內幕真相什麼的。但別忘記，寫完之後送我本簽名書。」

真的是時候離開了。

冬季學期轉眼過去，復活節假期來得太快。過節期間，我好幾次想打消這念頭，畢竟我不知道怎麼寫書，更別說要寫完，我對這一切一知半解，怎麼可能直接就把頭洗下去。但學校已請了代課老師。為了這趟加倫之行，我還買了臺旅行車。可想而知，學生也沒人依依不捨拉著我衣擺。無論如何，我覺得遠離大衛．貝爾和臭屁葛蘭瑟姆這類人，對我是有好處的。

這時奇怪的事情發生了。

有天下午，我在逛販賣稀有書籍的書店，看到特價桌上有本愛列莎版本的法蘭斯的《桃影》，書中附原版梵．沃特的插圖。這本書莫名絕版好幾年，我從來沒見過。

我跌跌撞撞來到桌邊，利用褲子將雙手擦乾淨，恭敬拿起書。我注意到書店角落有個人在看我，他長得像個山怪，蒼白得像剛浸到滑石粉裡一樣。

「這本書很棒對吧？那天突然有人走進書店，碰一聲把這本書放到櫃檯上。」他操著一口南方口音，讓我想起有個角色和媽媽的屍體住在腐敗的宅院，並睡在蚊帳裡。

「很棒。這本多少錢？」

「喔，唉唷，真不巧，這本已經賣出了。這書非常稀有。你知道為什麼這本書如此難找嗎？

因為馬歇爾・法蘭斯不喜歡。出版沒多久，他便不准出版社再刷了。說來這法蘭斯真是個怪人。」

「你能跟我說是誰買的嗎？」

「不行，我從沒見過她，但你運氣不錯，她說她會來店裡……」他看了看錶，我注意到那是一支卡地亞的金錶。「差不多就是現在，她說十一點左右會來。」

她。我一定要買到這本書，不論多少錢，她一定要賣我。我問店員我能不能在她來之前讀一下，店員說他覺得沒差。

就像馬歇爾・法蘭斯其他著作，我馬上進入書中情境，投入到忘記真實世界。書裡的每一字一句都好棒！「盤子恨銀器，而銀器恨玻璃杯。他們對彼此唱著殘酷的歌。鏗、噹、叮。這種恨意一天三次。」所有角色全是新角色，但認識他們之後，生命中就不能缺少他們。他們像是填補空缺的最後一片拼圖。

我讀完馬上重讀我特別喜愛的段落。我喜愛的段落不少，所以當我聽到前門鈴響，有人進來，我故意不去看是誰。如果是她，她最後又不賣我書，我就再也沒機會看這本書了，所以我想在最後一刻來臨前，看愈久愈好。

我收集墨水筆兩年了。有次我在法國的跳蚤市場閒逛，看到前面的男人從攤販桌上拿起一支筆來看。我從筆蓋上的白色六星的標誌馬上認出那是一枝萬寶龍。舊款的萬寶龍。我那時停下腳步，內心暗自吟誦：**放下來，不要買！**但沒有用，那人繼續端詳，而且愈看愈專注。我好希望他當場暴斃，我才能從他無力的手中奪下筆，跟攤販購買。他仍背對著我，也許因為我的詛咒太過強烈，不知何故穿透了他，他突然放下筆，轉頭看我，面露恐懼快步離去。

我拿著法蘭斯的書抬頭時，第一眼看到的是穿著漂亮牛仔裙的屁股。一定是她。**放下來，不要買！**我試著用眼神穿過她的牛仔裙和皮膚，不管她的靈魂在哪，我都要貫穿過去。**小姐，走開！我命妳離開，把書留下來！**

「那位紳士拿去看了。我想說妳應該不會介意。」

那一瞬間，我心裡突然湧起一股瘋狂又浪漫的希望，這女的對書有著全世界最好的品味，搞不好她是個面帶笑容的美女。但最後美貌和笑容她都沒有。她笑容已垮下，表情有點困惑，略帶怒火。她相貌非常平凡。那是一張健康乾淨的臉，像在農場或鄉下地方長大，但從沒曬過太陽。她有一頭棕色直髮，但及肩的頭髮稍稍捲起，彷彿不敢碰到肩膀一樣。她眼距很寬，鼻子筆直，依稀有些許的淡雀斑。她不會愈看愈漂亮，只會愈看愈樸素，但我腦中一直浮現「健康」兩字。

「你真的不該這樣。」

我不知道她在跟誰說話。但她後來走靠近我，像我媽發現我在看色情雜誌一樣，把書從我手中抽走。她擦了淡綠色的封面兩下，這時她才正視我。她睫毛細緻，尾端彎曲，呈現鏽色，所以就算她皺著眉頭，看起來也不會像是在發火。

店員輕快走來，從她雙手輕輕拿起我珍愛的那本書，說了聲：「我包起來？」接著便走回櫃檯，開始用褐色的綿紙包裹。「我在這書店已經十二年了，偶爾才經手到幾本法蘭斯，但他的書像沙漠中的水一樣少。當然《歡笑國度》第一版不難找到，因為他那時候很紅，但《青狗的悲傷》第一版或其他版本都跟九頭蛇的牙齒一樣罕見。聽著，我店裡有一本《歡笑國度》，看你們有沒有興趣。」他看著我們，雙眼發光，但我在紐約早就買到第一版了，我的對手翻找著手提包，店員看推銷失敗，便聳聳肩，繼續包書。「這本書三十五元，嘉納小姐。」

三十五！我願意付……「呃，嘉納小姐？呃，這本書妳願意用一百元賣給我嗎？我的意思是，我可以現在付妳現金。」

店員站在她身後，聽到我的開價時，我看到他嘴脣上下蠕動，像兩隻痛苦的蛇。

「一百元？你要花一百元買這本書？」

這是法蘭斯的作品中我唯一缺少的，更何況是第一版。但不知何故，她的語氣讓我覺得我拿的是髒錢。但只有一瞬間，只有一瞬間而已。為了馬歇爾．法蘭斯，我可以髒一整天，只要書能到手就好。「對。妳願意賣我嗎？」

「我其實不該插嘴，嘉納小姐，但就算是這本法蘭斯，一百元價碼真的太高。」

如果她心動了，如果這本書對她來說一樣重要，那她內心一定很掙扎。某方面而言，我甚至為她感到難過。最後她瞪著我，好像我對她幹了什麼骯髒事。我知道她要接受我的錢，讓自己失望了。

「鎮上有間彩色印刷店。我要先去影印，然後我……我再賣給你。你可以明晚來拿。我住在百老匯路一八九號二樓。就……嗯我不知道……你八點再來好了。」

她付錢離開了，沒再對我們兩個人說任何一個字。她走了之後，店員拿起原本夾在書中的小紙條，告訴我她的名字叫薩森妮．嘉納，除了馬歇爾．法蘭斯的書之外，她也請他注意任何關於傀儡的舊書。

她住的那個區域是你開車經過馬上會關上車窗的地方。她公寓在一棟曾經很時髦漂亮的房子裡，外表有許多華而不實的裝飾，一樓還有條舒適的大門廊。但現在外頭只剩一臺被燒到剩骨架的雪弗蘭汽車，車上除了後照鏡全都不見了。一個穿著灰色連帽衫的老黑人坐在門廊的搖椅上，因為天色已黑，我花一會兒時間才發現他大腿上有一隻黑貓。

「你好啊，先生。」

「嗨。薩森妮．嘉納住這嗎？」

他沒回答我問題，只將貓抱到臉旁，柔聲朝他哼著「喵喵喵」之類的聲音。我不喜歡小動物。

「呃，很抱歉，但你可以告訴我——」

「對，我住這。」紗門打開，她站在門口。她走向老人，用大拇指碰他頭頂。「該上床睡覺了，雷納德叔叔。」

他露出微笑，將貓交給她。她看他離開，淡淡擺一下手，暗示我坐到他的搖椅上。

「每個人都叫他叔叔。他人很好。他和妻子住在一樓，我住二樓。」她手臂夾著某個東西，過一會兒，她拿出來推到我手裡。「書在這。要不是我需要錢，我絕對不會賣給你。你大概不在乎，但我只是想告訴你而已。我似乎討厭你又同時感謝你。」她笑了笑，但後來她不笑了，將手梳過頭髮。她很少同時做兩件事，這點很有趣，一開始很難習慣。如果她對著你笑，那她雙手就不會動。如果她想將臉前頭髮撥開，便會面無表情。

我拿到書之後，我發現書已經重新用一張影印紙重新包好，紙上印著手寫音樂稿之類的。這很貼心，但我唯一想做的是把紙撕了，再次讀這本書。我知道這樣很失禮，但我一直想著我回家要做的事。就是用萬能牌磨豆機磨豆子，煮一壺咖啡，然後坐到窗邊的大椅子上，打開閱讀燈……

「我知道不關我的事，但你為什麼願意付一百元買這本書？」

你要怎麼解釋這種不計代價的痴迷？「那妳為什麼願意花三十五元買？目前聽起來，妳付不出那麼大筆錢。」

她身體離開柱子，抬頭挺胸，像個硬漢一樣。「你怎麼知道我付不起？你知道的，我根本不用賣給你。反正我還沒收你的錢。」

我從雷納德鋪著軟墊的椅子站起，從口袋掏出長年藏在皮夾夾層的那張一百元鈔票。我不需要她，她也不需要我，何況溫度愈來愈冷，我想在叢林戰鼓響起，部落人群跑到雪佛蘭車頂跳舞之前，趕快離開這社區。「呃，我真的要走了。所以錢在這，如果我很沒禮貌，對不起。」

「你的確很沒禮貌。你想喝杯茶嗎？」

我一直朝她搖著那張乾淨的新鈔票，但她就是不拿。我聳聳肩，答應了她，她帶我進到那沒落的亞瑟家之中。

三瓦數的棕黃色夜燈照亮走廊，這看起來應該是雷納德叔叔的門外。我原本以為這地方會散發海水退潮的腥味，但卻沒有。裡頭氣味其實意外香甜，有種異國情調。我敢說那是某種薰香的氣味。一過燈光便看到一條樓梯。樓梯陡到我以為要通往酋長岩的基地營，等我終於爬到頂，我看到她走進一道門，回頭說了句話，但我沒聽清楚。

她可能是說要我小心頭，因為我一走過她的門，就撞進上千根蜘蛛網，嚇得我快心臟病發了。後來才發現，那是傀儡線，而且那只是其中一個傀儡的線而已，無數傀儡吊在房間各處，擺出各種詭異的姿勢，喚醒我做過的各種噩夢。

「不要叫它們傀儡就好。它們全都是木偶。你想喝什麼茶，蘋果茶或甘菊茶？」

香氣是從她公寓飄出來的，的確是線香。我看到咖啡桌上小陶盆乾淨的白沙中插了好幾根香。上頭還放幾個奇怪淡色的石頭，我猜是木偶的頭。我拿到手裡看時，她端茶和一塊她烤的香蕉麵包回來。

「這些有你認識的嗎？那是緬甸木偶戲劇中的神靈『納特』複製品。」

「這就是妳的工作嗎？」我用手朝房間一揮，『納特』差點掉到香蕉麵包上。

「對，做到我生病才停手。你的茶要加蜂蜜或糖嗎？」她說「生病」時，沒有暗示我問她是什麼病，還是她現在已經痊癒了？

我喝完那杯我這輩子喝過最難喝的熱茶（蘋果還是甘菊？），她帶我參觀她家。她談論著伊沃．普洪尼、東尼．薩格、哇揚皮影偶戲和日本文樂[6]，彷彿我們兩人是最好的朋友。但我喜歡她語氣透露出的興奮，也喜歡傀儡和面具之間不可思議的相似之處。

我們再次坐下，我大概比之前喜歡她一百倍，她說她有個我會喜歡的東西。她走進另一

6 伊沃．普洪尼（Ivo Puhonny, 1876-1940），德國平面設計師和木偶師，一九一一年創立巴登巴登木偶戲劇場。東尼．薩格（Tony Sarg, 1880-1942），德裔美籍木偶師，是聲名遠播的「美國木偶大師」。哇揚皮影偶戲（Wajang figure）為印尼獨特的戲劇形式，常見於爪哇島和峇里島，內容來自神話和史詩，為人類非物質文化遺產。日本文樂即是日本人形劇和人形淨瑠璃，起源於江戶時代的木偶劇，內容關於英雄傳說、愛情故事和悲劇等等，也是人類非物質文化遺產。

間房，回來時拿著一張裱框的照片。我之前只看過一張法蘭斯的照片，所以我沒認出他，直到我看到左下角的簽名。

「我的老天爺！妳從哪裡拿到的？」

她把照片拿了過去，珍惜地望著照片。她再次開口時，聲音變小，語氣緩慢。「我小時候跟一群孩子玩耍時，旁邊剛好在燒樹葉。不知道為什麼，我突然絆倒，跌到裡面。我腿嚴重燒傷，不得不住院一年。當時我母親買他的書給我，我讀到書封都脫落了。我就是那時迷上馬歇爾．法蘭斯的書和傀儡及人偶的書。」

我聽完心裡不禁好奇起來，法蘭斯是不是只會吸引到像我們一樣的怪咖。在醫院裡為傀儡著迷的小女孩，以及活在父親強大陰影下，五歲就在心理諮商的男孩。

「但妳從哪裡拿到的？我這輩子只看過他一張照片，而且那是他年輕，臉上還沒有鬍子的時候。」

「你是說《時代雜誌》上那張？」她又看手上的照片一眼。「還記得我問你為什麼願意花那麼多錢買《桃影》嗎？哼，你知道我花多少錢買這個？五十元。我也不追多讓吧，嗯？」

她看著我，用力吞口水，我聽到她喉嚨發出「咕嚕」一聲。「你真的和我一樣愛他的書嗎？我的意思是……把這本書讓給你真的讓我反胃。我找這本書已經找了好幾年。」她摸著額頭，然後指尖滑下她蒼白的臉蛋。「好了，你拿了就走吧。」

我從沙發彈起來，把錢放在桌上。我離開之前，我在一張紙條上寫下我的名字和地址。我交給她，開玩笑說她想要的話，可以隨時來看這本書。這是改變命運的決定。

三

一週之後，有天我晚睡想看點書。冬天外頭暴風雨肆虐，一會兒是滂沱的暴雨，一會兒是淫淋淋的雪，我待在這鼠窩般的公寓裡，難得覺得挺不賴的。但我住過天天大晴天的加州之後，反而一直很喜歡康乃迪克州多變的天氣。

大約十點多鐘，門鈴響起，我起身想說大概是哪個白痴學生把男廁水槽從牆上拆了，或把室友扔出窗外。寄宿學校的宿舍可說是地獄的第三或第四層。我打開門，嘴裡差點就要罵人。

她穿著黑色斗篷式雨衣，披帽蓋住她的頭，下擺一路遮到她膝蓋。她讓我想起宗教裁判所的神父，只是她的長袍是橡膠製的。

「我來了。你介意嗎？我帶了些東西給你看。」

「好啊、好啊，進來吧。我正想說為什麼《桃影》今天如此興奮。」

我說這句話時，她正把披帽脫下。她停下動作，朝我微笑。這是我第一次發覺她有多矮。

她身上黑色溼雨衣映著光澤，溼淋淋的臉蛋更顯白晰。她的臉呈有點詭異的粉白色，同時又像小嬰兒般細緻。我將滴水的雨衣掛起，為她指向通往客廳的門。最後一刻，我才想起她家裡的傀儡，而她也還沒看過我的面具。我想起上一個來我家看面具的女人。

薩森妮走進客廳幾步，便停下腳步。我站在她身後，所以我看不到她的表情。真希望我能看到。過了幾秒，她走向面具。我站在門口，好奇她會說什麼，好奇她會碰哪一個，或將哪個從牆上拿下。

都沒有。她觀賞許久，一度伸出手，想去碰墨西哥紅魔鬼的面具，上面有一隻藍色巨蛇從鼻子鑽入它嘴中，但她手在中途停下，又垂到身側。

她仍背對我，並說：「我知道你是誰。」

我朝著她下背露出冷笑。「妳知道我是誰？妳是說妳知道我爸是誰吧。又不是祕密。隨便一天晚上打開電視看《深夜秀》都看得到。」

她轉身，雙手插到牛仔裙的小口袋，她那天去書店也是穿同一件。「你爸？不是，我是說你。我知道你是誰。我前幾天打電話到學校，問了你的事。我跟他們說我是報紙記者，在報導你的家族。然後我查了一本舊《名人錄》和其他書，調查了你和你家族。」她用兩指從口袋拿出一張方型的紙，將紙打開。「你三十歲，有個哥哥叫麥克斯，有個姊姊叫妮可。他們和你父親死於一場空難。你的母親住在康乃迪克州的利奇菲爾德。」

我震驚不已，不只因為這件事，也因為她居然毫無顧忌，冷靜承認她對我做了人身調查。

「學校祕書說你讀了法蘭克林和馬歇爾大學，一九七一年畢業。你在這裡教書四年，我和你美國文學班上一個孩子聊過，他說你作為教師『還可以』。」她將紙再次摺起，放回口袋中。

「所以妳調查我幹嘛？我嫌疑犯嗎？」

她手仍放在口袋。「我喜歡知道別人的事。」

「是喔？然後呢？」

「沒有然後了。你願意付那麼多錢買馬歇爾．法蘭斯的書，我想知道更多關於你的事，就這樣。」

「我不習慣有人調查我的背景。」

「你為什麼要辭職？」

「我沒有辭職。這叫請長假，胡佛局長[7]。總之這關妳什麼事？」

「看我帶什麼東西來。」她手伸向背後，從灰色的長T恤下拿出個東西。她語氣相當興奮，並交到我手中。「我知道這東西存在，但我從沒想過自己這麼幸運能找到一本。我想這

7 約翰．胡佛（John Hoover, 1895-1972）是首屆美國聯邦調查局局長。

全世界只有一千本吧。我在紐約哥譚書店找到的。我找它找了好幾年。」

那本書小又輕薄，紙頁厚又粗糙。從封面圖畫來看（一如往常是梵・沃特），我知道那一定是法蘭斯的書，但我不認得這本。書上標題寫著《夜晚奔入安娜》。一開始最讓我驚訝的是這本和其他書不同，書中只有封面圖畫。那是一張單純的黑白手繪圖畫，畫著一個穿著農夫吊帶褲的小女孩，走向夕陽西下的火車站。

「我從來沒聽過這本書。這是……這什麼時候寫的？」

「你不知道？真的假的？你從來沒……？」她輕輕從我飢渴的手中將書拿去，手指拂過封面，彷彿在摸點字一般。「這是他死前正在寫的小說。很不可思議吧？馬歇爾・法蘭斯的小說！他甚至已經算寫完了，但他女兒安娜不肯出版。」她語氣中充滿憤怒，義憤填膺指著書。「這是大家唯一看到的部分。這不是兒童文學。你根本不會相信這是他寫的，和他其他書非常不同。這本書好詭異，又好悲傷。」

我將書從她手中拿回，輕輕打開。

「你看，只有第一章，但即使如此，書非常長，快四十頁了。」

「妳……呃，妳介意讓我獨自讀一下嗎？」

她露出親切笑容，點點頭。我再抬起頭時，她端著托盤走進客廳，托盤上放著杯子，我的銅茶壺冒著煙，上頭還放著我原本打算接下來兩天當早餐的英式瑪芬。

她把托盤放地上。「你會介意嗎？我一整天沒吃東西，快餓死了。我看到這些……」我闔上書，坐回椅子上，看她吃我的瑪芬。我不禁露出笑容。後來我莫名脫口而出，說我打算寫法蘭斯的傳記。

我知道我動筆之前，如果要跟誰說，一定是她，但我說完之後，我為自己的熱情感到難為情。我起身走到面具牆前，假裝將侯爵夫人的面具調正。

她不發一語好一陣子，最後我從牆邊轉身望向她。她避開我的目光，從我們見面之後，她第一次轉開頭說話。「可以讓我幫你嗎？我可以幫你搜集資料。我大學時替教授搜集過資料，但這次因為是認識**他的**人生，應該很開心。**認識馬歇爾．法蘭斯的人生**。我薪水真的不需要多少。真的。最低薪資……現在多少？一小時兩元？」

哦喔。借用我母親之前介紹「新對象」給我的說法：她是個非常好的女孩子。但就算她比我更熟悉法蘭斯，我不需要、也不想要別人幫忙寫書。如果我要一口氣寫完書，那我也不想顧慮別人，何況她自私又頤指氣使，脾氣還捉摸不定。對，她是有優點，但現在時機不佳、地點不對。於是我繞圈子說話，嗯嗯啊啊好一陣子，不久她便發覺了，感謝老天。

「你基本上是在拒絕我吧。」

「我……基本上……沒錯。」

她看著地板，雙手交叉在胸前。「我明白了。」

她待在原地一分鐘，接著轉身拿起法蘭斯的書，走向前門。

「嘿，聽著，妳不用離開。」我腦中浮現她把書塞回她衣服底下的恐怖畫面。一想到書卡在羊毛衣下的形狀，我心都痛了。

她雙臂舉高，套上依然濕漉漉的雨衣。一時間，她看起來像橡膠貝拉．洛戈西[8]。她開口說話時，雙臂繼續舉著。

「我覺得你如果認真要寫傳記，你真的不該拒絕。我真的覺得我能幫上忙。」

「我知道……呃，我……」

「我是說，我真的能幫忙。我完全看不出來……喔，算了。」她開門離開，並非常小聲關上。

幾天之後，我上完課回家，發現門上貼了張紙條。字是用粗馬克筆寫的，我完全認不出字跡。

反正我要做。跟你沒關係。你進門之後打電話給我，我找到個好東西。薩森妮．嘉納。

8 貝拉．洛戈西（Béla Lugosi, 1882-1956）匈牙利裔美籍演員，在一九三一年到一九五六年演了多部恐怖片，最經典的形象是扮演吸血鬼德古拉的角色。

隨便哪個學生看到這紙條，立刻就會把「好東西」解讀成「毒品」，艾比老師關起門幹壞事的謠言馬上滿天飛。我甚至不知道薩森妮的電話號碼，也不打算去查。但她那天晚上打給我，我們對話時，她聽起來很生氣。

「我知道你不希望我插手，湯瑪士，但你無論如何都該打電話給我。我在圖書館花了好久，幫你查了一堆資料。」

「真的假的？好，我真的很感謝妳。我認真的，真的！」

「那你最好拿好紙筆，因為資訊滿多的。」

「說吧。我拿好了。」不管她有什麼動機，我可不會關掉免費送來的資訊。

「好。首先他的真名不叫法蘭斯。他叫法蘭克。他全名是馬丁・艾米爾・法蘭克，一九二二年出生在奧地利拉滕貝格。拉滕貝格是一個距離茵斯布魯克約六十五公里的山中小鎮。他父親名叫大衛，母親名漢娜，H開頭的漢娜。」

「等一下。好了。」

「他有個哥哥叫愛薩克，他在一九四四年死於達赫奧。」

「他們是猶太人？」

「這點毫無疑問。法蘭斯在一九三八年抵達美國，後來某天搬到了密蘇里州加倫。」

「為什麼是加倫？妳有查出來嗎？」

「沒有，但我還在查。我喜歡這工作。在圖書館調查你愛的人的資訊其實滿好玩的。」

她掛上電話之後，我拿著話筒站在原地，用話筒搔搔頭。她找到更多資訊時會再打電話來，對於這點，我不知道自己是高興還是討厭。

據她（幾天之後）所說，法蘭斯去加倫是因為他叔叔奧圖在那裡有家小印刷公司。但他在紐約住一年半才前往美國西部。不知何故，她查不出他在紐約做什麼。她找到有點發瘋，電話裡愈來愈生氣。

「我找不到。喔，我快瘋了！」

「放輕鬆，薩森妮。妳這樣四處打聽，總有一天會找到的。」

「喔，別在那說風涼話，湯瑪士。我昨晚看你爸的電影，你聽起來就跟他一樣。詹姆士．凡登堡，好心的老農夫。」

我雙眼瞇起，手握緊電話。「聽著，薩森妮，不需要這樣侮辱人。」

「我沒有……對不起。」她掛了電話。我馬上打給她，但她不接。我不知道她是不是從窮鄉僻壤的小電話亭打來。一想到此，我便為她感到難過，於是我去了一家花店，為她買了一盆日本樹盆栽。我確定她不在家之後，便放在她公寓門口。

在這之前都是她東奔西走找資料，我覺得該換我出馬了，所以當學校四月底有個長週末，我決定去一趟紐約，跟法蘭斯的出版社談寫傳記的事。我原本打算在出發前一晚再通知她，結果沒想到她先打電話來了，還興高采烈的。

「湯瑪士？我查到了！我查出他住紐約在做什麼了！」

「太好了！他在做什麼？」

「你不知道嗎？他在替一個叫盧桑達的義大利殯葬業者工作。他好像是助理之類的。不過不知道他替他做什麼。」

「這是好事。但你記得《歡笑國度》那個場景嗎？月亮小丑和油女士死的時候？他一定要熟悉死亡的事才寫得出來。」

四

我每次去紐約都有一樣的感覺。有一個很爛的笑話是這樣，有個男人娶了個美麗的女人，他等不及在新婚之夜上她。但到了新婚之夜，她將金色假髮脫下，露出光頭，卸下她的木腿，拿下給她一口甜笑的假牙。然後她害羞轉向他說：「我準備好了，親愛的。」這就是我跟紐約的關係。

不論何時，我來到這城市，不管是坐飛機、火車或開車，我都感到迫不及待。大蘋果！表演！美術館！書店！全世界最美的女人！這一切全在那裡，等著我去探索。我跳下火車時，就能看到**中央車站**、**紐新港務局**或**甘迺迪機場**，踏入城市的核心時，我的心跳得像康加鼓一樣。看城市的速度！看那些女人！我愛透了！一切都太棒了！但問題馬上來了，因為城市的一切也包括流浪漢搖晃走到街角嘔吐，討厭的十四歲波多黎各小孩穿著透明火箭裝，緊緊跟隨，還踮腳求我（威脅我）賞他一塊錢。諸如此類，不需贅述，但我似乎永遠都放不下這地方，因為我每次來，我都會期待看到一身水手裝的法蘭克．辛納屈[9]，跳舞掠過我身邊，口中唱著〈紐約，紐約〉。其實上次在中央車站，有個稍微長得像辛納屈的人真的掠過我身旁。他晃過去之後，在牆上尿尿。

這對我來說就像科學一樣準確。我下火車時會情緒激昂。在第一件爛事發生前，我會神清氣爽，享受在這裡的每一秒。只要爛事一發生，我便會釋放內心所有厭惡和失望，然後繼續做正事。

這次問題出在計程車司機身上。我走出車站，揮車攔車，上車之後，便給司機出版社第五大道的地址。

「第五大道今天有遊行。」

「什麼？所以呢？」他的職業登記證上寫著他叫法蘭克林．圖多。我不知道他怎麼唸自己的名字。

我看到他雙眼從後照鏡打量我一番。「所以我必須走公園大道。」

「喔，那沒關係。不好意思，你的姓是唸圖多還是塔多？」

他目光馬上瞄準我，並回應這危險的問題。

9 法蘭克．辛納屈（Frank Sinatra, 1915-1998）美國歌手和演員，二十世紀最具影響力也最受歡迎的流行音樂歌手，有著「白人爵士歌王」的美譽。

「關你什麼事，啊？」

「沒事。我只是好奇。」我還犯蠢，以為能搞笑一下。「我以為你可能跟埃及法老圖坦卡門是親戚。」

「他媽最好是。你在打探我是吧？」他抓著格紋高爾夫帽的帽沿，轉了半圈，遮住自己的臉。

「不是，不是，我只是在你登記證看到名字——」

「又是另一個稽查員！**去你媽的！**我他媽簽證都更新了，你們到底還想要我怎樣？吸乾我的血嗎？」他把車停到路邊，叫我他媽滾下車，他不希望在他的計程車上看到我。他說我他媽儘管吊扣他的執照，但他恨透「我們這些人」了。於是「我們這些人」全下了車，揮手向急駛而去的法蘭克林．圖多告別，然後嘆口氣，攔下另一臺車。

這臺車司機叫科多．史威特。我很喜歡看計程車司機的名字。我覺得看風景很無聊。他戴著一頂很古怪的黑色天鵝絨帽，那頂帽子感覺從天而降，落到他頭上之後便不走了。不管怎樣，他這整趟路都沒說話，只有在我再次遞出出版社地址時，說了一句：「這裡呀。」等到我下車，他又說了聲：「祝你今天順利。」聽起來像是真心的。

那棟建築像《美麗新世界》中的全玻璃建築，像是將巨大的游泳池立起，但水卻沒有流出。我只有在春天或秋天燦爛的晴空下才喜歡這類建築，那時它們的窗戶會將陽光折射到四面八方。

我很驚訝地發現這棟建築有好幾層樓都是出版社辦公室。一層層的人為書本工作。我喜歡這概念。我喜歡司機科多·史威特祝我今天順利。電梯中飄著美好的芬芳，想必是某個女人性感的香水味……紐約還不錯。

我坐電梯上樓時，一想到我待會要見到真正認識馬歇爾·法蘭斯的人，我肚子便糾結成一團。我這一輩子不斷有人問我父親是什麼樣的人，我恨透這件事了，但我現在滿肚子都是關於法蘭斯的問題。我大概又想出兩億個問題之後，電梯門打開，我走入走廊，尋找戴維·路易斯的辦公室。

路易斯不是麥斯威爾·柏金斯[10]，但他名氣也不小，你時不時會聽到他的名字。我重新讀關於法蘭斯的報導時，上頭說路易斯是法蘭斯在世時少數會聯絡的人。他負責編輯法蘭斯所有書籍，也是作者的遺囑執行人。我對於遺囑執行人毫無概念（父親過世後，我便進入冬眠狀態，等戰場上的廢墟和屍體都清理乾淨，我才醒過來），但我猜路易斯在法蘭斯心中肯定站有一席之地，才會讓他在最後處理他的財產。

「請問？」

10　麥斯威爾·柏金斯（Maxwell Perkins, 1884-1947）是美國出版史上的傳奇編輯，曾發掘海明威和費茲傑羅等知名作家。

祕書穿著一件金錦緞T恤（我對天發誓），漂亮的胸部上面有排金色亮片拼出的字樣，寫著「維吉尼亞・吳爾芙」。有本《巨星的祕書：明星幕後的祕密》攤開反蓋在桌上。

「我和路易斯先生有約。」

「你是艾比先生嗎？」

「對。」我別開頭，因為她突然雙眼發光，露出「你是不是……？」的表情。我沒心情回答她問題。

「等我一下，我看看……」她拿起話筒，撥出分機號碼。

等候室一面牆前有個展示櫃，上頭放了出版社最近出的書。我想去看虛構小說區，但最引起我注意的是一本大開本精裝書《世界的傀儡》。那本書要價二十五元，透著玻璃窗也看得出它非常厚，裡面肯定蒐羅了世上所有木製懸絲傀儡的照片。我決定要買這本書給薩森妮，感謝她所有的努力。雖然我可能沒那意思，送她這本書也許會讓她誤會，但管他的，這書是她應得的。

「艾比先生？」

我轉身，路易斯就站在那。他身材矮壯，儀容整齊，可能六十、六十一歲左右。他穿著筆挺的大翻領棕色西裝和海藍色人字紋布襯衫，脖子上沒繫領帶，倒是繫了條栗色領巾。銀色的金屬框眼鏡讓他看起來像法國電影導演。他頭髮半禿，和我握手時，手也像條半死的魚。

他帶我進他的辦公室，正要關上門時，我聽到他祕書嘴中口香糖發出啪一聲。辦公室牆壁上滿滿都是書，我瞄到其中幾本，哪怕他只是其中一半的編輯，我也知道他有多重要。

他略帶歉意微笑，雙手插入口袋。「你介意坐沙發嗎？請坐、請坐。我上週打壁球傷到背，還沒完全康復。」

泰德・拉皮杜斯西裝、亮片祕書、壁球……不管我對他的品味有何意見，他是目前我和馬歇爾・法蘭斯最大的連結。

「你之前說你想聊關於馬歇爾的事，艾比先生。」我覺得他笑容略帶無奈。他已經聊過這些事了嗎？「你知道，很有趣。自從大學開設像喬治・麥克唐諾和格林兄弟等兒童文學課程，童話變成所謂『文學』之後，大家對法蘭斯作品又再次有了興趣。當然不是說書賣不好，只是現在有好幾間學校把他的作品加入推薦書單。」

然後他告訴我，下個月大概有十二個人會出版法蘭斯的職業生涯傳記。我不敢問接下來的問題，但我知道自己一定得問。

「如果時機正好，為什麼沒人去寫他個人的傳記？」

路斯易緩緩轉頭凝視著我。在這之前，他目光只盯著我們前方地板。因為玻璃窗反光，我看不清他整張臉，但從我看得到的部分看來，他面無表情。

「這就是你來這裡的原因嗎，艾比先生？你想寫一本傳記？」

「對，我想寫寫看。」

「好。」他深吸口氣，繼續望著地板。「那就跟之前別人來找我一樣，我會對你說同樣的話。我個人非常樂意看到法蘭斯的傳記問世。就我所知，他有一段非凡的人生。在他年老定居加倫之後就還好……但每個文學家都應該有完整的面貌。馬歇爾成名後，他十分厭惡成名的代價。我向來相信那是他早逝的原因。全世界的人都纏著他，他根本無法應付。完全無法。總之他女兒……」他頓了頓，舔舔嘴脣。「他女兒安娜是個非常古怪的女人。由於她父親早逝，她永遠無法原諒全世界。你知道，法蘭斯過世時才四十四歲。他女兒現在獨自一人在加倫那棟破舊的大宅生活，而且拒絕和任何人談論任何關於他的事。你知道我想方設法，想從她手中得到他小說手稿多久了嗎？好幾年了，艾比先生。你知道他的小說，對吧？」

我點點頭。畢竟我是有做功課的傳記作家。

「好，總之祝你好運。何況這能讓她賺進一座小金山，當然我們也不要那麼銅臭味，但我覺得不管他寫什麼，都應該印出來給讀者看。他是我在出版業見過唯一全方位發展成熟的天才，你可以引用我說的這句話。很誇張，他的書迷非常愛他，那天有個市中心的書商才跟我說，他有一本《桃影》賣了七十五元！」

咳咳。

「不過，艾比先生，她不聽我或任何人的話。馬歇爾死前從來沒告訴她書寫完了，不過他寄給我的信中暗示書寫得差不多了。但對她來說，書還沒寫完，換言之，不能出版。所以我求她讓我出版，標註寫說這本書未完成就好，但她只閉上哭腫的雙眼，並躲回她那安娜寶寶的國度，事情就是這樣。」

「但我也一定要告訴你，馬歇爾從來就不希望有人出傳記，所以她自然也遵守這項要求。我有時覺得她純粹想埋藏他僅存的一切，不想讓世界看到。如果辦得到，她大概會去家家戶戶，把書架上他的書都拿走。」他搔搔他鋼絲絨般雪白的頭髮。「但說真的，不出版小說，不許別人寫傳記，又從不跟寫他報導的記者交談……她就像把他關到保險箱一樣，不讓他見天日，搞什麼！」他搖搖頭，望著天花板。我也抬頭看，但什麼都沒看到。辦公室安靜舒適，我們兩人都遙想著這位占據我們人生極大一塊的偉人。

「那有可能不經授權寫傳記嗎，路易斯先生？我是說，一定有辦法能不透過安娜，查出關於他的事。」

「喔，有人試過了。兩年前有個普林斯頓大學勤奮的研究生先來到這，然後去了加倫。」他說到此，自己會心一笑，脫下眼鏡。「他是個自大到離譜的王八蛋，但那無妨。我其實很好奇他會怎麼和強勢的安娜合作。我跟他說發生什麼事都請寫信給我，但我再也沒聽到他的消息。」

「那安娜說什麼？」

「安娜?喔，和過去一樣。她寫了一封惡毒的信，叫我不要再派人刺探她父親的人生。相信我，就一樣的話。在她眼中，我就是個連她父親埋到土裡，都還要利用他的紐約猶太人。」他雙手攤開，聳聳肩。

我等他繼續分享，但他不說了。我手搓著沙發粗糙的帆布椅臂，想再想出另一個問題。這是認識馬歇爾．法蘭斯的人，和他說過話，看過他的手稿，可是我所有的問題跑哪去了?我為什麼突然不知所措?

「我來告訴你一點關於安娜的事，湯瑪士。如果你要寫這本書，也許能讓你知道自己要面對的人事物。我跟你舉個例子，解釋我和可愛的安娜這段天長地久、刻骨銘心的關係。」他從沙發站起，走向書桌，打開一個像陳列在俄羅斯禮品店的黑色小漆盒，拿出一根像歪曲樹根的雪茄。

「好幾年前，我去加倫一趟，和馬歇爾討論他在寫的一本書。後來那就是《夜晚奔入安娜》，他當時正寫到一半。我讀了他寫好的部分，覺得很喜歡，但有幾處需要修改。他之前從來沒寫過小說，那本書比他其他作品來得嚴肅。」他抽著雪茄，看著菸頭發出橘光。他是那種說故事喜歡停頓的人，故事說到關鍵處，總會故意停下來，讓聽眾一顆心懸在那，期待他繼續說。例如在這裡，路易斯就在他告訴馬歇爾．法蘭斯他的作品需要「修改」時，故意停下來。

「他在意嗎？」我移了移屁股，裝出耐心等待他回答的樣子。同時我腦中已擬起稿，想著在傳記中我會寫：「當問到法蘭斯是否在意編輯的意見，長年替他出書的編輯戴維．路易斯輕輕笑了笑，手拿著諾比利雪茄說……」

呼呼。他吐出煙，注視窗外良久。他將菸灰彈入菸灰缸，手伸長將雪茄拿到面前，看了最後一眼。「他在意嗎？你是說批評嗎？當然完全不在意。我從來不知道他採納多少我的意見，但我覺得作品有問題需要修改時，我向來都是毫不猶豫告訴他。」

「這事常見嗎？」

「沒有。每一本書，他手稿一來都是完成的作品。除了第一本書，馬歇爾的作品幾乎不需我動手。通常只是一些標點的錯誤或更動一下句序而已。

「不過讓我回來說說這本小說。我在加倫時，我花了幾天仔細閱讀，寫了幾個建議。安娜也在……喔，她當時差不多二十、二十二歲。她才從歐帕林大學退學，多半待在房間裡。根據馬歇爾所說，她是個有才華的鋼琴家，所以去那裡的音樂學校就讀，但後來中途放棄，回到加倫。」

他的語氣難以形容，雖然中立客觀，但字字句句又依稀帶著怒氣。

「有趣的是，她在大學好像牽扯進一樁神祕的事件，出了意外或有人……」他搓揉著耳朵，嘴裡抽口氣。「對！我記得是有人死了。她男朋友嗎？我不確定。當然馬歇爾也不大清楚，畢竟是自己的女兒。總之，她馬上搭火車回家了。」

「我在加倫時，我有看到她披頭散髮，穿著黑色絲質洋裝，在屋子裡穿梭。她胸前會抱著一本卡夫卡或齊克果[11]。我總覺得她是故意把書封朝外，所以只要誰朝她看，一定會看到她在讀什麼書。

「馬歇爾有三隻貓叫一、二和三。他才養這幾隻貓沒多久，但牠們是家裡的老大。牠們會在他寫作時走過書桌，我們吃飯時跳到桌上。我從來不知道安娜和貓他比較喜歡誰。他妻子伊莉莎白兩年前過世了，所以在那巨大的老宅裡，就只有父女倆和三隻貓。

「一天晚上吃過晚餐，我坐在門廊讀書。安娜雙手各抱著一隻貓過來。」

路易斯再次從沙發起身，坐到書桌邊面對我，距離我大約兩公尺。

「我一定要演給你看，不然你感受不到。現在假設我就坐在你的位子，湯瑪士，安娜就在我這邊，懂嗎？她雙手各抱著一隻貓，她和兩隻貓都瞪著我。我試著擠出微笑，但他們都沒反應，所以我繼續看書。突然之間，我聽到貓厲叫和哈氣。我抬起頭，安娜瞪著我，彷彿我是黑死病的化身一樣。我一直都覺得她很古怪，但這次根本就是瘋了。」他站起來，手臂

11 卡夫卡（Franz Kafka, 1883-1924）是奧地利作家，存在主義文學和現代主義文學奠基者，作品結合真實和幻想，內容探討疏離、存在焦慮、罪惡感和人生中的荒謬，為二十世紀最具影響力的作家之一。齊克果（Søren Aabye Kierkegaard, 1813-1855）是丹麥哲學家和作家，一般認為是存在主義哲學的先驅。

彎在身體旁，彷彿抱著什麼。他牙齒叼著雪茄，額頭糾結，雙眼瞇起。「她衝向我，嘴裡好像說：『我們恨你！我們恨你！』」

「你怎麼辦？」

菸灰落在他翻領上，他把灰撥開。他表情放鬆下來。

「什麼都沒做，那就是最詭異的地方。我眼角看到馬歇爾站在紗門後面。他顯然目睹這一切。我一直望著他，心裡當然希望他制止她。但他只站在那裡一會，然後轉身回到屋內。」

說完這樁詭異的小故事，路易斯問我要不要喝咖啡。穿著吳爾芙T恤的女孩端咖啡進來，又出了辦公室，期間我和路易斯客套交換幾句話。安娜的小故事好奇怪，令人難以置信，我一時之間不知道該說什麼。幸好有咖啡，不至於尷尬。

「梵．沃特是誰？」

他攪動加入蜂蜜的咖啡。「梵．沃特啊。梵．沃特是馬歇爾．法蘭斯另一樁不解之謎。據他所說，那個人隱居在加拿大，不想被人打擾。馬歇爾講得很明白，於是我們最後便不追究了，因此我們和他的合作全都透過法蘭斯。」

「就這樣？」

「就這樣。馬歇爾畢竟是大作家，他耳提面命要我們不要打擾他，我們就不會打擾他。」

「他有提過他童年往事嗎，路易斯先生？」

「叫我戴維就好。沒有，他幾乎不談他的過往。我知道他在奧地利出生，是在一個叫拉滕史丹的小鎮。」

「拉滕**貝格**。」

「對，沒錯，拉滕貝格。好幾年前我很好奇，所以我有次在歐洲去了一趟。

「整個小鎮是在一條湍急的河邊，風景秀麗，不遠處就是阿爾卑斯山。非常gemütlich（德文：舒適宜人）。」

「那他父親呢？他有說過任何關於父母親的事嗎？」

「沒有，什麼都沒有。他是個非常神祕的人。」

「好吧，那他的哥哥愛薩克，在達赫奧過世那位，有關於他的事嗎？」

我說了這句話時，路易斯正要吸雪茄，雪茄停在他的嘴前幾公分處。「馬歇爾沒有任何兄弟。這點我確定。沒有，沒有兄弟姊妹。我清楚記得他跟我說他是獨子。」

我拿出我小筆記本，翻了一會兒，打開薩森妮給我的資訊。

「『愛薩克・法蘭克死於——』」

「愛薩克・**法蘭克**？誰是愛薩克・法蘭克？」

「呃，就是幫我蒐集資料的人……」我知道薩森妮要是知道我這樣稱呼她肯定會殺了我。

「……發現他家族姓氏是法蘭克，但他來美國時改成法蘭斯。」

路易斯朝我微笑。「有人誤導你了，湯瑪士。我可能是他家人之外最熟悉他的人，他的名字一直都是馬歇爾．法蘭斯。」他搖搖頭。「而且他沒有任何兄弟。不好意思。」

「對，可是──」

他舉起手打斷我。「真的。我告訴你，是不希望你浪費時間。你可以在圖書館查一輩子資料，但我跟你保證，你不會找到你想要的答案。馬歇爾．法蘭斯一直都是馬歇爾．法蘭斯，他是獨子。很可惜，但就這麼單純而已。」

我們又聊一會兒，但他完全不相信我剛才所說的話，讓我們變得話不投機。幾分鐘後，我們便站在門口。他問我是否無論如何都會試著寫這本傳記。我點點頭，不發一語。他隨口祝我好運，並說要保持聯絡。再過一會兒，我已坐電梯下樓，茫然望著前方，思考這一切。法蘭斯／法蘭克、戴維．路易斯、安娜……薩森妮。她究竟去哪查到馬丁．法蘭克和這個從來不曾存在的過世哥哥？

五

「你覺得我說謊嗎？」

「當然不是，薩森妮。只是路易斯一口咬定法蘭斯沒有任何兄弟，名字也不是法蘭克。」

我在六十四街的電話亭中，那電話亭不僅沒門，裡頭還飄散像香蕉的怪味。我在藥局換了一堆二十五美分硬幣之後，打長途電話給薩森妮。她靜靜聽著我去找路易斯的冒險之旅。我暗示她找的資料可能是狗屁時她卻沒動怒，好像反而變得慵懶放鬆，並用低沉又性感的新嗓音和我說話。

她冷靜到讓人有點害怕。我們沉默許久，我看到個計程車司機從車窗扔出一疊報紙。她再次開口時，聲音變得更小。「要確認馬丁．法蘭克這部分倒有個方法，湯瑪士。」

「怎麼查？」

「去找雇用他的殯葬業者：盧桑達。他仍在市中心工作。我幾天前從曼哈頓的電話簿查到了。不如你去問他馬丁．法蘭克的事？看他怎麼說。」

她語氣圓滑又自信，於是我像個小男生乖乖問她盧桑達的地址，掛上電話。看過《教父》和《美國式的死亡》[12]之後，你會覺得殯葬業這行就算不好幹，至少很賺錢。但看到「盧桑達父子葬儀社」時，你大概會改變想法。

那地方在小義大利區一帶的街角。葬儀社旁的店面賣著螢光聖母像和聖像，讓你可以放在你的墓園旁，增添一點義大利的風情。我第一次經過盧桑達的店時完全錯過了，因為大門非常小，唯一不起眼的小招牌放在前窗下方角落。

我打開門，聽到店後面傳來狗叫聲，街燈的黃光從半開的百葉窗照亮屋內。屋裡有張金屬椅和書桌（就是召募新兵辦公室裡的那種），一張椅子正對書桌，旁邊掛著紐約亞瑟・西格爾石油公司翻到八月的月曆——就這樣。沒有安慰喪親之痛的音樂，沒有東方地毯掩飾腳步聲，沒有專業食屍鬼在旁邊晃來晃去，一直要讓你更「舒服」一點。這全是我對父親葬禮留下的印象。

「啊！見鬼了！」

屋裡另一道門用力打開，一個老頭子匆忙走來。他雙手在空中揮舞，回頭望向剛才走出的房間，一腳將門踢上。

12　《美國式的死亡》是揭露殯葬業內幕的一本書，書中批評殯葬業過度商業化，並利用喪家的悲痛，抬高服務價格。

「我能為你效勞嗎？」

那一瞬間，我捫心自問，要是我母親剛過世，我來這裡替她安排安葬事宜，我會作何感想。一個瘋老頭衝出門，罵著髒話……什麼鬼葬儀社啊。但我後來仔細回想，我不得不說我其實滿喜歡的。這家葬儀社不做作，也不裝模作樣。

盧桑達身材矮小健壯。他的臉如菸草一般呈棕色，白色的頭髮理了個寸頭。這裡的一切都相當合理。他有著淺藍色的雙眼，眼球布滿血絲。我覺得他肯定七、八十歲了，但他依然身體強壯，目光炯炯、精神健旺。我沒答腔時，他看起來很煩躁。接著，他坐到書桌後面。

「你要坐嗎？」

我坐下來，我們四目相交一會兒。他雙手交握在書桌中間，自顧自點點頭。我看著他雙眼，覺得他那雙小眼睛容不下他全身散發的生命力。

「好了，先生，有什麼需要我效勞的？」他拉開書桌抽屜，拿出一個細長的黃色寫字板，還有一支黑色筆蓋的黃色廉價原子筆。

「沒事，盧桑達先生。我……呃，我是說，我家裡沒人過世。方便的話，我是來問你幾個問題的。我想跟你打聽一個曾在這裡工作的人。」

他打開筆蓋，開始在紙上懶懶畫著圓圈。「問題？你要打聽一個為我工作的人？」

我坐直身子，雙手不知道該放哪裡。「對，你知道，我們發現好幾年前，一個叫馬丁·法蘭克的人在這裡為你工作。大概一九三九年左右？我知道那是好久以前的事，但我在想你記不記得任何關於他的事。我不知道這有沒有幫助，但他離開這裡不久之後，便把名字改成馬歇爾·法蘭斯，後來成為非常著名的作家。」

盧桑達不畫圈了，他用筆敲敲寫字板，面無表情抬起頭，然後從椅子上回頭大喊。

「嘿，維奧莉塔！」

屋裡沒人回答，他皺起眉頭，把筆扔到桌上起身。

「我妻子年紀大了，她連水龍頭在流都聽不到。我每次都要幫她關水。等我一下。」他快步走向那道門，我現在才看到他穿著一雙深紫色的燈芯絨室內拖。他打開門，但沒走進房裡，又朝維奧莉塔大喊。

如鋼絲般沙啞的聲音回應：「幹嘛？你要什麼？」

「妳記得馬丁·法蘭克嗎？」

「馬丁誰？」

「馬丁·**法蘭克**！」

「馬丁·法蘭克？啊哈哈哈！」

盧桑達再次轉回來時，笑得像發瘋一樣看著我。他指一下黑暗的房間，甩甩手，好像被什麼燙到一樣。

「馬丁・法蘭克，對，我們當然記得馬丁・法蘭克。」

六

我坐著火車，這段旅途十分漫長，讓我有時間好好思索盧桑達的故事。維奧莉塔應該是他的妻子，她從頭到尾都沒出來，倒是一直朝老人吼：「告訴他那兩個侏儒和火車的事！」或「別忘記蝴蝶和餅乾！」

顯然法蘭斯第一天上工，盧桑達便帶了個跳樓的屍體進門，並用鏟子把他鏟進棺材中。據他所說，這新員工看一眼屍體便吐了。他們又試了幾次，但他同樣吐個不停。因為盧桑達太太是個瘸子，於是他們乾脆讓員工在他們公寓打掃、做飯和洗衣。當然了，聽到我世上最愛的作家是因為很會煮千層麵才保住工作，我一開始真是情何以堪。

但後來有一天，盧桑達收到一個吃安眠藥自殺的美麗年輕女子，並著手替她處理。他處理到一半便先去吃飯了。他回來時，女人的手臂放在肚子上，手中拿著一大片巧克力餅乾。她旁邊小邊桌上還放了杯牛奶。盧桑達覺得好笑極了。這種黑色幽默在殯葬業中是個傳統。幾週後，街尾有個吝嗇的老女人在睡夢中過世。他們將屍體搬回葬儀社之後，隔天早上，她鼻子上貼了一隻黑黃色的大蝴蝶。盧桑達再次笑開懷，但我有別的想法，也許馬歇爾・法蘭斯已在創造他第一批角色。

這新學徒不只很快克服了嘔吐的問題，不久更成為十分優秀的助理。他買了一本《格雷氏解剖學》，長期研讀。盧桑達說六個月後，法蘭克習得一個特殊的技巧，能讓屍體表情栩栩如生，真實到盧桑達說他這輩子都沒見過這種事。

「那真的難上加難。讓屍體看起來栩栩如生是最難的一件事。你有瞻仰遺容過嗎？當然，你看一眼就知道他們死了。栩栩如生又怎樣。但馬丁辦得到，你懂我的意思嗎？他的才能甚至我都會嫉妒。當你看到他處理的屍體，你甚至會好奇，那個人躺棺材裡幹嘛呀！」

他在紐約時，法蘭克大多時候都和盧桑達在一塊，不是在工作，就待在葬儀社後面的公寓。但每週日，他會和托爾東夫妻出去。托爾東夫妻是侏儒。法蘭克有天意外進到夫妻開的糖果店和他們認識。他們三人都喜歡火車和炸雞，所以每週他們會在餐廳吃一頓炸雞大餐，然後去中央車站或賓州車站，坐火車去附近的地方。盧桑達夫妻從沒和他們去旅行，但法蘭克晚上回來時，他會告訴夫妻倆他們的所見所聞。

盧桑達從來不明白為何法蘭克辭職。他工作愈久，他似乎愈為此著迷，但有一天，他來到葬儀社說他只做到月底。他說他要去中西部和他叔叔住。

我回到家時，走廊上有個學生站在我公寓門口。「你公寓裡有個女人，艾比先生。我想是她請羅森堡先生幫她開門的。」

我打開門，將行李箱放到地上，用腳關上門，閉上雙眼。整個公寓都飄著咖哩味。我恨咖哩。

「哈囉？」有人說。

「嗨。呃、嗨，薩森妮？」

她拿著我的木製大攪拌匙，從轉角走出。湯匙上沾了飯粒。她笑容很勉強，滿臉通紅。我猜一半是因為煮飯，一半是因為緊張。

「妳在幹什麼，薩森妮？」

湯匙緩緩落到她身側，她不笑了。她望著地板。

「我以為你在城市忙了一整天，可能沒吃什麼，跑來跑去的……」她話說到一半便停了，手中湯匙再次舉起，像一根悲傷的魔杖在空中揮舞。也許她希望湯匙能幫她講完話。

「喔，天啊，聽著，沒事。妳人真好！」

我們兩人都好尷尬，所以我趕緊暫時撤退到浴室。

「你喜歡咖哩嗎，湯瑪士？」

吃到一半，我的舌頭已燃起五級大火，但我吞下眼淚，點點頭，用叉子指盤子好幾下。

「……愛透了。」這可能是我這輩子吃過最糟的一餐。先是香蕉麵包，現在又是咖哩……上帝垂憐，神讓她買了莎莉布朗尼蛋糕當甜點，喝了三杯牛奶之後，我口中的大火總算平息。

碗盤清乾淨之後，我開始告訴她坐計程車的事。我講到司機圖多趕我下車時，她咬著嘴脣，別開頭。

「怎麼了？」我原本想說：「嫌我太無聊了，是不是？」但我那時已知道這句話很失禮，也沒必要。

「我……」她看向我，然後別開頭，再看向我，又別開頭。「我今天下午來這裡真的很開心，湯瑪士。我和你通完電話，就馬上來這裡。我真的很開心能在這裡煮飯……你懂我的意思嗎？」她先望著我，又咬了嘴脣，但她非常仔細望著我。

「對，當然了。我是說我當然明白……哇，咖哩真的很好吃，薩森妮。」

後來我給她那本傀儡大書時，她看一眼便落淚了。她沒將書拿起，她從椅子起身，走向我，雙臂環抱住我脖子，緊緊抱住我。

我們摟著脖子互相親吻，走向床邊。我們開始盡快脫著彼此的衣服。但不夠快，於是我們分開，解開各自的鈕扣。雖然她背對我，我仍停下手，看她從頭上脫下她的襯衫。我很喜歡看女人脫衣服。不管是要和她做愛，還是只是從窗戶偷看，女人脫衣令人心癢，並帶來美好的刺激感。

我以大拇指撫摸她脖子，緩緩滑下她起伏的脊椎。她回頭朝我皺眉。「可以拜託你一件事嗎？」

「當然好。」

「我不敢在別人面前脫衣服。對不起，但我脫衣服時，你可以閉上眼或別開頭嗎？」

我越過床，親吻她肩膀。「當然好。我也會尷尬。」很完美。我討厭在不認識的女人面前脫褲子，所以這樣很好。我會背對她，脫下褲子，她會在另一頭脫下褲子，然後我們兩人會同時鑽到被子裡，關上燈一會兒……

鈴鈴鈴鈴鈴！

我才脫下內褲，電話就響了。以前從來沒人打電話來，尤其是半夜十二點。電話在房間另一頭，於是我裸體跑過去接。薩森妮驚呼一聲，我直覺轉過去看她。她綠色的內褲脫到膝蓋，從她表情看來，她不知道該穿回去還是脫下。

「湯瑪士你跑哪裡去了？我試著聯絡你好幾天了！」

「媽？」

「對。我總是在大半夜才找得到你。你有收到我從布魯明黛百貨寄給你的褲子嗎？」

「**褲子**？媽……」我把手蓋住話筒，望向薩森妮。「我媽想知道我有沒有收到她從布魯明黛百貨寄來的褲子。」

薩森妮馬上望向她手中的內褲，然後看向我。我們兩人都開始大笑。我盡快掛上了電話。

接下來幾週，我們愈來愈常相處。我們去紐哈芬市看劇，有天晚上開車到史德橋村吃晚餐，並在羅德島海岸我母親的小農舍中，等待外頭一場冰雹結束。

有天下午，她害羞地問我她能不能去一趟加倫。

「可以，但妳要答應讓我一起去。」

第二部

一

「薩森妮，行李箱不可能全帶啦！妳以為這是什麼，**運貨馬車**嗎？」

她只要再來一只老式扁皮箱，她的行李箱大隊就齊全了。她現在有一個雅緻的紅黃色柳條籃、塞得跟德式小香腸一樣的破舊帆布背包和設有銅鎖及銅邊框的老式棕色真皮行李箱。除了這些之外，她上頭還疊了她剛從乾洗店拿來的衣服，每件衣服不但都掛在金屬衣架上，還包著塑膠套。

她凶巴巴瞪著我，走到旅行車的後頭。她向下打開後行李廂，將第一件行李放上車。

「你不要煩我，湯瑪士。我今天已經夠衰了，好不好？不要煩我。」

我手指在方向盤上敲，從後照鏡看著我的髮型，心想這值不值得吵。我這週一直跟她強調，我希望這趟旅行愈輕便愈好。在我紐約之旅之後，我們幾乎每天都黏在一塊，我發現她大概只有三件襯衫、兩套洋裝和一件看起來像被農夫丟掉的白罩衫。有次她在櫥窗看到一件喜歡的印地安洋裝，我想買給她，她卻不讓我買，我怎麼堅持都沒用。她當時說：「還不行。」

鬼才知道是什麼意思。

所以她行李都裝什麼？我腦中浮現另一個夢魘，該不會是食材和熟食吧！莫非她要在這一路上為我們煮飯！香蕉麵包……咖哩……蘋果茶……

「妳到底裝了什麼啊，薩森妮？」

「你幹嘛用吼的！」

我從鏡子看著她，她雙手插在腰上。我順勢想起她沒穿衣服的屁股有多漂亮。

「好，對不起。但妳怎麼會帶這麼多東西？」

我聽到她腳步移動，碎石嘎吱作響，她站到車門邊。我抬頭看她，但她忙著解開柳藤籃的帶子。

「你自己看。」

裡面滿滿都是手寫的筆記、剪報、空白的黃頁筆記本、黃色鉛筆和她喜歡的粉紅色胖胖橡皮擦。

「這是我的工作包。我難道不能帶嗎？」

「薩森妮……」

「帆布包裡裝的是我的衣服……」

「聽著，我不是說……」

「行李箱裝了我還在做的懸絲傀儡。」她露出笑容，扣上籃子上的拉栓。「湯瑪士，這是在我身邊你唯一要習慣的事。不管去哪裡，我一定會帶上我的生活必需品。」

「看得出來。」

「喔，真好笑，湯瑪士，你好聰明喔。」

六月畢業典禮前幾天剛結束，所以我們開車出發時，夏日綠油油的校園一片寂靜，莫名有點哀傷。少了學生的學校總是莫名有種不祥的氣氛。所有教室都太乾淨，地面太光亮了。電話響起時，鈴聲會在校園中迴盪，而且每次都要響八、九聲才停，不是有人去接，就是對方忽然發覺大家都不在，自己掛上電話。我們經過我最喜歡的一棵山毛櫸時，我才發覺自己要好久之後才能再次坐在樹下。

她伸手打開收音機。「湯瑪士，離開這裡你很難過嗎？」

收音機播放〈嘿，茱蒂〉最後一段。六零年代這首歌剛出時，我記得我和一個女孩在南塔克特島上約會。

「難過？對，有一點。但我也很高興。人生過一陣子，你會覺得自己過得恍恍惚惚。你知道今年是我第四次教《頑童歷險記》嗎？那的確是一本好書，但我已經教到我甚至都不用看文本了。不看也能教，這不是什麼好事。」

我們聽著那首歌結束。我想電臺在播放「披頭四」回顧，因為下一首是〈永遠的草莓園〉。

我轉進坡道，開上新英格蘭高速公路。

「你有想當過演員嗎？」她拉掉我襯衫的線頭。

「演員？沒有，我不要跟我父親一樣，絕對不要。」

「看完史蒂芬・艾比在《初學者》的演出，我記得自己瘋狂愛上他。」

我哼一聲，不發一語。世上究竟誰不愛我父親？

「別笑我。我說的是真的！」她語氣甚至有點憤慨。「當時是我第一次住院，所以我父母替我買了一臺小型攜帶式電視。那一切都我記得非常清楚。電視上播的是『百萬電影特輯』，每天下午會播放同一部舊片，播一整週。《初學者》和《勝利之歌》這兩部片我一次都沒錯過。」

「《勝利之歌》？」

「對，詹姆士・賈格納[13]演的。我在醫院時瘋狂愛上詹姆士・賈格納和你父親。」

「你在那裡待了多久？」

「醫院？第一次四個月，第二次兩個月。」

「他們做了什麼？植皮手術之類的嗎？」

13 詹姆士・賈格納（James Cagney, 1899-1986），美國知名演員和舞者，曾以《勝利之歌》獲得奧斯卡最佳男主角獎。

她沒回話。我望向她，但她面無表情。我不是故意要問的，但我們兩個沉默好一會兒，我覺得自己應該要道歉，但我始終沒道歉。

前方的山上醞釀著巨大的暴風雨，我們開向成團的灰黑雲朵中。我望向後照鏡，我們剛才來的地方陽光依舊燦爛。我知道大多數人都不知道他們傍晚即將面臨的命運。

「妳什麼時候才不愛我父親？」

「湯瑪士，你真的想知道我在醫院的事嗎？我不喜歡聊那件事，但如果你想知道，我會跟你說。」

她語氣十分堅定，我不知道要怎麼回答。我還來不及開口，她便繼續說了。

「第一次很可怕。他們把我放到浴缸，讓舊的皮膚剝落，並長出新皮膚。我記得有個叫拉絲穆森的蠢護士負責照顧我，她對我說話時，常把我當笨蛋一樣。我其實不大記得其他事情，只記得我很害怕，恨透了一切。我猜是我受創太深，很多事都忘了。第二次則有大量的心理諮商，每個人都對我友善多了。可能因為他們知道我能再次走路。我在那裡時，我發現大家對待你……我不知道怎麼說，就是更把你當人看，因為他們發現你能恢復正常了。」

黃色的閃電如蛇鑽過雲朵，緊接著就是轟雷巨響，讓人嚇一大跳。電臺只剩下靜電音，於是我把收音機關了。豆大的雨滴從天而降，但我撐到真的看不清楚才打開雨刷。我側邊的車窗開著，我感覺得到熱氣下壓，空氣滯悶。我想著薩森妮．嘉納小時候，直挺挺坐在醫院病床，女孩的雙腿從上到下全包著繃帶。那畫面好難過又好可愛，我不禁露出微笑。如果那是我的孩子，我一定會買一大堆玩具和書給她，而且會多到讓她埋進那堆禮物下喘不過氣。

「身為史蒂芬．艾比的兒子是什麼感覺？」

我深吸一口氣，不理她一分鐘。我們在一起的時光，她很少問我家人的事，對此我真的是謝天謝地。

「我母親替他取了個小名叫龐奇。有時他會工作到一半離開片場，回家帶我們一家人出去玩，像去納氏莓果樂園或海灘之類的。他會跑來跑去，買熱狗和可樂給我們，問我們這是不是這輩子最棒的時光。他有時挺瘋的，但我們很愛他這點。如果他太瘋，我媽會說：『好了啦，龐奇。』我討厭母親管他。他在的時候一定要成為焦點人物，但那是因為他當時很少在我們身邊，所以他的一切我們都照單全收。」

雨水落下，如一襲透明的窗簾，在車內都聽得到輪子下的雨水飛濺。我開在慢車道，每次有其他人的車經過我們，水都會噴到擋風玻璃上，可憐的雨刷根本來不及將水刷下。閃雷和雷聲現在同步了，所以我知道暴風雨籠罩了我們。

「有次他拍《維吉尼亞大火》帶我去製片廠。我想某方面來說，那是我人生中最棒的一天。我唯一記得的是有人一直問我要不要吃冰淇淋，後來我睡著了，有人把我抱到他的更衣室。我醒來時，他像一座白色高山站在我上方，露出他的招牌笑容。他穿著全白襯衫，戴著一頂綁黑織帶的巨大白色巴拿馬帽。」我搖搖頭，在方向盤上敲著節奏，趕走腦中的回憶。一臺超市聯結車慢動作開過。

「你愛他嗎？」她聲音很小，語帶遲疑，我猜有點害怕。

「沒有。有。我不知道。你怎能不愛自己的父親？」

「很簡單。我就不愛我的父親。他學生考進哈佛，他人生最大的夢想就成真了。」

「什麼意思？你父親是個老師？」

「嗯哼。」

「妳從沒跟我說。」

「對。他也教英文。」

我快速瞄她一眼，她鼓起雙頰，像嘴裡塞滿果仁的松鼠。

「我覺得我不該說，但他真的糟透了，我記得的都是糟糕事。」她雙手放在儀表板上，拍著某種輕柔的非洲鼓節奏。她邊拍邊說：「他常吃鳳梨片，還會大聲唸《海華沙之歌》給我和母親聽。」

「《海華沙之歌》？『巨大的水域岸邊／巨湖之底／海華沙和他的兄弟／玩著撲克牌、賭著錢。』」

「哇，英文老師好。」

天空陰暗，我打開頭燈，時速降到六十公里。我經常好奇她小時候的樣子和她迷你版的皎白美麗面龐。我想像她在昏暗的客廳角落玩傀儡到晚上九點，她母親會來叫她上床睡覺。她白色的襪子滑下，腳上穿著有金扣的黑漆皮鞋。

「湯瑪士，我小時候家裡唯一讓人興奮的一件事，就是夏天的週末去桃湖玩。我以前都會曬傷。」

「喔，真的嗎？哼，我唯一感到興奮的事就是讀《歡笑國度》，還有喝大玻璃瓶的海爾斯版根汁啤酒。大玻璃瓶裝的海爾斯根汁啤酒後來怎麼不見了？」

「喔，屁啦，你身邊那麼多名人，別跟我說很無聊。你不需要這樣安慰我。」

「安慰妳？完全不是。至少妳有個正常的父親！聽著，當他兒子就像活在鳥籠裡。你只要開口說話，每個人都假裝很親切，或有多喜歡『你爸』的電影！我他媽的管他電影幹嘛？我的天啊，我是個小孩子！我只想騎腳踏車而已。」

「不要大吼。」

「我不需要……」我想再多說些，但我看到通往休息站的匝道，於是我轉過去。我緩緩駛下坡道，外頭黑得像夜晚一樣。停車場滿滿都是露營貨車和載滿行李的車子。許多車都淋著雨，所以放在外頭的行李箱、嬰兒車和腳踏車都已溼透，閃現光澤。一臺掛俄克拉荷馬州車牌的飛雅特汽車從車位倒車出來，差點撞到我，我趕快插進那停車位。我關引擎，我們坐在車子裡，雨劈里啪啦打在車頂。她雙手交疊在大腿上，而我雙手緊緊抓著方向盤。我好想扯下方向盤拿給她。

「好啦，妳有沒有想吃什麼？」

「吃？幹嘛？我們才上路一小時。」

「喔，對，對不起，**親愛的**。我不該感到餓，是吧？除非妳想吃東西，不然我不准吃，是這意思嗎？」我聽起來像剛學會諷刺的小孩，只會亂用一通。

「閉嘴，湯瑪士。你儘管去買個魚堡什麼的。我才不管你要幹嘛。不要把怒氣發洩在我身上。」

我好像也只能走了。我們兩人都知道，我只是讓自己愈來愈像個混蛋，但這時我已不知道該如何收手。如果我是她，我一定會覺得無聊透頂。

「妳想要什麼……？喔，媽的，我一會兒回來。」

我打開門，一腳踏入超大一池水窪，一瞬間我的球鞋和襪子全浸溼了。我轉頭去看她有沒有在看，但她眼睛閉著，雙手仍放在大腿。我把另一隻乾燥的腳小心翼翼放到水窪中，感覺冰冷的水滲入。然後我雙腳上下擺動，像在洗腳一樣，嘩啦嘩啦作響。

「你……在……幹……嘛？」

嘩啦嘩啦。

「湯瑪士，不要鬧了。」她開始大笑。聽起來比雨聲好聽多了。「不要瘋了！關上門。」

我背對她，我感覺到她抓住我的長袖T恤。她笑得更大聲，用力拉我一下。

「拜託你進來好嗎？你在幹嘛？」

我抬頭看向天空，雨水狠狠下在我臉上，讓我不得不閉上雙眼。「贖罪！我在贖罪！我他媽的這一生中，大家都在問我當史蒂芬．艾比的兒子是什麼感覺。每次我試著回答，我都聽起來愈來愈蠢。」

我腳不動了。我感覺好難過，像個白痴一樣。我想轉頭看她，但我辦不到。「對不起，薩森妮。如果我真的說得出什麼，我一定會告訴妳。」

風將大雨吹到我臉上。有一家人經過，吃驚地看著我。

「我不在乎，湯瑪士。」狂風呼嘯，我再次閉上眼。我不確定自己有沒有聽錯。

「什麼？」

「我說我不在乎你父親。」她用手掌撫摸著我的背，她的聲音堅定有力，充滿關愛。

我轉身用溼淋淋的手臂抱住她。我親吻她溫暖的脖子，感覺她也親吻著我。

「抱緊我，任性鬼。我衣服早就被你弄溼了。」她將我抱更緊，咬了一下我脖子。

我想不到該說什麼，腦中只浮現在法蘭斯《青狗的悲傷》中的一句話：「鹽之聲也愛克朗。和她在一起時，它總是輕聲細語。」

二

我們原本打算兩天抵達加倫，但我們只要看到廣告看板，心情突然又好起來，忽然哪都想去。結果我們不只去斯塔基買果仁糖，還去了邊疆鎮、聖誕老人村和爬蟲類城。

「等一下。你想去看……拿好……格林河戰役的遺跡嗎？」

「我不知道。可以啊。那是哪一場戰爭？」

「有差嗎？距離八公里。薩森妮，妳最喜歡法蘭斯哪一本書？」

「《星之池》和《歡笑國度》，這兩本我難以取捨。」

「《星之池》？真的假的？」

「對，那本裡有我覺得我最喜歡的場景。就是女孩在晚上走到海灘，看到那個老人，白鳥在海洋中挖了一個個藍洞。」

「天啊，我選不出我最喜歡的場景。不過應該是《歡笑國度》的場景。絕對是。但我不知道要選好笑的還是魔幻的。我現在比較喜歡好笑的場景，但我小時候，文字軍和沉默軍那一場場戰鬥我都覺得……哇！」

「湯瑪士，車偏了啦。」

有時我們會開下高速公路，進到停車區，坐在溫暖的車頂看所有人疾駛而過。我們兩人都不會開口說話，不急著去加倫。

第一天晚上，我們住在匹茲堡西邊一個小鎮裡。汽車旅館的老闆有養黑棕色浣熊獵犬的幼犬，吃完晚餐，我們抱幾隻小狗到前方草坪，讓他們咬我們手指頭一會兒。

「湯瑪士？」

「嗯？嘿，別讓他逃走。」

「聽我說，湯瑪士，這件事很認真。」

「好。」

「你知道這是我第一次跟別人去汽車旅館嗎？」

「是喔？」

「嗯哼。還有你知道嗎？我非常高興。」她把小狗給我，站起來。「我年輕的時候，時時刻刻都擔心著我的燙傷傷疤，因為我的樣子，我從來沒想過有任何男人會想跟我去汽車旅館。」

隔天早上，我們要離開時，老闆從辦公室走出來，將打包好的中餐給我們，還附上啤酒和星河巧克力棒。她向薩森妮低聲說幾句話，然後走回辦公室。

「她說什麼？」

「她說你太瘦了，我應該把我的巧克力棒給你吃。」

「有道理。」

「才不要。」

整趟旅行就像這樣，好事一樁接著一樁，所以等我們到了聖路易，看到沙里寧大拱門，我們都有點依依不捨。我們白天停在密蘇里州的太平洋市，在六旗遊樂園亂晃。晚上我們回到汽車旅館的冷氣房中做愛。她一次次喚著我的名字。我從來沒和會這麼做的女人在一起。一切都好順利。我回顧人生黑暗的角落，好奇有沒有誰偷偷藏了一手……我沒找到。當然也不是說我期待事情出問題。

三

我開進一間太陽石油公司的加油站，一個漂亮金髮女孩從車庫走出來，她頭戴著亮紅色聖路易紅雀棒球帽。

「加滿，謝謝。還有，這裡到加倫要多久？」

她彎下腰，雙手撐在膝蓋上。我注意到她指甲很短，其中兩指完全黑了，彷彿被重物砸到，害她指甲下方瘀血。

「加倫？喔，大概六公里。你直直沿著這條路走，到交叉路口右轉，再開幾分鐘就到了。」

她繼續加油，我望向薩森妮。她面露微笑，但她顯然和我一樣緊張。

「好啦……」我手朝空一揮。

「好啦……」她也會心點個頭。

「好啦，孩子，我們快到了。」

「對。」

「快到那個歡笑國度……」

「馬歇爾．法蘭斯的國度。」

這條長路起起伏伏，在開過筆直無趣的高速公路後，道路有高低起伏其實感覺滿好的。我們在路邊看到一臺逼真的鐵路餐車，車經過貯木場時，新砍下的木香在一瞬間飄進車內，又飄出車外，後來還經過一間獸醫辦公室，裡面傳來害怕和生病的狗刺耳又瘋狂的吠叫聲。到了交叉路口，那裡有個「停」字標示，上面充滿彈孔和凹痕，並有著橘色的繡斑。一個孩子站在標示牌旁，想搭便車。他看起來應該不會惹麻煩，但我不得不說，我腦中閃過《冷血》[14]片中的幾個場景。

「加倫。」

我們跟他說我們也要去加倫，並讓他上車。他一頭塌塌的紅髮爆炸頭，每次我從後照鏡看他，不是看到他直直望著我，就是被那蓬亂的頭髮擋住視線。

「你們要去加倫？我看到你車牌是康乃迪克州。」他發音是康「捏」迪克。「你們該不會是從大老遠跑來加倫的吧，是嗎？」

我開心點點頭，從鏡子望著他。給他一點正面的眼神交流。老派的大眼對小眼遊戲。「對，

14 《冷血》（*In Cold Blood*）是美國一九六七年的犯罪電影，是根據一九六六年楚門．柯波帝所寫的紀實文學改編。

我們還真的是專程來的。」

「哇塞，康乃迪克州到加倫啊。」他語帶諷刺。「很遠呢。」

我班上有很多像他的蠢蛋，所以我不在意他多沒禮貌。他只差一件印著「KISS」的T恤，牛仔褲露出內褲褲頭，就能完整屁孩化。

薩森妮從座位轉頭。「你住這裡嗎？」

「對。」

「你認識安娜．法蘭斯嗎？」

「法蘭斯小姐？當然認識。」

我又瞄一眼鏡子，他雙眼仍看著我，但他現在津津有味咬著拇指指甲。

「你們是來看她的嗎？」

「對，我們要跟她聊一聊。」

「是嗎？她還不錯。」他抽鼻子並移了移身子。「她是個時髦的女士。非常隨和，你們懂嗎？」

突然之間，我們抵達了。車子開過一小段坡，我們經過一棟有兩根細柱的白色房子，牙醫的小招牌掛在前草坪的燈柱上。那裡有棟銀藍色的金屬小屋上招牌寫著「達格奈除草機修理服務」，還有蒙哥馬利沃德暢貨中心，消防局大門敞開，裡面沒有消防車，有間米行門口廣告招牌寫著本週五十鎊的普瑞納狗乾糧特價。

就這樣。這裡就是法蘭斯寫出所有作品的地方。他在這裡吃飯、睡覺、散步，他認識這裡的人，在這裡買馬鈴薯和報紙，在這裡加油。這裡大多數人都認識他。真正認識馬歇爾．法蘭斯。

鎮中心位於火車軌道的另一頭。我們接近平交道時，安全欄杆降下，警示鈴聲響起。我很高興暫時被擋住。只要能延後我們和安娜．法蘭斯見面的任何事都好。我一直都很喜歡停下來看行駛中的火車。父母親還沒離婚前，我記得我和母親經常坐二十世紀特快車和超級酋長號列車橫越全國四處旅行。

欄杆降到底時，我關上引擎，手臂放到薩森妮椅臂上。天氣炎熱溼黏。夏天有時就是這樣，空氣像軟鉛一樣沉重，天上的雲朵猶豫不決，不知道要下雨還是飄走。

「你可以在這裡放我下車。」

「你可以跟我們說法蘭斯住哪嗎？」

他細瘦的手臂伸到我們座位之間，食指向前指，開口說：「走到這條街尾，大概過兩條街，然後右轉進到康諾利街。她的房子是八號。如果找不到，可以問附近的人。他們會跟你們說。謝謝你們載我。」

他下車離去，我看到他兩邊後口袋都縫著彩色的補丁。其中一個形狀是比中指的手，另一個是用兩指比著「耶」，代表和平。兩個補丁都是紅白藍三色，手指旁邊整面都是星星。

結果這輛火車開得無比緩慢，大概有兩百節車廂。列車像遊行一樣，車廂印著伊利拉克瓦納鐵路公司、切薩皮克和俄亥俄鐵路公司、海鐵公司……每節車廂經過時發出的聲音都不同，有的轟然震耳，有的甚至發出叮鈴噹啷的聲音。最後是舒適的磚紅色小守車，透過正方形的高窗，看得到裡頭的隨車人員讀著報紙，抽著菸斗，渾然忘我。我喜歡這一切。

火車駛離之後，紅白條紋的欄杆緩緩升起，彷彿它們累了，沒心情向上。我發動引擎，踩下油門，越過軌道。我看向後視鏡，後面沒有其他車。

「妳看到了嗎？這裡和東岸的差別。」

「什麼差別？」

「我們剛才在平交道多久？五分鐘、八分鐘，對吧？在東岸不用多久，時間一半就好，後頭就會排十公里的車陣了。在這裡……妳看後面。」她看完沒說話。「懂嗎？一輛車都沒有。差別就在這。」

「嗯哼。湯瑪士，你知道我們在地球的哪裡嗎？你知道我們真的在這裡嗎？」

「我暫時還不想去想。我一想到就會肚子痛。」這樣形容已經算客氣了。我沒多久便心亂如麻，害怕待會兒要跟安娜．法蘭斯說話，但我不想讓薩森妮知道。我一直想著戴維．路易斯對她所有的描述：她是巫女，是神經病。我不想再多聊，於是我把窗戶完全打開，深呼吸。空氣混合著火燙的塵土和其他東西的氣味。

「嘿，看，薩森妮，是一家烤肉店！我們去吃東西。」

芬德運動用品和格拉斯保險公司之間的空地上，有間店搭起了巨大的綠色天篷。天篷底下大概二十個人坐在紅木野餐桌旁吃飯聊天。前方一塊手漆的招牌寫著這是獅子俱樂部年度烤肉會。我將車停在一輛骯髒的皮卡貨車旁，下了車。空氣沉滯，濃烈的木煙和烤肉味撲鼻而來。徐徐微風輕拂而過。我伸展身體，剛好望向吃飯的人，馬上怔一下。他們全停下手，望著我們。一個黑色短髮的漂亮女人雙手拿著兩盒漢堡捲經過我們，除了她之外，所有人都一動也不動。有個戴著稻草帽的胖男人肋排拿在嘴邊，嘴都還張著。有個女人可樂已全倒到杯子裡，空罐仍停在空中。有個小孩雙手高舉粉白色的兔子填充玩偶。

「這什麼？《希臘古甕頌》[15]嗎？」我暗自咕噥。

我看拿漢堡捲的女人用烤肉叉撬開盒子。其他人停止大概十秒鐘，然後一輛載著金毛銀鬃馬的貨車引擎轟然響起，打破了魔咒。烤架後面有個男人露出笑容，用油膩的煎鏟揮手招呼我們。

「還有很多肉，各位。來支持加倫獅子隊。」

15 《希臘古甕頌》是英國浪漫主義詩人濟慈所寫的詩作，詩中藉希臘古甕表面人物動作靜止的圖畫來做詮釋和延伸。

我們走過去，那人點點頭。有一排長椅中間有空位，於是薩森妮便坐下，我則走向冒煙的烤架。

我的新朋友將銀色烤架上的油塊刮入火中，轉頭要人多拿幾片肋排來。然後他看向我，敲敲烤架。「康乃迪克州來的，嗯？你大老遠跑來就是來吃我的肋排吧，嗯？」

他戴著白色厚重的防熱手套，手掌的位置有著油膩的汙漬。我露出傻傻的微笑，用鼻子哼幾聲。

「總之，我這裡賣肋排，巴布．肖特那是賣漢堡。不過我是你的話，我不會吃漢堡，因為巴布是醫生，他可能會下毒，晚點才能多幾個病人。」

巴布覺得這是他這輩子聽過最好笑的笑話。他回過頭去看大家是不是跟他一樣笑到前俯後仰。

「說真的，你吃我的肋排就會懂什麼叫美食，因為我家開市場的，這肉很新鮮，今天早上才從貨車搬下來。這是我最好的肉。」他指著烤架上的肋排。肋排外層塗了紅色醬汁，熱油滴入下方紅炭，不斷發出滋滋聲響。肋排聞起來非常好吃。

「對啊，丹，真不錯。不過那些肋排其實是你上週賣不掉的存貨吧。」

我轉頭望向薩森妮，看她聽到這些笑話的反應，出乎我意料之外，她聽了放聲大笑。

「我們再繼續講垃圾話下去，你們都不用吃了，老弟。你和你朋友想吃什麼？」

丹是活動主辦人，他有著光滑的禿頭，頭側有一些棕色短髮。他有著黑色眼珠，面容和善，那張大臉紅潤飽滿，看來這幾年吃了不少肋排。他穿著白色T恤、滿是折痕的棕色褲子和黑色工作靴。他讓我想起幾年前過世叫強尼．法克斯的一名演員，他因為家暴的事而臭名在外。他在西部電影中，總是演出懦弱怕事的小鎮市長或店老闆，例如道爾頓幫[16]來鎮上搗亂時不敢反抗的那位。

我父親常把像強尼．法克斯這種人邀回家。他們聽到他真的邀他們吃晚餐，總是一臉驚訝。父親會走進前門，朝我們廚師艾絲特喊，晚餐要多準備一位。

如果我和母親在房裡，她一定會發出呻吟，抬頭望向天花板，彷彿那裡寫著答案。「你父親又找到另一個怪物了。」她會這樣說。接著她從椅子上懶洋洋地撐起自己。等他和拖來的朋友出現在門口，至少她會是站著的。

他會一臉嬌羞又調皮，大聲說道：「梅格，妳看誰來吃晚餐！強尼．法克斯！你記得強尼對吧？」

強尼會躡手躡腳走向前，小心地和她握手，好像她是隻隨時會電人的電鰻。兩人會很怕她，因為他們感覺得出，雖然她始終很有禮，但她根本受不了他們來家裡，更別說共桌吃飯。

16 道爾頓幫（Dalton Gang）美國舊西部的罪犯，又稱道爾頓兄弟，專門搶銀行和搶劫火車。

但晚餐很順利。他們聊了正在拍的電影以及電影圈的八卦趣事。等我們吃完晚餐，強尼（或不管是誰）會滿口奉承，感謝母親準備如此美味的一餐，並迅速告別離去。有一次，有個叫衛特尼的攝影師來家裡，他之前用麵包機打他妻子的頭，判刑三十天，他離開時被橡膠地墊絆倒，扭傷了腳踝。

他們離開之後，大家會回到客廳，父親會點燃蒙特克里斯托雪茄，她會站到她窗邊的位置，背對他開始她的戰鬥姿態

她會理所當然說：「他不是打老婆（搶餐廳、養殺人狗、偷渡墨西哥人）的那個嗎？」

他會呼出長長一團灰煙，望著雪茄，一臉快樂。「對，沒錯。他兩週前才出獄。布萊森原本擔心我們要找別人來演市長。幸好他老婆決定不告他。」

「對啊，是不是？」她會用酸言酸語設法射出一團火焰，但她不是沒那心思，就是語氣不到位，最後聽起來變成好像真心為強尼高興。

「很有趣的傢伙。很有趣的傢伙。我五年前一部片跟他合作。他拍攝期間不是在喝酒，就是在想辦法上到一個醜電影場記。」

「真棒。你把漂亮的都把走了，史蒂芬。」

他們會這樣吵到他抽完雪茄。接著他不是走到她身後，雙手放到她腰上，就是走出客廳。只要他這麼做，她便會轉過身，瞪著門口許久許久。

「肋排還是漢堡？」

「不好意思？喔，肋排！對，肋排好了。」

丹鑣起滋滋作響的紅肉，放到特大的黃色盤子上，上頭還有兩塊圓麵包。肋排上的油流滿盤子，浸溼了麵包。

「這樣是兩塊半，剛才的娛興節目免費。」

我拿了兩瓶可樂，回到桌旁。薩森妮身旁坐著一個灰髮老太太，她雙頰凹陷，滿是皺紋，前排有顆棕黑色的牙齒，快速低沉向她說著話。我覺得她有點奇怪，但薩森妮專注聽著她說的每一句話，我把食物放到她面前時，她完全沒動。我看了有點惱火，於是自己拿了一塊肋排，沒想到肋排很燙，害我整塊掉到桌上。我以為自己沒發出多大的聲響，但我抬頭時，所有人再次盯著我瞧。天啊，我恨透了。我是那種不想鬧事的人，要是我點牛排，服務生送來魚排，我會默默吃下。我討厭當眾起爭執、討厭餐廳送上生日蛋糕、討厭在外頭跌倒或放屁。總之我討厭引起注意，讓人停下腳步，盯你盯到天長地久。

我向周圍的人露出「我是笨蛋嗎」的笑容，但沒什麼幫助。他們還是一直看、一直看……

「湯瑪士？」還好薩森妮來拯救我了。

「是！」我想我大聲到奶油都凝結了。她拿起肋排，放回我的盤子。

「這是芙列契太太。芙列契太太，這是湯瑪士．艾比。」

老太太從桌子另一邊和我握手，手勁強壯有力。她看起來大概六十八、九歲。我猜她是在鎮上郵局上班，或在電影院的攤商賣爆米花和糖果。她皮膚不像蛇皮乾燥粗糙，不像一輩子在太陽下生活的老人。她非常蒼白，在室內生活的白，並像老明信片漸漸發灰。

「你好嗎？我聽說你們在這裡可能要待上一陣子？」

我望向薩森妮，好奇她告訴芙列契太太多少事情。她邊吃著肋排，邊朝我眨眼。

「聽說你們要租房子？」

「喔，對，也許吧。只是我們還不確定要待在這裡多久。」

「那沒有差。我房子樓下有好多空房，簡直可以租出去開條保齡球道了。而且還夠開兩條。」她從手提包拿出黑金色的塑膠菸盒。她打開之後，拿出一根十公分長的香菸，還有黑色打火機。她點燃香菸，大吸一口，香菸快速化為一長條菸灰。她說話時，菸灰在菸上愈來愈長，但她都不彈掉。

「丹，這肋排看起來真好吃。我可以叫一盤嗎？」

「當然好，傻妞。」

「有聽到他叫我傻妞嗎？我所有朋友都這樣叫我。」

我點點頭，不知道她說話時我繼續吃東西會不會失禮。

「你們跟我住一起，不用擔心有沒有結婚什麼的。」她各看我們一眼，點點左手的戒指。

「我不會管那種事。我只希望我年輕時大家也這麼想。相信我，我一定會玩得很盡興！」

我望向薩森妮，等她回應，但她只注視著芙列契太太。

她講到一半停下來，手指在桌上敲了敲。「樓下租金我算你們……我算你們一週三十五元。附近汽車旅館可沒這麼便宜。我家也有個不錯的廚房。」

我正要跟她說，我們需要討論一下時，丹把肋排端來了。

「丹，我樓下租他們一週三十五元你覺得怎麼樣？」

他手臂疊在肚子上，用牙齒抽氣，聽起來像蒸氣熨斗。

「你們想在加倫待一陣子，是吧？」我不知道是不是我疑心病重，但我確定他的語氣變沒那麼友善了。

薩森妮在我開口之前先說話了。「我們在想說看能不能跟安娜・法蘭斯說到話。我們很希望能寫一本關於她父親的書。」

這時現場是不是一片沉默？大家臉上是不是流露濃厚的興趣，像潮溼空氣中冒出的煙霧，緩緩飄向我們？

「安娜？妳說妳想寫本關於馬歇爾的書？」丹宏亮的聲音蓋過烤肉聲，四周一片寂靜，剛才不知從何吹來的微風，此時也戛然而止。

我好氣薩森妮。我原本想先在鎮上打探個幾天，再告訴大家我們來加倫的原因。我最近讀到一篇文章關於有個新興作家，他住在華盛頓州的一個小鎮。鎮上大家都不對外人提起他的事，因為他們很喜歡那作家，想保護他的隱私。雖然馬歇爾．法蘭斯過世了，我相信加倫鎮民肯定不願多談他的事。這真是薩森妮做的第一件蠢事。我唯一替她想到的藉口就是她親身來到加倫之後太緊張了。

丹轉身朝其中一個朋友大喊。「這傢伙想寫關於馬歇爾．法蘭斯的書。」

「馬歇爾？」

我們對面桌子坐了個女人，她穿著藍色牛仔褲和男生的格紋襯衫，提聲說：「你說馬歇爾嗎？」

我好想站到長椅上，用大聲公公布：**「是的，各位！我想寫本關於馬歇爾．法蘭斯的書。你們覺得可以嗎？」**但我沒有這麼做。我只是靜靜喝口可樂。

「安娜？」

我不確定我有沒有聽錯。他聲音聽起來像在叫人，不像是提到一個名字。

「什麼事？」

我身後有個聲音傳來，我覺得我的腸子瞬間伸長又收縮。

我背對著安娜．法蘭斯，那一刻便是我人生的轉捩點，我一時間不知所措。我想轉身，但我不敢。她長什麼樣子？她聲音是什麼樣子？她雙眼呢？她的舉止呢？我不過在小鎮吃個烤肉，最接近馬歇爾・法蘭斯的人就突然悄悄出現在我身後，我一想到此，全身就動彈不得。

「我可以坐這裡嗎？」她的聲音像一片葉子從我左肩落下。我只要向後伸手，便能碰到她。

「當然可以，安娜。這兩個人才說他們非常想見到妳。他們從康乃迪克州大老遠跑來。」

我聽到薩森妮在長椅移動身子，空出位子給她。她們兩人喃喃問好。我一定得轉頭去看了。

那是剛才拿著漢堡捲的女人。她有著光澤亮麗的黑色短髮，像是僧侶碗倒扣在她頭上，長度蓋住耳朵，不過大家仍看得到她特別大的耳垂。她有小巧的鼻子，鼻尖微微翹起，雙眼有種東方風味，不是灰色也不是暗綠色。她雙唇飽滿泛紫，我確定那是自然的顏色，但有時顏色會變深，你會以為她吃了葡萄口味的糖果。她穿著白色的木匠吊帶褲，黑色T恤，沒戴任何首飾，腳上穿著黑色橡膠人字拖。整體來說，她看起來很好看，有種時髦乾淨、中西部年輕家庭主婦的感覺。戴維・路易斯形容的查爾斯・亞當斯[17]個性究竟在哪？這女的看起來剛才才去殼牌加油站洗完車。

17 查爾斯・亞當斯（Charles Adams, 1912-1988），美國漫畫家，風格黑暗，充滿黑色幽默。

她伸手和我握手，她的手柔軟又冰涼，不像我滿手是汗。

「你是湯瑪士·艾比嗎？」她朝我微笑點頭，好像她早已知道我是誰。她一直握著我的手。她說出我名字時，我用力將手抽回。

「對，呃，妳好。妳怎麼——」

「戴維·路易斯寫信跟我說你要過來。」

我聽了皺起眉頭。他為什麼這麼做？他把她形容的像梅杜莎一樣，我原本打算隱藏身分，靠自己四處打探，現在她知道我來的原因，原本能得知她父親人生的破口都會被她堵上。我發誓我一有機會就要寄一封十頁的詛咒信給路易斯。難怪每個傳記作家遇到她都碰釘子。就是他在那搞小動作，讓她取得先機。

「我坐這可以嗎？今天熱得要命，我一直跑來跑去……」她搖搖頭，僧侶頭像件緊身草裙來回彈動。

我發覺自己還沒好好介紹薩森妮。

「法蘭斯小姐，這是我同事薩森妮·嘉納。」同事？我上次用這個詞多久了？她們彼此微笑握手，但我注意到他們握手十分簡短，手好像沒碰到一樣。

「你也是作家嗎，嘉納小姐？」

「不是，我負責蒐集資料，湯瑪士之後會負責寫。」

為什麼要說「之後」？她為什麼不說「湯瑪士負責寫」就好？那樣聽起來比較專業。

我看著這兩個人的臉，心裡忍不住覺得安娜長得好美，薩森妮長得好樸素。這可能只是因為我心裡在氣薩森妮的關係。

「你們想要寫本關於我父親的書？為什麼？」

我想事到如今，最好的做法就是一五一十告訴她，並看她的反應。「因為他是世上最好的作家，法蘭斯小姐。我這輩子只有在讀他的書時，我才能全心投入故事的世界。雖然算不上什麼證明，但我在私立小學教英文，對我來說《歡笑國度》甚至比所有的『經典』都影響我更深。」

她聽到讚美感覺很高興，不過卻瞇起雙眼，輕碰一下我的手。「早跟你提醒過幾百萬次了，別說得那麼誇張，艾比先生。」她笑得像個洋洋得意的小女孩。她這玩笑和笑容讓我心情也不禁隨她飛揚起來。

戴維．路易斯描述的究竟是怎麼回事？他形容她像愛發脾氣的怪咖，身穿黑洋裝，手裡拿著蠟燭，四處吸人血。她本人很漂亮，個性幽默風趣，穿著 Dee-Cee 品牌工作吊帶褲，就我現在看來，鎮上所有人都認識並喜歡她。

「是真的，法蘭斯小姐。」薩森妮熱情說，我們全都停下來看她。

「不過戴維有跟你說我對父親傳記的看法嗎？」

薩森妮開口：「他說妳非常反對。」

「不對，那不是真的。我反對是因為想寫書的人來到鎮上，都抱持著各式各樣錯誤的動機。他們全都想成為馬歇爾．法蘭斯的權威。但跟他們聊天後，輕易就能發現他們對他的真實樣貌毫無興趣。對他們來說，他只是個文學界的人物。」

她語氣帶有一絲不滿，像是遠山的烏雲。她面對薩森妮，所以我只看到她的輪廓。她下巴有稜有角，十分尖銳。她開口時，她白色的牙齒會從深色厚唇下露出，對比十分鮮明，但她一不說話，牙齒瞬間又會藏回去。她有著稀疏的長睫毛，看起來最近才刷捲。她脖子又白又長，纖弱到難以想像，而且那是她唯一有皺紋的地方。我猜她不是四十多歲，就是快四十歲了，但她看來身體強健，我相信她能長命百歲，除非她和父親一樣心臟虛弱。

她轉向我，開始玩肋排附上的藍色塑膠叉子。「如果你認識我父親，艾比先生，你會瞭解我為何對此特別敏感。他是個非常注重隱私的人。除了我母親和李太太，他真正的朋友只有丹。」她朝食品雜貨店的老闆點頭微笑。他聳聳肩，望著鍋鏟，一臉謙虛。「還有鎮上幾個人。大家都認識和喜歡他，但他不喜歡公眾的目光，也極力避免。」

丹開口了，但沒對我們其他人，只對安娜說：「他最喜歡來我的店裡，和我坐到肉品展示櫃後頭的小木凳，妳記得嗎？平常如果員工沒來，他偶爾還會在收銀機寫作。」

這是我傳記多棒的開場！一開始描寫法蘭斯在加倫在丹的收銀機寫作……就算書寫不成，

但坐在這裡，和這些人聊天也好快樂，他們都是馬歇爾生活的一部分。我真是羨慕死他們了。

「丹，還不只這樣，他跟你坐在後頭聊天的時候，根本就沒人在招呼客人了！」

丹搔搔頭，朝我們眨個眼。我腦中冒出一個揮之不去的念頭。這個食品雜貨老闆？這和善的小胖子？他和我的英雄相處是怎樣？也有好幾年吧。他們能聊些什麼？棒球？女人？昨晚誰在消防局喝醉了？我這態度很糟糕，又瞧不起人，但我為何不能跟他交換位置？讓我坐到肉品展示櫃後面，哪怕是一個下午都行。給我一個下午跟馬歇爾．法蘭斯瞎扯淡，也許聊聊書和奇幻故事……聊聊他書中的角色。

「嘿，對了，馬歇爾，你怎麼想出那些——（空格）的？」

他可能會向後靠在兩根羊腿上，這樣回答：「我小時候認識一個吞劍人……」

接著我們會打開廣播，像兩個講垃圾話的男人，茫然望著前方，聽著球賽平靜打瞌睡。我們會亂聊著斯坦．穆休的打擊率或費瑞德新買的拖拉機……

我做著和法蘭斯聊天的白日夢，忽然聽到薩森妮提到「什麼什麼史蒂芬．艾比」。我馬上從白日夢醒過來，等我回到現實，芙列契太太已張大嘴巴，盯著我瞧。

「你父親是史蒂芬．艾比？」

我聳聳肩，不懂薩森妮幹嘛洩露這件事。喔，接下來的話題一定很開心。微小的嬰兒哭聲像鏈鋸一般劈空響起，填補了停頓的對話。

「那人的父親是史蒂芬・艾比。」

果不其然。目光投向我，漢堡放下了，嬰兒不再哭泣。我凶狠瞪著薩森妮，她表情垮下，別開頭。她試著緩和氣氛，對安娜說因為我們兩個人父親都是名人，我們可能有許多共同點。

「這樣的話，那我父親跟艾比先生父親有名程度差多了。」安娜說這句話時看著我。她目光毫無顧忌在我臉上遊移，打量著我的表情。她注視我時，我一半喜歡，一半討厭。

「所以是真的嗎？你父親是史蒂芬・艾比？」

我拿起冷掉的肋排，咬了一口。我想盡可能輕描淡寫帶過，所以我覺得吃口肉，含糊回答也許是個好方法。

「對。」吧唧吧唧。「對，他是我爸。」我茫然望著肋排和油膩的手指。咀嚼容易吞嚥難。我伴隨著半瓶可樂**咕嚕**一聲把肉吞下去。

「妳記得我跟妳爸有帶妳去看《初學者》嗎，安娜？」

「有嗎？」

「『有嗎』是什麼意思？當然有。就在赫曼市的電影院啊，妳還一直去上廁所。」

「那是什麼感覺啊，艾比先生？」

「妳告訴**我**啊，法蘭斯小姐。」我露出狡猾的笑容兩秒，她有樣學樣，朝我露出同樣的表情。

「這桌有兩人的父親都是大名人，丹。」芙列契太太拍著手，然後雙手平放到桌上，來回摩擦，好像想磨平桌面一樣。

「安娜，妳再幫我拿個漢堡捲來！」

她直直站起，低頭看吊帶褲，撥掉上面的麵包屑。「我們不如找個時間再多聊一會兒，好嗎？你們兩個今晚願意來我家吃晚餐嗎？大概七點半？艾迪已經告訴你們地址，還有要怎麼去了對不對？」

我心裡暗自吃驚。我們握完手之後，她便離開了。今晚在馬歇爾・法蘭斯家吃晚餐？艾迪？我們順便載的嬉皮小子？他絕對不可能比我們快到烤肉攤。

我們開車載芙列契太太到她家，房子位於小鎮另一頭。那地方很棒。首先會走上一條石板道，穿過三十公分高的向日葵花園，還有栗子大小的南瓜、西瓜和番茄藤。她跟我們說，她唯一喜歡的花園是可以吃的花園。不管花朵多芬芳，她也沒種玫瑰和忍冬。

爬上四層寬木階梯之後，會來到半開放式的門廊，讓你幻想自己八月會坐在這裡，喝杯冰茶。這裡簡直是一幅諾曼・洛克威爾[18]的畫作。那裡有個可以躺十個人的吊床，兩張放了

18 諾曼・洛克威爾（Norman Rockwell, 1894-1978），美國插畫家，作品中常反映美國理想中的文化和生活，批評家多半覺得他的作品虛假偽善，替政府製造美好的幻影。

綠色坐墊的白色搖椅，旁邊有一隻全白的狗，看起來像小豬一樣。

「這是釘子。如果你不知道的話，他是牛頭㹴。」

「釘子？」

「對，他的頭你不覺得像楔形釘嗎？馬歇爾．法蘭斯給他的名字。」

我對貓狗一向沒興趣，但我看一眼「釘子」後，馬上一見鍾情。他好醜身體好短，皮膚緊繃，像是快爆開的香腸。他雙眼在頭兩邊，像蜥蜴一樣。

「他會咬人嗎？」

「釘子？當然不會。釘子，來，乖孩子。」

他起身伸懶腰，皮又繃得更緊。他四隻腿僵硬地走向我們，馬上又躺下來，彷彿光走過來就累死了。

「英國人養這種狗來鬥狗。他們會將狗放到圍欄或坑裡，讓牠們將對手撕碎。他們真的很瘋癲，釘子，對不對？」

狗面無表情，但他眼睛瞄著一切。他褐炭般的小眼睛深深鑲在他潔白如雪人的臉中。

「來摸摸他，湯瑪士。他喜歡人。」

我伸出手，猶豫地拍他兩下頭，好像他是旅館櫃檯上的叫人鈴。他把頭湊到我手上頂著我，我搔他耳後。我覺得好開心，我把行李袋放下，在門廊坐到他身旁。他站起來，半爬到我大腿上，又趴下來。薩森妮將她的柳藤籃給我，走下階梯，去花園看番茄藤了。

「我去打掃一下，你們兩個在這等一會兒？」她越過門廊，走進屋子。釘子抬起頭，但決定待在我大腿上。

安娜在烤肉店和我們分開後，我跟芙列契太太說，我們想跟她租「樓下」幾天，順利的話，我們租屋會以週來計。她同意了，並再次告訴我們，她不在乎我們沒結婚。我先付給她十四元訂金。

她屋子旁有棟巨大跨世紀的黃色冰窖。冰窖堅固不動如山，既可愛又可怕。雖然加倫是座沉睡的小鎮，甚至還能買到一分錢的糖果，但冰窖在這依然格外突兀。老太太說幾年前他們原本把這當倉庫，後來兩根屋椽腐爛斷裂，砸死了兩個工人。有一群從聖路易來的「娘炮」，想把冰屋改建成古董店，但加倫人讓他們知道，他們不受歡迎，冰屋也不用改建，真是非常感謝囉。

至於我對薩森妮的感覺，事情發生太快，我根本無暇問她為什麼透露這麼多事。但我坐在那裡，輕拍著釘子，看著冰屋，我評估了目前情況，我不得不承認，我們在加倫一下午，事情出現難以置信的進展。我們抵達加倫，找到房子住，轉眼間認識了鎮民及安娜．法蘭斯，最令人不可置信的是，我們今晚要去她家吃晚餐。所以薩森妮沒犯錯吧？還是在法蘭斯的國度裡，我們純粹特別走運，歪打正著？

四

「那是我丈夫喬的照片。希望你們不會介意屋裡有遺照。如果不要的話，我可以拿下來。」

芙列契太太雙手插腰，瞇眼瞪著喬。他看起來像拉里．芬[19]。我完全能想像他們在一起的生活。

「他活著的時候，這是他的書房。所以我在這裡放他的照片。那是他的小電視、收音機和書桌，他都在那寫他的書信……」她走過房間，指著電視、收音機和書桌。牆上掛著各式證書和證照，還有各種照片，例如他手中拿著大魚的照片，他參加兒子畢業典禮，一手放在兒子肩上的照片，以及他加入駝鹿會的照片。綠牆邊有個及腰的綠色書架，上面放滿一本本《讀者文摘》、《大眾機械》、《奇風歲月》和其他書。牆上其中一張感謝狀，是感謝他擔任一九六一年童軍總領隊。地上鋪了塊巨大圓形紅綠色地毯。我們一進門，釘子沒去躺在地

19　拉里．芬（Larry Feinberg, 1902-1975），美國演員和音樂家，以喜劇《三個臭皮匠》聞名。

毯上，反而躺到我腳邊黑木板地上。我跟他像是老朋友了。窗邊有另一個舒適的搖椅。我站在那，覺得在這書房工作一定很滿意。維多利亞式的凸窗望向前方陽光普照的蔬果園。

書房旁還有三間房間。一間是臥室，布置都如冰河一樣白，飄散薰衣草香。一間是客廳，裡面擺放巨大古老的維多利亞風格家具，這陳設有天大概會害我得憂鬱症。還有一間中島廚房，裡頭大到可以舉辦政黨全國代表大會。一週只要三十五元。不知道加倫高中缺不缺英文老師。只要安娜的事順利，我和薩森妮可以搬來這裡，申請密蘇里州教學證書，白天在學校教課，晚上研究寫書……釘子將頭靠在我腳上，讓我瞬間回到現實。

我發現我做白日夢時，目光一直盯著書架。我突然意識到眼前看到的那本書，急忙衝向前，人到半中途，手就迫不及待伸出。

「薩森妮！《夜晚奔入安娜》。妳看！」我用大拇指快速從後面翻到前面。「嘿、嘿，妳快看！這比妳的版本多了三章，薩森妮！」

她聽到叫聲走來，將書從我手中奪去。

「你說得對，但怎麼會。」她轉身想問芙列契太太，但老太太已經走了。我們面面相覷，這時我望向窗外，就在薩森妮肩膀後方。搖曳擺動的黑黃色向日葵叢中，我們的新房東穿梭過花園。她面向窗戶，望著我們。

薩森妮坐在白色的高床上，踢掉她的樂福鞋。「你介意我先看嗎？不會太久。」

「沒關係，妳看。我想淋浴一下。」

但屋裡沒有淋浴間。只有兩公尺到兩公尺半長的浴缸，四隻腳設計成白色的獅爪，各抓著一顆白球。好好泡個熱水澡，我個人是不排斥。其實今天發生這麼多事，泡澡聽起來不賴。浴室裡的金屬托盤上甚至還有全新的一塊象牙白肥皂、浴缸邊掛著小毛巾和紫色厚浴巾。

她進來時，我一邊洗頭，一邊唱著蘭迪・紐曼[20]的歌。她手中拿著書，不發一語，坐到白色柳條衣籃上。

「妳沒事吧，薩森妮？」

「沒事。我只是不想看。我以為我想看。你有生我氣嗎？」

「沒有。有。好啦，我想有吧，剛才在外面的時候有，但後來事情都很順利，所以我也沒什麼好生氣的。」

「是因為我提到你爸嗎？」

「有一部分是。還有一點是妳還告訴他們要寫傳記的事。」

她從籃子起身，走向水槽。她走到鏡櫃前，看著自己的倒影。

20 蘭迪・紐曼（Randy Newman, 1943-），美國歌手和作曲家，他做許多電影配樂，創作歌曲大多幽默，充滿巧思。

「我想也是。要和她吃晚餐，你很興奮嗎？」

她語氣莫名平淡，我好不習慣。通常她的語氣會隨著心情起伏，從語氣就能知道她內心的感受。不過她進浴室之後，聽起來像臺電腦一樣。

「我當然很興奮！妳知道如果她『接受我們』，我們傳記就等於完成一半了？」

「對，我知道。你覺得這座小鎮怎麼樣？」

「薩森妮，妳可以告訴我妳怎麼了嗎？妳像在演《活死人之夜》。妳怎麼了？睡著了嗎？妳好像沒發現，今晚是安娜．法蘭斯邀我們去吃晚餐，就是**那個**安娜．法蘭斯。」我發脾氣了，語氣也聽得出來。我望向鏡中的她，她朝我淡淡一笑，轉身望著我，我在浴缸裡下巴抵著雙膝，頭上都是洗髮精泡泡，覺得自己像個白痴。

「我知道。」她直直望著我，然後又說一次：「我知道。」她走向洗衣籃，拿起書，走出浴室。

「這到底是什意思啦？」我問浴缸。肥皂從我手中滑落，噗通一聲掉到水中。

我心不在焉洗完澡，一直在想到底發生什麼事。我洗好之後，滴著水走進臥室，她又看起書了，所以我決定別吵她。

我們想走路去法蘭斯的家。芙列契太太坐在門廊搖椅上剝著玉米。釘子躺在她身旁，腳邊有根粉白色的大骨頭，他沒吃，只守著。安娜家離這裡大概六條街，芙列契太太仔細交代了路線。我們走下門階時，我敢說她盯著我們每個動作，但我沒回頭去確認，因為那樣太明顯了，我不想跟她搞壞關係。要是我們決定在鎮上住一陣子，她舒適整潔（又便宜）的房子肯定是不二之選。她不過就個性古怪，喜歡探頭探腦一點，就因為這樣要搬家也太神經質了。

夕陽從冰屋上方落下，但和深黃色的冰屋相比，太陽更顯蒼白。冰屋旁有褪色的黑色字跡，我們之前經過時沒注意到。

「嘿，你有看到那個嗎？『芙列契家族』。我不知道她之前幹嘛不說這冰屋是她的？」

「也許她不好意思，不想承認自己很有錢？」薩森妮看著我，雙眼在陽光下瞇起。

「什麼有錢？她把家裡房間出租，擁有一棟廢棄的冰屋？我覺得她是不想承認冰屋因為疏忽害死過人吧。」

這想法讓我們沉默不語半晌。

夜晚拉開序幕，鈷藍色的清澈天空中有一道筆直的飛機白煙。附近傳來除草機的聲音，空氣中瀰漫著割草的氣味。後來我們經過博特．基納經營的艾克森美孚加油站時，四周變成都是汽油味。辦公室前面有一張紅色的鋁製花園椅，上頭坐個人，他身旁的舊輪胎堆上放著一罐啤酒。又是另一幅諾曼．洛克威爾的畫，這幅畫標題應該是《博特經營的艾克森美孚加油站，六月》。一臺新的白色福斯汽車靠到加油站的幫浦旁。車裡的男人打開車窗，頭探出來。

「還不快過來，賴瑞。你工作是喝啤酒嗎？」

花園椅上的賴瑞扮個鬼臉，起身前看我們一眼。「這些開德國車的都以為自己是希特勒，你知道嗎？」

我們經過關門的食品雜貨店，窗上貼滿各色的紙張，標示每週特價品。我注意到這裡的東西比康乃迪克州便宜。

旁邊是間有得來速的漢堡店，建築方正低矮，以亮黃色為主，屋頂有個喇叭，朝髒亂的停車場播放搖滾樂。停車場中只停著一臺六零年代晚期的雪佛蘭汽車，車裡每個人都在吃大的冰淇淋甜筒。

不知不覺，我們來到安娜家的街道。我的肚子直到剛剛一直很平靜，這時卻突然對全身大喊「攻擊」，不到半秒，我就心亂如麻。

「湯瑪士……」

「來啊，薩森妮，我們走吧。早點面對。」我變得積極起來，因為我知道我再不往前，我雙腿會開始打顫，舌頭打結。

「湯瑪士……」

「來吧！」我從我彎曲的手肘上牽起她無力的手，拖著她走上那條街。

每個人不是在吃晚餐，就是出門了，所以我們走向安娜家時，路上空無一人。氣氛其實有點詭異。房子多半是中西部方方正正的白色房子。尖樁籬笆、鋁壁板，草坪上有些金屬雕像。郵箱上寫著像寇德和施瑞納這種德國名字，我最喜歡的是「巴布和蕾歐娜．班恩斯的城堡」。我能想像十二月時，這些房子耶誕燈會掛滿正門，屋頂上會有個巨大發亮的耶誕老公公。

接著房子出現在我面前。我輕鬆便認出那棟房子，因為我在雜誌上的照片看了無數次。房子巨大，呈木棕色，設計是維多利亞式，充滿各式精巧的薑餅色的木雕花飾，仔細去看，會看到小巧的彩繪玻璃窗。前方的樹籬茂盛，精心修剪。雖然屋子像巧克力呈深棕色，但看起來重新漆過。

我祖母就住在這種屋子裡。她在愛荷華州住到九十四歲，不願看任何一部兒子的電影。她過世時，他們整理她的遺物，發現十一本皮革封面的剪貼簿，從最早的第一部電影作品就記錄在內。她希望他成為獸醫。她在偌大的農舍裡養了許多動物，包括一頭驢子和一隻山羊。我們只要去拜訪她，驢子都會咬我，然後大笑。

「……要走嗎？」

薩森妮又勾住我的手臂，斜眼瞄著我。

「什麼？」

她表情緊繃，雙頰漲紅，我想她跟我一樣緊張。

「你覺得我們要去敲門了嗎？我是說，時間到了，對吧？」

我看了一眼錶，但其實根本沒注意幾點，直接點點頭。

我們越過街道，走到通往屋子的走道。門口有道紗門、一個自然木製的郵箱，上頭用白色印刷大字寫著名字（那裡頭曾收到各種不可思議的信！），門旁的黑色門鈴大得像棋盤一樣。我按下門鈴，低吟的鈴聲從屋子後方傳出。狗吠了幾聲，隨即停下。我望向地板，看到有塊和地板搭配的棕色地墊寫著「**滾開！**」我用手肘頂了頂薩森妮，指著地墊。

「你覺得她是指我們嗎？」

這句話真夠讓我抓狂。我原本只覺得地墊很幽默，她非得讓我更焦慮。萬一安娜真的不希望我們——

「嗨。請進。但我們最好不要握手。我在處理雞料理，手上都是油。」

「嘿，看，是釘子！」

真是他。安娜雙膝間冒出一隻白色牛頭㹴的頭，斜斜好笑的小眼睛打量著我們。

安娜雙腿夾緊，像處刑架一樣扣住他的頭。狗動也不動，但我看得出來，他的尾巴在身後搖得起勁。

「不是，這隻是花瓣，她是釘子的女朋友。」安娜放開花瓣，她馬上來打招呼。她和釘子一樣親人。我在今天之前從來沒看過牛頭㹴，幾個小時之間，馬上看到兩隻。但這很合理，釘子就在街的另一頭。

寬大的走廊直通樓梯。樓梯中間，還沒到下一層樓的地方，有兩面巨大彩繪玻璃。它們在梯階和走廊盡頭投出一道道色彩繽紛的光束。牆面是白色的。左手邊有面巨大金框的魚眼鏡子，旁邊有個曲木帽架，上頭掛了兩頂柔軟的男士帽。那是**他的**帽子嗎？馬歇爾．法蘭斯真的戴過嗎？帽架右邊有一幅幅印刷照，放在現代昂貴的銀色相框中，照片中是十八、九世紀熱氣球和飛行船。我一直想像法蘭斯是個謙虛的人，但出乎我意料之外，那裡有一幅梵．沃特全書封的組合圖。我不想讓她覺得我在四處窺探，所以我把目光從照片上移開。也許晚一點再看吧，等我們相處更自在的時候（如果今晚之後還有**未來**的話）。她開始和花瓣玩，她剛才自個兒在走廊跳上跳下。現在朝我跳來。

「牛頭㹴好可愛。我在今天之前都不認識他們，但我現在好想養一隻！」

「你在這裡會常看到牛頭㹴。我們這裡養了一群。他們是我父親唯一喜歡的狗。如果你玩膩了，直接把她推開就好。他們是世界上最棒的狗狗，但他們有時會玩太瘋。來吧，我們去客廳。」

我好奇她在床上是什麼樣子，但我馬上拋開這念頭，因為感覺和法蘭斯的女兒做愛是種褻瀆。算了管他的。她很性感，有著深沉的嗓音，她的牛仔褲和 T 恤突顯出她依然婀娜勻稱的身體。我走進客廳，想像她在巴黎的工作室，和一個俄國瘋狂畫家生活，他像妖僧拉斯普丁[21]一樣雙眼發光，每天會喝著苦艾酒畫她裸體，並幹她五十次。

在法蘭斯不可思議的客廳裡，我看著一件件夢幻的事物。那裡有一座手雕的橄欖木皮諾丘，手腳都能活動，還有個一九二零年代一百八十公分假人，全身漆成銀色，像珍．哈露[22]把頭髮全向上梳。有一張納瓦霍地毯。有許多傀儡和懸絲木偶。**面具！**（初步看去大多是日本、南美和非洲的）。有插著孔雀羽毛的陶水壺。有幾張日本印刷畫（葛飾北齋和歌川廣重）。有個架子放著畫了一張張臉老鬧鐘、金屬存錢筒和錫製玩具。有好幾本皮革大書。有三個上海茶出口的木盒，上面有黃紅黑的花朵、扇子、女人、舢舨。某個地方音響放著《酒店》的電影歌曲。天花板有個不動的木吊扇。

我們站在門口，瞠目結舌。他就是在這間客廳，寫下那些書，一切都如此合理。

「大家第一次來，不是愛上這客廳，就是被嚇壞。」安娜從我們兩人之間走進客廳。我們僵在門口，呆呆望著。「我媽非常保守。她喜歡椅背套、墊布和茶壺套。她的東西全都裝箱收到閣樓了，因為她一過世，父親和我便改造了這客廳。我們把這裡布置成我們設想好幾年的樣子。甚至在小時候，我和他喜歡的都一樣。」

21　拉斯普丁（Григорий Ефимович Распутин, 1869-1916），俄國神祕主義者，與俄國末代沙皇尼古拉二世家族關係良好，並有極大影響力，生活荒淫放蕩。

22　珍．哈露（Jane Harlow, 1911-1937），美國演員，以演出「壞女孩」角色著稱，並成為一九三〇年代的性感象徵。

「這裡好棒！我想起他所有的書和角色，再配上這一切……」我雙手張開，比著客廳。「這全都是他。完完全全就是馬歇爾．法蘭斯。」

她喜歡我說的話。她站在客廳中間，眉開眼笑，叫我們進去坐下。我會說「叫」是因為她不管說什麼，聽起來都像命令或正式聲明。她是個充滿自信的人。

但薩森妮直接走向掛在牆邊掛勾的手偶。

「我可以玩嗎？」

我覺得那不是剛進門就能問的事，但安娜說可以。

薩森妮伸手，然後停下來，向後退。「是克利[23]的作品！」

安娜點點頭，但不發一語。她看我一眼，面露驚訝。

「可是這是保羅．克利啊！」薩森妮目光從手偶、安娜、再到我身上，驚奇不已。「妳怎麼……？」

「妳很厲害，嘉納小姐。沒多少人知道那有多稀有。」

「她是個傀儡師。」我試著參與話題。

「可是這是克利的作品！」

23　保羅．克利（Paul Klee, 1879-1940），瑞士裔德國藝術家，畫風以表現主義、立體主義和超現實主義為主。

我不知道她是不是在學鸚鵡說話。她像拿聖杯一樣，把手偶從牆上拿下。她喃喃說著話，不是在自言自語，也不是在對傀儡說話。

「薩森妮，妳在說什麼？」

她抬頭。「保羅．克利為兒子費利克斯做了五十個玩偶。但大戰轟炸德紹這座小鎮時，毀了其中二十個作品。其他應該在瑞士博物館展出。」

「對，玩偶都在瑞士的伯恩市。但我父親和克利通信好幾年。克利先寫信來，告訴我爸他有多喜歡《青狗的悲傷》。我父親後來告訴克利他的蒐集，克利便送他這玩偶。」

對我來說，那手偶看起來像四年級美術課堂的作品。

薩森妮坐到附近的皮椅上，繼續和克利談心。我微笑望向安娜，安娜也望著我微笑。兩秒鐘的時間裡，薩森妮彷彿不在客廳，沒有和我們在一起。兩秒鐘的時間裡，我感到如果成為安娜的愛人，一切有多輕鬆和美好。那感覺轉逝而去，但餘韻猶存。

「所以你是誰，艾比先生？除了是史蒂芬．艾比的兒子之外？」

「我是誰？」

「對，你是誰？像你從哪來的，你做什麼工作……」

「喔，是這個意思啊。好，我在康乃迪克州的小學教書……」

「教書？你是說你不是演員？」

我深吸一口氣，跨起腳。我褲管和灰色的襪子中間露出長毛的腳踝，我用手遮住。我試著對她的問題／聲明一笑置之。「哈哈，不是，家裡有一個演員就夠了。」

「對，genug（德文：夠了）。我也有一樣的感覺。我永遠不可能成為作家。」

她平靜望著我。又一次，我們倆有種不言而喻的親密感。還是我在幻想？我拉著鞋帶，解開蝴蝶結。我重新綁好鞋帶時她開口了。

「妳最喜歡的是我父親哪本作品？」

「《歡笑國度》。」

「為什麼？」她拿起邊桌上長方形的紙鎮，在手中把玩。

「因為沒有人這麼接近我的世界。」我將腳放下，身體前傾，手肘靠到雙膝上。「讀一本書，至少對我來說，就像去另一個人的世界旅行。如果是本好書，你會覺得很舒適，但又迫不及待想看接下來的情節，想去下個轉角。但如果是本爛書，那就像去紐澤西州的錫考克斯，到處都是臭味，你會希望自己早點離開，但因為旅程已經開始，你只好關上窗，用嘴巴呼吸，硬著頭皮看完。」

她大笑，彎身去摸花瓣，她將矮胖的頭放在她腳上。「你是說，你每一本書都有看完？」

「對，這是非常糟糕的習慣。就算是世上最爛的書，我要是開始看就非得看到結局。」

「非常有趣，因為我父親也跟你一樣。他只要一開始讀，就算是電話簿，他也會讀到最後。」

「不是有人用那個拍了部好電影嗎？」

「用哪個？」

「電話簿。」我一說出口，就知道這是個爛笑話，但安娜沒有陪笑。我不知道她會不會根據幽默感來評價未來的傳記作者。

「不好意思，我要離開一下？我要去看一下晚餐。」她走出客廳，留下我和薩森妮。花瓣抬起頭，搖搖尾巴，但留在原地。我當然趁這機會跳起來，四處探看。屋裡有好幾本傳記和自傳，看來法蘭斯或有人喜歡，每本書的書頁都彎了，並劃滿了線。種類也非常奇怪，有理查·哈理伯頓的《魔毯》、馬克斯·弗里施的筆記（德文書）、阿萊斯特·克勞利、葛吉夫的《與奇人相遇》、一個二戰為地下奮鬥的法國傳教士、《我的奮鬥》（德文書）、李奧納多·達文西的筆記、傑克·帕爾的《三人一牙刷》[24]。

一個側面印著巴斯特·布朗的鞋盒裡面收了一疊老明信片。我用拇指翻過時，我注意到

24 理查·哈理伯頓（Richard Halliburton, 1900-1939），美國冒險家和作家，他是冒險傳記作家的先河。馬克斯·弗里施（Max Frisch, 1911-1991），瑞士劇作家，作品充滿諷刺，探討身分、責任和道德。阿萊斯特·克勞利（Aleister Crowley 1875-1947），英國神祕學家，在邪教、性向、毒品等方面引起巨大爭議，多本傳記和學術研究以他為對象。葛吉夫（Gurdjieff, 1866-1949），俄國神祕主義者和心靈導師，提倡透過修行喚醒意識。傑克·帕爾（Jack Paar, 1918-2004），廣播和電視演員，第二任美國談話節目《今夜秀》主持人。

許多是歐洲火車站的明信片。我將一張維也納西站明信片翻過來，看到底下「愛薩克」的簽名，全身打顫。上面日期寫著一九三三年。我看不懂德文，但我超想把明信片偷了，寄給紐約的戴維．路易斯。「親愛的路易斯先生，我覺得你可能想看一下馬歇爾．法蘭斯不存在的哥哥愛薩克寄的明信片。」

「晚餐好了！來趁熱吃吧。」

我走進餐廳，看到冒著蒸氣的烤雞、豆子和馬鈴薯泥才發覺自己多餓。

「因為這是你們第一次來，我想我就做父親最喜歡的料理。他生前如果一週沒吃到一次，他會生氣。如果他來選的話，我們可能每天都吃烤雞了。來，請坐。」

那是個小的橢圓桌，上面放了三個稻草餐墊。我坐在安娜右邊，薩森妮坐她左邊。食物的香氣讓我餓到快瘋了。安娜替我們盛食物，她在我盤子中放了兩根肥美的雞腿、一堆豆子和一坨黃色厚重的馬鈴薯。我情不自禁想舔嘴脣，準備大塊朵頤，但我一拿起刀叉，才看一眼。

「唉唷！」

安娜看過來，像發現發生什麼事，臉上露出笑容。「我正等著看你要多久才會有反應。很瘋吧？那也是父親的餐具。他在紐約請銀匠做的。」

我的叉子是個銀製的小丑。他的頭彎曲，叉爪從他張開的嘴巴伸出。我的刀是肌肉飽滿的手臂，手裡拿著像槳的東西。不是乒乓球拍，而是更邪惡的東西，像是英國公立小學用來打小孩的板子。薩森妮將她的刀叉拿到燈光下，它們完全不一樣。她叉子是個巫婆騎著掃帚。叉爪是掃把頭，手柄是木桿子。

「這些好別緻！」

「家裡有六人份的餐具。我吃完晚餐再給你們看其他的。」

我開始吃飯時，就知道這會是很漫長的一餐。我不知道上天為何要懲罰我，讓我吃有趣女人做的難吃食物。

喝了一半難以言喻的咖啡後，她放下餐巾，開始聊關於法蘭斯的事。她不時拿起叉子把玩，在手指間轉動，好像在練習當魔術師一樣。她一直看自己雙手，不過偶爾會停下來，看我們其中一人一眼，從我們的表情確認我們是否聽得懂她在說什麼。

「我父親很愛住在加倫。他父母是猶太人，比大多數人更早擔心希特勒，所以他們在大戰前將他送來美國。父親的哥哥愛薩克在其中一個集中營喪命。」

「戴維．路易斯告訴我，你父親是獨子。」

「你會講德文嗎，艾比先生？不會？好，德文有個說法非常適合形容戴維．路易斯。Dreck mit zwei augen，你懂這句話意思嗎？『有長眼睛的垃圾』。有人會翻譯成『長眼的狗屎』。但我今天心情好，不想造口業。」她叉子在桌邊來回滑動幾下。她的語氣原本冷靜親切，但說出「狗屎」兩字之後就不一樣了。我不覺得她是滿口髒話的人。我想起路易斯在辦公室，坐在帆布沙發上，告訴我安娜和她的貓對他哈氣的古怪故事。她的貓。她家沒有貓。我覺得這問題不痛不癢，正好可以化解她說「狗屎」留下的尷尬。

「妳有養貓嗎？」

「貓？沒有，從來沒有！我討厭貓。」

「你父親有貓嗎？」

「沒有。他討厭大多數動物。但毛絨絨的動物之中，他唯一能忍受的就是牛頭㹴。」

「真的假的？那他書中怎麼對動物那麼瞭如指掌？」

「你想再喝點咖啡嗎？」

我頭搖得非常用力，都快從脖子上掉下來了。她沒問薩森妮要不要加茶。我開始覺得她對薩森妮有敵意。但是因為薩森妮的個性，還是因為她是另一個女人？在為我較量嗎？恐怕不是。有時你遇到一個人，雙手一碰觸馬上就能感到反感。她可以聰穎美麗，性感大方，但你就是不喜歡她。若真是如此，那事情會變得非常棘手。我決定不要多想，等安娜同意讓我們寫傳記再來煩惱。

我們起身，薩森妮帶頭走到另一間房。除了街上從窗戶照進來的光，屋內一片昏暗。光線照出面具、木偶和其他東西半邊的輪廓，要怎麼形容才好，呃，至少可說是令人毛骨悚然。

安娜在我前方，手放在開關上，但她沒有打開。

「父親喜歡客廳像這樣。我以前常會看到他這樣站在門口，在貓燈中看他所有的東西。」

「『貓燈』嗎？是《青狗的悲傷》嗎？」

「沒錯。法蘭斯的書你真的很熟，對不對？」她打開燈，黑夜中竄動的事物回歸正常，感謝老天。我不喜歡恐怖片、恐怖故事、噩夢和黑色的東西。我教愛倫坡純粹是因為主任要我教，我每次讀完《告密的心》都要花兩週時間平復心情。對，我喜歡面具，也喜歡與眾不同、奇幻古怪的事物，但喜歡寫實的假東西和怕鬼是兩碼子事。拜託記好，我不是膽小鬼。

薩森妮坐在沙發上，翹著腿。花瓣的腳爪放到她身旁，然後望向安娜，好像在問她能不能上沙發。安娜沒回答，她覺得是默許，於是努力一腳一腳爬上去。

「他到紐約之後，去為一個殯葬業者工作。喔，不好意思，你們想喝白蘭地或什麼嗎？卡魯哇香甜酒或提亞瑪麗亞香甜酒？我什麼都有。」

我們兩人都拒絕了，她坐回自己的椅子。

「但這全是祕密。非常少人知道我父親第一份工作。」

我望向薩森妮，薩森妮看著安娜，然後她從晚餐以來第一次開口。「他為這個殯葬業者工作多久？」

這是故意問的，因為我去找盧桑達時，他已親口告訴我。答案是九個月。

「兩年。」她又拿起紙鎮，在手裡轉啊轉。

我望向薩森妮，但薩森妮看著安娜。

「他為他做什麼工作？」

「工作？」安娜聳聳肩，朝我微笑，彷彿暗示這問題不值得回答，而我朋友怎麼蠢到問這問題。

「他沒有做什麼一般工作，因為他只要一看到屍體就想吐。真的！他說不管什麼時候，他們叫他進房處理屍體，他看一眼就會衝向廁所！可憐的父親，他根本不是處理屍體的料。對，你們知道他做什麼嗎？他負責煮飯。他負責在廚房煮飯和打掃那地方。」

「他從來沒有為那個人工作嗎？就算待久了之後也一樣？」

她溫暖地朝我微笑，搖搖頭。「**從來沒有**。我父親連看到死在路上的動物都沒辦法。但你知道，我跟你說個趣事，你可以寫在傳記裡，艾比先生。他偶爾會開貨車，跟他們去搬屍體。那次他們接到電話，要去一棟公寓六樓去搬一個男子的屍體。那棟公寓沒有電梯。他們走到上頭，打開門，發現屍體有一百三十六公斤！」

「一百三十六公斤？他們怎麼把他搬出來？用堆高機嗎？」這可能也是她亂編的，但這故事令我著迷。

她喜歡堆高機這想法。她哼一聲，還拍一下大腿。「沒有，當然不是。他們派我父親下樓，確認沒人在樓梯間，也沒人要上樓。他大聲跟他們確認都沒人之後，正要走上樓，突然之間，他聽到一聲好大的『碰』。接著又『碰』、『碰』兩聲。他從樓梯中間抬頭去看，發現他們用腳尖頂，把屍體滾下樓梯。你能想像嗎？你能想像打開公寓門，一個一百三十六公斤的屍體乒乓滾向你嗎？」

「屁啦，怎麼可能。」

她右手伸出三指，手掌朝外，搖搖頭。「我以童軍的榮譽發誓。」

「他們**用滾的**把他弄下樓？**六層樓**的樓梯？」

「沒錯。」

「好，那他們搬到一樓之後呢？屍體不是撞得亂七八糟了？」

「對，當然是這樣，但後來他們把屍體帶回殯儀館，用化妝和各種東西修補。隔天葬禮上，父親說屍體看起來跟新的一樣。」

不管是不是亂編的，這是個好故事，我從她身上有聽出一點她父親敘事的才華。

她將紙鎮放回邊桌。「你們想看他的書房嗎？我覺得你可能有興趣。」

「法蘭斯小姐，你絕對不知道我多想看他書房！」我已迫不及待從椅子站起。

她帶我們過去，後面跟著花瓣和薩森妮，最後才是我。永遠如此紳士。

我小時候，總和哥哥、姊姊坐在樓梯上面的紅地毯，看我父母晚上準備出門。我們會穿著睡衣和毛絨絨的棕色羅伊．羅傑斯品牌的室內便鞋，走廊的燈光會剛好照亮我們溫暖的腳趾。父母離我們很遠，聽不到他們的對話，但我們舒適安穩，睡眼惺忪，而他們則一身光鮮亮麗。那是唯一一次，我覺得父親不只是「爸爸」，不是那個不常在家，但一在家又太努力想愛我們的爸爸。我好幾年之後才想到這件事。這是那種無來由出現在腦海中的回憶，原本已經忘記，但你再次想起時會無比珍惜。爬上通往法蘭斯書房的樓梯時，回憶清晰湧上心頭，我一瞬間好想坐到梯階上，再次回味那份感受。我不知道安娜有沒有這樣看過父母。

我還沒走到二樓，燈就亮起。我走到時，我看到兩女一狗轉過黑暗的轉角。

有人喊道：「你還在嗎？」

我加快腳步回喊道：「有，有，我在你後面。」

地板是淡色的裸木板，精心鋪展，讓我想起斯堪地那維亞的房子。那裡沒有桌椅和櫥櫃，牆上也沒有照片。屋子的上下層彷彿有著不同個性。樓上純粹簡單，樓下零亂瘋狂。我彎過轉角，看到狹窄的門口透出光。沒有交談聲，也沒有人移動的聲音。我走向房間，穿過門，瞬間感到失望。除了一張巨大的復古加蓋櫟木寫字桌和一張安裝在椅腳洞中的旋轉椅，房裡空無一物。桌面上有塊綠色的吸墨紙，還有一隻古老橘色的派克牌「幸運曲線」鋼筆。沒別的了。

「好空。」

「對，和客廳非常不一樣。父親說他工作時任何東西都會讓他分心，所以他希望書房像這樣。」門後一臺電話響起，她欠身去接。薩森妮走到書桌前，伸手摸桌面。

「**瞎了**？你說瞎了什麼意思？不可能。怎麼發生的？」

我看向薩森妮，發現我們兩個都在偷聽。安娜表情緊繃，雙眼望著地板，看起來不怎麼難過，反倒很生氣。

「好啦，好啦。你待在那，我儘快趕過去。什麼？不要，**待在那**。」她掛上電話，手摸著額頭。「對不起，但我朋友出意外，受了傷。我現在要趕去醫院。我先載你們回家。」

「好慘。我們能幫上什麼忙嗎？真的，儘管說。」

她搖搖頭，望向窗外。「沒有、沒有，沒辦法幫上什麼。」她關燈，不等我們就衝到走廊上，走向樓梯。

五

「你醒著嗎？」她用一根手指輕輕戳我肩膀。

我從床上翻身，面對她。滿月的光透過窗，在她頭髮和淡藍色睡袍上照出一條條白色的紋路。即使睡眼惺忪，那顏色讓我想起安娜打開燈前，法蘭斯客廳的畫面。

「醒著？薩森妮，我不只醒著，我——」

「不要鬧，湯瑪士。我現在不希望你鬧我，好不好？拜託？」

我看不清她的表情，但我從她語氣知道她現在的表情。她雙眼冷漠，嘴角下垂，過一會兒，她會一直眨眼。那是她無聲的信號，代表她想被觸碰、被擁抱。你抱她時，她會用兩倍的力量回報，這讓你感到難過，讓你思考，自己此時有沒有足夠的力量支撐兩人。這正是她索求的事。

「你還好嗎，寶貝？」我摸著她的後腦勺，感覺到她乾淨柔順的頭髮。

「還好，但不要說話。拜託抱我，不要說話。」

這以前就發生過。有時晚上她會感到渺小害怕，相信她生命中美好的事物都將消逝，而她無力挽回。我稱之為她的「黑夜恐懼」。她自己也承認這很蠢，純粹是她在杞人憂天，但她無法控制。她說最慘的是發作的時候，通常是她最快樂的時刻，或悲傷憂鬱到谷底時。

我抱著她，不知道這次是不是我的錯。我花兩秒快速回想今晚在安娜家的過程。嗯啊，安娜冷落她，食物很難吃，傳記的事未定。安娜和我不經意暗通款曲。我真是個白痴。我將薩森妮抱到懷中，不斷親吻她的頭頂。摸著摸著，再加上罪惡感，讓我非常想和她做愛。我溫柔將她翻過身，讓她仰躺，並將她睡袍拉起。

六

隔天早上大約七點鐘，太陽悄悄照到床上。我感受到臉上的熱度而醒來。我恨透莫名其妙的早起，於是我縮著身子，想找個照不到太陽的地方。但薩森妮晚上已像透明膠帶一樣黏在我身上，所以我很難移動。

更糟的是，門開了條縫，釘子咚咚跑進來跳上床。我覺得我們三個好像在汪洋中的救生艇上，在床中央身體貼著身體，依偎成一團。我之前沒提過我有幽閉恐懼症，但夾在兩個火燙的身體之間，太陽烤著我的頭，被子裹著雙腳……我決定是時候起床了。我拍拍釘子的頭，輕輕推他一下。他低吼一聲。我以為那只是一點起床氣，於是我又拍拍他，再推他一下。他吼得更大聲了。我們在粉紅色的薄毯上大眼瞪小眼，但牛頭㹴總是面無表情，你永遠不知道他們的情緒。

「好釘子，乖孩子。」

「他為什麼吼你？你對他做什麼？」薩森妮又依偎得更近，我的脖子感到她溫暖的氣息。

「我什麼都沒做。我只是推他一下，這樣我才能起來。」

「哇。那你要再推一次嗎？」

「我怎麼知道？我怎麼知道他會不會咬我？」我轉頭看向她，她眨眨眼。

「不會，湯瑪士，我覺得不會。他喜歡你。記得昨天嗎？」她聽起來很肯定。

「喔，是嗎？哼，今天是今天，又不是妳的手會被咬。」

「那你打算整個早上都待在這裡嗎？」她露出笑容，用手掌摸摸鼻子。感謝老天，她從昨晚的狀態回神了。「湯瑪士是個小孬……」

我看向釘子，釘子看著我。一狗一人對峙。他紫黑色的鼻尖從他一隻爪子後面伸出。

「芙列契太太！」

「喔，好了啦，湯瑪士，不要亂叫！要是她還在睡覺怎麼辦？」

「那真不巧。我才不要被咬。乖釘子，乖孩子！芙列契太太！」

我們聽到腳步聲，她頭一探進房間，釘子馬上跳下床去和她打招呼。

薩森妮大笑，拉來枕頭蓋住自己的頭。

「什麼事？早安。」

「早安。呃，釘子跳上床，我想起床，所以我推他一下，呃，然後他對我低吼。我怕他是真的生氣。」

「誰？釘子嗎？不會，他從來不會生氣。你看。」他站在她旁邊，眼睛一直盯著床上的我們。她抬起一腳，從側邊頂他一下。他看都不看她，發出低吼，同時尾巴也一直搖。

「你們兩個早餐想吃什麼？我決定第一天幫你們準備。我敢說你們還沒去買東西，對不對，薩森妮？」

我坐起來，雙手梳過頭髮。「不用麻煩。我們只要——」

「我知道，但這不麻煩。你們想吃什麼？我做的鬆餅和香腸很不錯。好，你們就吃鬆餅和香腸吧。」

我們決定吃鬆餅和香腸。她走出房間，釘子又跳回床上。他爬過我腿上，中間停下來，橫躺到薩森妮的肚子上。

「妳今早心情好了點嗎，親愛的？」我問。

「好多了。我只有晚上會發瘋。我開始覺得一切都會出問題，或是你馬上會離開……諸如此類。我這輩子都在做這種事。我想我只是累壞了。通常隔天早上一切就沒事了。」

「你有點人格分裂，是不是？」我將一束頭髮從她眼前撥開。

「對，正是這樣。發作時我自己也知道，但也無能為力。」她頓了頓，牽起我的手。「你會覺得我很瘋嗎，湯瑪士？我發作時你會討厭我嗎？」

「別傻了，薩森妮。你瞭解我吧。如果我討厭你，我早就逃得遠遠的了。別這樣想。」

我握了握她的手，並朝她吐舌頭。她把枕頭蓋到頭上，釘子想把頭和她一起鑽到底下。

我望向窗外，花園陽光普照，花朵在風中前後擺動。蜜蜂在花朵上飛舞，紅鳥站在門廊的欄杆，距離一公尺處。

密蘇里州的加倫鎮早晨，幾輛車開過，我打了個呵欠。有個小孩舔著冰淇淋甜筒經過，他另一手放在芙列契太太欄杆上。湯姆．索亞拿著亮綠色的開心果甜筒。我眼神朦朧看著他，好奇怎麼有人能在早上八點吃冰淇淋。

男孩沒左右看便越過馬路，馬上被一臺皮卡貨車撞到空中。貨車速度很快，所以他被撞到窗戶的視線之外。他消失於視線外時人仍朝空中飛去。

「媽呀！」我一把抓起椅子上的褲子，衝向門口。我聽到薩森妮叫我，但我沒停下來解釋。這是我第二次看到人被車撞。第一次在紐約，那個人直接頭落地。我一次兩階走下門階，心想著這些天殺的鳥事看起來好不真實。前一分鐘，人還在路上，和朋友聊天或吃著綠色冰淇淋甜筒。下一秒你只聽到碰一聲，然後人便飛過空中。

駕駛下了卡車，站在男孩前。我走到那邊第一眼看到的是綠色的冰淇淋已漸漸融化，上面沾滿泥土和小碎石，流到黑色的人行道上。

四周沒有其他人。我走向那人，猶豫地從他肩膀旁看過去。男孩側倒在地上，雙腿分開，好像他跑到一半被定格了。他嘴裡流血，雙眼睜大。不對，其中一隻眼睛睜大。另一眼閉上，眼皮不斷顫動。

「我能做什麼嗎？我叫救護車，好嗎？我是說，你待在這裡，我會去叫救護車。」

那個人轉身，我認出他是烤肉店其中一人。站在烤架前的其中一個廚師。愛說笑話的。

「這不對啊。但我就知道。對，好啊，去叫救護車。我現在什麼話都說不出來。」他臉色蒼白，一臉驚愕，但他語氣令我意外。他聽起來一半在生氣，另一半自憐，卻完全不感到害怕，也沒有後悔。一定是過度驚嚇的關係，意外會讓人講話和行為都不正常。那可憐蟲可能發現，不論那男孩是生是死，自己下半輩子都毀了。他接下來五十年都必須背負撞到孩子的罪惡感。天啊，我可憐他。

「喬．喬丹！不該是你啊！」

芙列契太太從我們身後走來，手中拿著粉紅色的抹布。

「我知道，他媽的！我們把這件事解決之前，還要出多少包？妳聽到昨晚的事了嗎？已經出了多少事了，四次？五次？沒人知道到底該怎麼辦了！到底是怎樣！」

「冷靜下來，喬。我們再看看。你要叫救護車嗎，艾比先生？電話號碼是一、二、三、四、五。直接打前五個數字，那是緊急電話。」

男孩口中咕嚕作響，雙腿不自主抽搐，像是生物實驗被電擊的青蛙。我望向喬丹，但他看著那男孩，搖搖頭。「我跟妳說，傻妞，不該是我！」

我轉身跑去電話旁，聽到芙列契太太說：「你就安靜等著就好。」

我赤腳下的人行道十分火燙，我眼角再次看到融化的冰淇淋。我走經站在門階的薩森妮，她手拉著釘子粗厚的皮項圈。

「他死了嗎？」

「還沒，但他狀況不妙。我要趕快叫救護車。」

救護車來時，幾個人站在遠處圍觀。一輛白色警車停到街中間，車頂那一排閃爍的藍燈來回掃著四周。

無線電短促的人聲響起，讓四下都是靜電的沙沙聲，同時堅定又吵雜。

我們從門廊看著，他們輕輕將男孩無力的身體抬到擔架上，推進後面車廂。救護車開走時，喬．喬丹和警察站在我們屋子前說話。喬丹手一直抹著嘴，警察雙手放在黑色的寬腰帶上。

芙列契太太從路人群中走來，加入兩人。他們聊了好幾分鐘，喬丹和警察進到一臺巡邏車中開走了。芙列契太太站在那裡目送他們。過一會兒，她轉身朝我招手。我走下階梯，越過溫暖的石板。

「你目擊了一切是嗎，湯瑪士？」

「對，好可怕。這場意外從頭到尾我都看到了。」

太陽高掛天空，正巧在她肩膀上方。我瞇眼才能看著她。

「男孩被撞的時候有笑嗎？」

「笑？什麼意思我不懂。」

「笑啊。你知道，大笑？他在吃冰淇淋甜筒，但他有在笑嗎？」

她非常認真。這到底是什麼問題？

「沒有，我記得沒有。」

「你**確定**嗎？你確定他沒有在笑？」

「對，我想是吧。我一直看著他，看到他被車撞，但我其實沒注意看。但是，沒錯，我很確定。這點有很重要嗎？」

「但他有用手摸欄杆，對吧？」

「對，他有摸欄杆。他空著的手摸著欄杆上面。」

她盯著我瞧。我心裡非常困惑，也很不舒服。我不想被她那雙像 X 光的眼睛盯著，於是我看向四周，結果所有人都用冷漠的眼光盯著我，就像前一天在烤肉店，害我渾身不自在那次。

坐在生鏽的紅色雪弗蘭車裡的老農夫、手裡抱著一袋食物的年輕人、戴著亮粉色髮捲，嘴裡叼著根菸，毫不吸引人的蒼白女子。他們全都冷漠看著我……

一小時之後，芙列契太太和薩森妮去食品雜貨店買東西。她們說下午之前不會回來。我想偷偷跟他們去，但他們沒問我，我主動提要去，心裡會怪怪的。總之，我覺得我們分開一會兒應該不錯。我們到這裡之後，我腦中浮現一些想法，我想寫下來。像對加倫的第一印象什麼的。我也想開始讀一些我們帶來的文學傳記作品，研究到底要如何下筆。

我換上一件燈芯絨短褲、T恤和涼鞋，從廚房再倒一杯咖啡。我不管到哪裡，釘子都跟在後頭，但我漸漸習慣了。我決定不管這本書後來怎麼樣，我一回康乃迪克州，我就要買一隻這種瘋狂的狗。搞不好我會在這裡買，擁有一隻馬歇爾．法蘭斯狗的親戚。如果我不能寫傳記，至少我能有一隻牛頭㹴。

我坐到一張搖椅上，隨手將咖啡杯放在地上。釘子湊近聞一、兩下我的爪哇咖啡，但我敲一下他的頭，他便趴下了。我打開書，開始閱讀。我大概讀半頁，男孩倒在街上的畫面出現在我腦海中揮之不去。我試著去想薩森妮，想薩森妮在床上的畫面，想書中提到關於雷蒙．錢德勒[25]的事，想今天天氣真好，想著如果能和安娜．法蘭斯上床多好……但街上的男孩就是無法從我腦中消失。我起身走向門廊欄杆，看我能不能找到他被撞的地方。看那裡有沒有

25 雷蒙．錢德勒（Raymond Chandler, 1888-1959），推理小說家，對流行文化有非常大的影響，他是建立冷硬派偵探小說風格的代表作家之一。

血跡或任何跡象，一小時前，我們全都在那裡看著他死去。

我聽到父親過世時，我記得自己也坐在門廊上。前一晚，我坐在愛咪．費雪的客廳地上，和她觀賞父親演的《時間夫妻》。我對他的演出毫無興趣，都看幾百遍了，我比較想把愛咪衣服脫了。那晚愛咪的父母不在，所以她讓我為所欲為。我們做愛時，我一直聽到身後傳來父親的聲音，我中途甚至笑出聲一、兩次，因為在父親面前做愛感覺好怪。電視的灰白光線在我們身上投下一幀幀的畫面，我們做完愛之後，平躺在一起，看著電影的結局。隔天早上，愛咪決定在門廊吃早餐。我們一起擺桌子，她甚至拿來她的可攜式收音機，讓我們邊吃邊聽。收音機播著比吉斯[26]的〈麻薩諸塞州〉時，我躺在吊床上，這時新聞快報打斷歌曲，報導指出史蒂芬．艾比的飛機在內華達州墜機，無人生還。歌曲繼續播放最後一段時，我動也不動。愛咪從房子走出來，鍋子裡盛著炒蛋和加拿大培根。她叫我去吃早餐。她還沒聽到報導，就像我之前所說，悲劇發生時，你會做出很奇怪的事。我做了什麼？我坐到桌前，吃下我盤中所有食物。我甚至吃了兩顆蛋。吃完之後，我將叉子放到我空的柳橙汁杯中說：「我父親剛才飛機失事死了。」那時我還在私立小學教書，滿口都是酸言酸語，所以善良的愛咪．費雪搖搖頭，只譴責我不要在早餐桌上說這種咒人的話，繼續吃早餐。

26 比吉斯（Bee Gees），英國三人兄弟樂團，音樂融合搖滾、迪斯可和節奏藍調，並以和聲歌唱著稱，深刻影響流行文化。

不論何時，只要我打開電視，電視上播著《時間夫妻》，我腦中第一個浮現的就是愛咪作噁的表情，還有她吃著黃色炒蛋的模樣。

好幾秒後，我才發覺有輛車停到房子前。我看不到駕駛，但我看到一大團白色的東西將鼻子擠到半開的後車窗。那是一臺白金色的道奇旅行車，《天才小麻煩》[27]中的媽媽常用這臺車載家人四處跑。我努力去看駕駛是誰，但牛頭㹴在前後座來回跳來跳去，所以我猜那是安娜和花瓣。司機打開門，自信的黑色僧侶髮型出現。她伸手遮住眼睛上方的陽光，望向房子。

「嗨！」

我穿著短褲和T恤拿書朝她揮手，感覺莫名有點難為情。我長年壓抑童年的自我意識，照理來說我不會在意別人怎麼看我的打扮。

她靠著車門，一手托腮和我說話。

「我來看你們兩個昨晚有沒有活下來。對不起昨晚匆匆離去。」

花瓣鼻子貼到窗上，開始朝我們的方向吠叫。釘子耳朵豎起，但聽到狗叫聲，感覺沒特別興奮。他待在原地。

「喔，那沒關係。昨晚很不錯，安娜。我正打算打去謝謝妳。」感謝妳那媲美死海古卷

27 《天才小麻煩》（*Leave it to Beaver*）是一九五七年至一九六三年的情境喜劇，以小孩視角描述學校和家庭生活。

的難吃烤雞，還有硬將人趕出門的待客之道⋯⋯

「好吧，那我罪惡感有少一點。你不是在說客套話，對吧？」

花瓣從窗邊消失，然後安娜身子又回到車裡。車裡一陣手忙腳亂，還有唏哩呼嚕的聲音，接著花瓣衝下車，全速飛奔上花園通道。她太貪心，想一次跳好幾階門階，結果摔個四腳朝天，但她馬上又跳起來，跑向男朋友。釘子的冷漠消失，兩人在門廊來回共舞，又跳又咬，好不開心。他們朝彼此吠叫互咬，每走三步就倒成一團。

「花瓣看到釘子就瘋了。芙列契太太和我每週會帶他們去高中橄欖球場一、兩次，讓他們盡情奔跑，發洩能量。」

她站在門廊下方，眉開眼笑望著我。她穿著深紅色T恤，胸前寫著「科達斯科」。那件T恤充分展露她的身材，原來她的胸部比我所想還大。她穿著褪色的 Levi's 藍色牛仔褲，褲子合身性感，髒髒的藍色網球鞋通風透氣，看起來很舒服。

我正要稱讚她穿得很漂亮時，她手指向我。「你T恤上面寫什麼？」

我低頭看，不由自主將手放到巨大的白字上。「呃，『談戀愛就來維吉尼亞州』。我⋯⋯嗯，一個朋友送的。」

她雙手插到牛仔褲的後口袋。「所以你在談戀愛啊，嗯？」她露出淘氣又邪惡的笑容，頓時讓我覺得心飛了起來。

「對。而且眾所周知、家喻戶曉。收錄在『信不信由你』[28]裡。」

「才不。」她笑容更開了。

「什麼？」我笑容更小了。

「我才不信。」

就是這麼剛好，這時釘子順理成章幹起花瓣，讓我有點不好意思，但很高興他們轉移了注意力。我把他拉開。他朝我低吼。我覺得兩隻狗都在吼我。

「薩森妮呢？」

「她和芙列契太太去買東西。」

「太可惜了。我想問你們兩個要不要去游泳。今天很熱。」

「老實說，我現在沒心情游泳。妳有聽說今早發生的事嗎？」我用書指著路。

「海頓家孩子的事？有。真的好可怕。你有看到嗎？」

「有，我目睹整件事。」我把書放到欄杆上，雙手抱胸。兩隻狗距離彼此三十公分，倒在地上不住喘氣，像小型蒸汽引擎。

「不如來跟我兜風？讓你放空一下。我們帶狗一起去。」

---

28 「信不信由你」（Ripley's Believe It or Not!）是羅伯特・雷普利（Robert Ripley）一九一八年開始在報上刊登的四格漫畫專欄，因為太受歡迎，進而發展成廣播、電視節目、博物館、系列叢書等。

兩隻狗馬上跳起，彷彿聽得懂人話一樣。

「好，當然好，那應該很棒。謝了，安娜。」

我走回屋子，拿我的皮夾和鑰匙，寫了張紙條給薩森妮。我不知道她回來發現我不在，心裡會作何感想。我覺得不要在傷口撒鹽，於是我只避重就輕說我帶釘子出去遛遛，沒說我和安娜在一起。反正又沒怎樣？我為什麼要有罪惡感？

我們不是來寫關於馬歇爾．法蘭斯的書的嗎？和他女兒聯絡不是有幫助嗎？狗屁！我寫紙條感到罪惡感不是因為她是他女兒，而是因為我對今天能和安娜相處感到興奮。

車裡放滿東西。空紙箱、黃色水管、舊足球和一盒愛寶狗糧。狗跳回車上，安娜按下開關，替他們降下後車窗。

「加倫人口我記得這幾年多了十個人。」她從口袋拿出口香糖給我。我說不用，她便自己開一顆來吃。「這裡的人唯一能做的就是耕作，但就像其他地方，孩子不想耕作了。他們一長大，就前往燈火通明的聖路易市。」

「但妳留下了？」

「對。我不需要工作，因為房子很早以前就付清。我父親書的版稅遠遠超過其他支出。」

「妳還有在彈鋼琴嗎？」

她吹個泡泡，泡泡才從她嘴中冒出就破了。「戴維．路易斯跟你說的嗎？有，我偶爾還會彈。我一度很愛彈琴，但我年紀大了之後……」她聳聳肩，又吹破一個泡泡。

她像孩子一樣嚼著口香糖，張著嘴，吹著泡，把泡泡弄破，弄到我覺得快瘋掉了。女人嚼口香糖醜死了。我不管是誰，任何女人都一樣。幸好她後來從口中拿出，扔出窗外。

「口香糖沒味道之後，我就不喜歡了。戴維有告訴你有另一個男的來，也想寫我父親的傳記嗎？」

「有，普林斯頓的男生？」

「對，那傢伙是個混蛋。我邀請他吃晚餐，他一晚上都在跟我說，《歡笑國度》多具有捷思[29]。」

「那什麼意思？」

「捷思？你是英文老師，你應該知道這個詞吧。」

「喔，是嗎？我連動名詞是什麼都不知道。」

「太爛了吧？我們的教育系統出了什麼問題？」

我轉下車窗，看一群健壯的牛，用粗大如繩的尾巴趕著蒼蠅。牠們身後，拖拉機在平坦的棕色田野上工作，一架飛機如黑豆在空中緩緩飛過。

29 捷思（Heuristic），較常見的譯法為「啟發法」，是指任何解決問題和自我探索的方式。此過程仰賴經驗和直覺，而不是用理性，也並非追求完美，但優點是能在短時間得到滿意的答案。

「我們再幾分鐘就到了。」

「到哪裡？我可以問我們現在要去哪嗎？」

「不行，到了你就知道了。是一個大驚喜。」

我們又開了五、六公里，接著她沒打方向燈，急左轉彎，開上一條狹窄的泥土路，鑽進茂密的森林，兩邊樹木擋住了五公尺外的視線。車子變得更冷，濃郁的林木味撲鼻而來，枝葉遮擋了光線。路面十分顛簸，我聽到石頭撞擊著輪井。

「我從沒想過密蘇里州有這樣的森林。」

陽光從樹枝間穿入，林間一隻鹿若隱若現，我望向安娜，看她是不是也看到了。

「別擔心，我們快到了。」

她停下車，我轉頭張望，但四周空無一物。

「我猜猜看，森林中的每一株樹都妳父親種的，是嗎？」

「不是。」她關了引擎，將鑰匙扔到地上。

「呃……他以前會在這裡散步？」

「答案愈來愈接近了。」

「他在那個樹樁上寫了所有書？」

「不是。」

「我放棄。」

「你根本沒用心猜！好啦，我以為你會想看油之后住的地方。」

「她住的地方？什麼意思？」

「大家不是都會問作家人物靈感從何而來嗎？父親是因為住在森林的某人得到油之后的靈感。來吧，我帶你去看。」

我下了車，開始為傳記在腦中描繪眼前景象。「森林憑空出現，通往油之后家的路蜿蜒其中。法蘭斯在不該在此地出現的森林中，挖掘出《歡笑國度》的主要角色。」

天啊，寫得爛透了。安娜帶我走進雪伍德森林，我試著想其他的開頭，但後來放棄了。兩隻狗追著彼此到處奔跑。安娜走在我前方三公尺處，我一半時間看路，另一半看她漂亮的俏臀。

「我期待在這裡看到糖果屋。」

「只要小心大野狼就好。」

我想起父親和海明威去非洲打獵的事。他去了兩個月，回來時，我母親不讓他把所有犀牛頭、斑馬皮和其他鬼東西帶進屋子裡掛。

「到了。」

我原本期待看到一棟薑餅屋，煙囪冒著煙，聞起來像燕麥餅乾，結果我錯了。那棟房子稱不上是房子，它用木頭隨意搭起，歪向一邊，彷彿有個巨人靠在房子上。如果窗戶原本有玻璃，現在也沒有了，只剩兩塊松木板，釘成X形。房子外有個小陽臺，但地板有好幾個洞。門階已從中斷成兩半。

「小心腳步。」

「妳說沒人住了，對吧？」

「對，沒錯。但這屋子跟她活著時一模一樣。」

「她是誰？」

「等一下我會讓你知道。」

她掏出一支老式的長鑰匙，插進生鏽的棕色門把下的鎖。

「這地方需要鑰匙嗎？」

「不用，其實，但從這進去比較好。」

我還來不及問她為什麼，她便推開門，潮溼腐敗的氣息迎面而來。她走進去，停下來轉身面對我。我站在她身後，她轉身時我們面對面站著。她向後退半步。我發覺我們剛才半秒之間站得好近，心不禁跳一拍

「待在這一會兒，我去那裡點盞燈。地上都是洞，非常危險。我父親有次在這扭到腳踝，非常嚴重，我還帶他去了醫院。」

我想著地板上的洞、蛇和蜘蛛，默默打個呵欠。我緊張就會打呵欠，別人看了不是覺得我很勇敢，就是覺得我是個蠢蛋。有時我會忍不住一直打呵欠。回想起來，真的太荒謬了。我跟馬歇爾・法蘭斯的女兒來到這裡，而這房子的主人啟發他寫出我最喜歡的一本書的偉大角色……結果我在打呵欠。在這之前，我很害怕，還想著她的屁股。不是安娜・法蘭斯或法蘭斯女兒的……而是安娜這個人的屁股。傳記作家到底怎麼讓自己和主角的生活分開？

「你可以進來了，湯瑪士，都弄好了。」

牆上貼著因為溼氣而泛黃的老舊報紙。煤油燈的昏黃光線從門中照出，讓報紙看起來像爬滿牆的小蟲。我看過沃克・伊凡斯[30]拍的照片，南方佃農曾用同樣的方式「裝飾」自己家，但看到真實的屋子時，一切都變得更小、更令人難過。房間中間有張木桌，兩邊古老的椅子整齊推進桌下。角落有個金屬折疊床，床尾端有塊褶起的灰色羊毛毯，床頭有個薄枕頭。就這樣。那裡沒有水槽，沒有鍋爐，沒有裝飾品，沒有盤子，沒有掛在勾子上的衣服，什麼都沒有。這裡住的不是斷食的隱士，不然就是個瘋女人。

「住在這裡的女人——」

外頭傳來像巨大聲爆的聲音。「誰他媽在裡面？如果你們他媽小王八蛋又把那鎖弄斷，

30 沃克・伊凡斯（Walker Evans, 1903-1975），美國現實主義的攝影師。

我把你們他媽的頭扭斷！」

木門廊響起沉重的腳步聲，那個人左手拿著霰彈槍，像拿路邊摘下的花朵一樣。

「理查，是我！」

「小王八蛋……」他看著我，將槍提到胸前，這時安娜的聲音才傳入他厚重的腦殼中。

「安娜？」

「對，理查！你罵人之前怎麼不先看一看？這是第三次了。我說真的，你有一天一定會射死人！」

她好生氣，而且馬上就看到他的愧疚。他像隻咆叫完後被主人打頭的看門大狗，他既困窘又尷尬。屋裡太黑了看不清楚，但我相信他面紅耳赤。

他哀聲嘆氣為自己辯解：「哎唷，安娜，我怎麼知道是妳？妳知道那群見鬼的孩子闖進這裡多少次——？」

「如果你好好檢查一下，理查，你就會發現門鎖是用鑰匙打開的。我要講幾次？那就是我每次都會用鑰匙開鎖的原因！」她抓住我衣袖，帶我走過他，走到外頭門廊。我們一到那裡，她便放開手。

他走出來時，我發現他昨天也在烤肉店，那張凶巴巴的紅色農夫大臉，看起來疲倦和生氣各半。他親手剪的醜髮型跟著大腦袋晃呀晃的，鼻子和眼睛都從臉上凸出。我看到他心裡就開始納悶，過去這幾代他家人到底是跟什麼玩意交配。

「理查．李，這是湯瑪士．艾比。」

他心不在焉點頭，沒伸出手來握手。

「你昨天有來烤肉，對不對。」這不是個問題。

「對，呃，我們都在。」我想不出還能回答他什麼。我想多說些，但我腦中一片空白。

「理查的母親就是油之后。」

我望向安娜，彷彿在說：「妳在開玩笑嗎？」但她點點頭，重新確認她說的話。「油之后。朵若西．李。」

理查咧嘴一笑，露出一排和他一點都不搭嘎的完美潔白牙齒。「沒錯。」他發音是「沒醋」。「要不是我跟你爸很熟，安娜，我會說他跟我媽有一腿。你懂我的意思。他們兩個常在這棟房子聊好久，我們都待不了那麼久。」

「我父親寫《歡笑國度》時，每週兩、三次會從鎮上走來看朵若西。他會穿上黑色球鞋，走在路旁的田野。沒人會載他，因為大家知道他非常喜歡散步。」

理查將霰彈槍靠在牆上，搔搔他下巴的鬍碴。「我媽總知道他何時要來。她會叫我們到外頭，採一大碗莓果，然後她會撒上糖粉。他到我們家時，他們兩人會坐在門廊上，把他媽一整碗莓果都吃了。是不是，安娜？嘿，你就是那個想寫馬歇爾的書那傢伙，對吧。」

「那就是我們在聊的事，理查。所以我才帶他來這裡，看你母親的小屋。」他轉向敞開的大門。「我爸為她蓋了這棟房子，所以她就能在這裡，在森林裡透透氣。我們家族小孩太多了，她說她偶爾需要一個地方好好休息。我也不怪她。我有三個姊妹和一個哥哥。但現在住在加倫的只剩我。」他望向安娜。

「湯瑪士，不好意思，但我半小時後在鎮上有個約。你想待在這嗎？還是要跟我回鎮上？」

我不想待在森林中和理查閒聊，但如果安娜答應我們寫書之後，我知道我會想再跟他聊聊。我原本猜吃完晚餐或參觀這裡之後，她會答應我，但不論明說或暗示，她至今都沒給我確定的答案，而我也仍然不敢逼問她。

「我想我最好跟妳回去，看薩森妮回來沒。」

「你怕她會擔心你嗎？」她語氣接近嘲諷。

「喔，不是，完全不是。我——」

「沒事，別擔心。我們馬上就回去了。讓你來得及喝下午茶。理查，你呢？你要我順便載你嗎？」

「不用，我自己開貨車來，安娜。我來這裡拿幾樣東西。我們晚點見。」他邁步走向屋裡，這時他停下腳步，拉拉她衣袖。「海頓家孩子的事很慘，對不對？到昨晚為止，這是第四件事出錯了。而且現在感覺問題接二連三……」

「我們晚點再聊，理查。暫時別擔心。」她小聲說，語氣平淡。

「擔心？妳怎麼就不擔心？我聽到的時候差點尿褲子。喬・喬丹那可憐蟲這下完蛋了。」

兩人對話時，我觀察安娜的表情，理查說著說著，她神情愈來愈難看。

「我說我們晚點再聊，理查。晚點。」她伸出手，好像要將他推開。她雙脣緊抿。

他還想多說什麼，但停下來，張大嘴望著我。然後他眼睛眨了眨，咧嘴笑了，彷彿總算恍然大悟。「喔，對！老天，看看我，我真是大嘴巴！」他又笑了笑，搖搖頭。「對不起，安娜。嘿，老弟，你要小心她，你要是惹她不爽你就完了。」

「來吧，湯瑪士。再見，理查。」

那條路滿寬的，我們倆肩並肩走著。

「安娜，我不明白最近發生的事。」

她沒停下腳步，也沒望向我。「像什麼？你是說理查剛才說的嗎？」她一手撥了撥她的短髮，我看到她額頭都是汗。我喜歡看女人身上流汗。那是我覺得最煽情和誘人的畫面。

「對，理查說的話。還有芙列契太太今早一直問我，海頓家的孩子被貨車撞到時有沒有在笑。」

「還有別的嗎？」

「有，還有。那個撞到他的人，喬丹？喬．喬丹？他一直說不該是他，沒人知道到底該怎麼辦了。」我不想逼她回答，但我確實想知道發生什麼事了。

她步伐放慢，踢著路上一顆石頭。石頭撞到另一顆石頭，彈到樹林裡。「好吧，我告訴你。過去這六個月，鎮上發生好幾起可怕的意外。有人被電死，有個店長在持槍搶劫中喪命，有個老婦人昨晚瞎了，然後今天男孩又出了車禍。加倫是一座沉睡的小鎮，湯瑪士。我相信你看得出來。這裡根本沒發生過大事。提到鄉巴佬，大家肯定會拿這地方開玩笑。你懂嗎？像『你們這裡的娛樂是什麼？喔，當然是非法釣魚或去理髮店看人剪頭髮』。結果突然之間，噩夢一樁樁發生了。」

「但喬丹說不該是他，那又是什麼意思？」

「喬．喬丹屬於耶和華見證會。你知道他們嗎？他們覺得自己是少數天選之人。神永遠不會讓他們發生意外，何況如果你撞死一個孩子，你會說什麼？」

「那孩子死了？」

「沒有，但他不久會死。我是說，他可能會死，就我所知。」

「好吧，是滿有道理的，但後來芙列契太太問我孩子被撞之前有沒有在笑，那又是怎麼回事？」

「傻妞芙列契是加倫的瘋老太婆。我相信你已經見識過了。她會到處命令人，問些瘋狂的問題，那混亂的小腦袋待在家最適合，老天保佑。她丈夫過世之後，她在瘋人院待了三年。」

我們走到車旁，她繞到後面讓狗上車。她解釋的方式讓一切聽起來合情合理。對，聽起來合理。那我為何轉身，朝森林長望最後一眼？因為我知道她說的話就是一堆屁話。

她在芙列契太太家讓我和釘子下車，並說她會在一、兩天後打電話給我。她態度不粗暴，但也不可愛。

我走到門廊，薩森妮的身影從紗門浮出。

「啊，親愛的，妳在紗窗中若隱若現真美！」

「你跟安娜出去？」

「等一下。」我解開釘子的栓繩，他坐到門階最上方。「對。她帶我去油之后家。」

「什麼？」她打開門，走到外面。

「對。那個老女人叫朵若西．李，應該是油之后的靈感來源。她住在一間破舊的老棚屋裡，大約離這裡五、六公里的巨大森林中。安娜來問我要不要去看。我去了之後，朵若西．李的兒子突然出現，差點因為非法入侵射殺我們。他叫理查。他讓我想到《人鼠之間》的小朗．錢尼：『跟我說兔子的事，喬治。』[31]就那些傢伙其中之一，妳知道嗎？」

31 《人鼠之間》（*Of Mice and Men*）是美國諾貝爾文學家約翰．史坦貝克（John Steinbeck, 1902-1968）的作品，小朗．錢尼在一九三九年的電影版本中，飾演書中的雷尼．斯默，角色特別喜歡摸皮毛，夢想就是開農場，照顧一窩兔子。

「那屋子長什麼樣？」

「什麼都沒有。搖搖欲墜的破屋子，裡面貼滿報紙。沒給我任何靈感。」

「安娜有提到更多關於書的事嗎？」

「沒有，一個字都沒有，媽的。我覺得她只是在逗著我玩，妳知道嗎？她告訴我一堆關於她爸的事，總是說：『這個你應該寫進書裡。』但她從來沒說要不要授權給我寫。」

薩森妮移了重心，開口時裝作漠不關心的樣子。雖然一眼就能看透，但我喜歡她的努力。

「你覺得安娜怎麼樣？我是說個人的感覺？」

我忍住笑，伸手去摸她滿是雀斑的臉頰。我發現她買東西時曬到太陽。她抽開身子，抓住我的手。我還是忍不住露出笑容。「好了，真的啦，湯瑪士，拜託別鬧了。我知道你覺得她很漂亮，所以不要說謊。」

「我為什麼要說謊。她確實不像戴維．路易斯描述的那樣。老天，他讓我以為我們要跟麗茲．波頓[32]打交道。」

「所以你喜歡她嗎？」她繼續抓著我的手。

「喜歡，目前為止算喜歡。」我聳聳肩。「但我跟妳說，薩森妮。我也覺得這裡有些奇

32　麗茲．波頓（Lizzie Borden, 1860-1927），美國懸案「麗茲．波頓案」的主角，她的父親和繼母有天同時被斧頭砍死，但因缺乏關鍵證據，最大嫌疑犯麗茲．波頓無罪釋放。此案震驚社會，在流行文化中延伸出多部作品。

怪的事情，我不大喜歡。」

「像什麼？」

「例如妳知道……？」我最後一刻壓低聲音，輕聲說：「妳知道傻妞芙列契有住在瘋人院三年嗎？」

「有，我們今天去買東西時她有跟我說。」

「真的假的？」

「嗯哼。我們因為你父親聊起電影，她問我有沒有看過《飛越杜鵑窩》。我說有，她告訴我她曾住在瘋人院。她態度有點像在說『所以呢？』」

「嗯。」我收回手，用手指玩著栓繩。

「但那怎麼了？」

「妳有買中餐的東西嗎？」

「有，所有好吃的都買了。你餓了嗎？」

「餓壞了。」

毫無疑問，我會做全世界最好吃的烤起司三明治。我在廚房穿梭，做兩個絕頂三明治時，我告訴她我和安娜這趟森林浴。

「太棒了！妳有買全麥麵包！好、好、好，再加一點奶油……」

「你真的覺得理查．李會舉槍射你嗎？」

「薩森妮，我不只覺得，我還流了滿身冷汗。那傢伙沒在開玩笑。」

「湯瑪士，你說戴維．路易斯曾告訴你一些超扯的事，說安娜尖叫要他滾出去，說他只要派人來提到要寫傳記的事，她就會寫信罵他，不是嗎？」

「路易斯沒有派人來，薩森妮，他只會回答那些人問題。那些人像我們一樣，自己決定要不要來。」

「好吧，他們是自己來的。但他不是說他們來的時候，她會寄信跟他說，這全是他的錯，他沒資格這樣做嗎？」

我點點頭，把鍋鏟放到檯子上。

「好，那跟我解釋。她為什麼對你那麼好？如果她這麼恨傳記作家，她為什麼邀請我們吃晚餐，然後今天開車載你去油之后家？」

「這就是我剛才說的怪事之一，薩森妮。不是戴維．路易斯腦袋出問題，就是他不知何故討厭安娜．法蘭斯。他關於她的描述目前幾乎都是錯的。」

「但記得昨晚有幾件關於她父親的事，她確實有說謊，對不對？」她得意地說。

「對，沒錯。她張開雙臂歡迎我們，然後一提到他爸就開始說謊。」我把鍋鏟彈到空中，抓住把柄。「親愛的，別問我這些事，我只是來工作的。」

「很耐人尋味，不是嗎？」她走到櫥櫃，拿出兩個亮藍色的盤子。

「對。」我鏟起爐子上的三明治，時間正好，並把三明治放到紙巾上，吸去多餘油脂。

這是製作完美烤超司三明治的祕密。

七

接下來幾天沒發生任何事。我在鎮上四處打聽，和大家聊天。大家人都非常好，但沒人告訴我我不知道的資訊。馬歇爾．法蘭斯是個善良的老傢伙，他像正常人一樣喜歡四處晃，吹吹風。他不喜歡出名，這點無庸置疑。他是個愛家的男人，也許偶爾太寵自己女兒，但做父親的就是如此。

我去鎮上的圖書館一趟，重讀他所有書。圖書館員是個老婦人，她戴著一副牡蠣殼粉色的水鑽眼鏡，有著圓鼓鼓的紅潤雙頰。她忙來忙去，彷彿每分鐘都有上百萬件事要處理，但我發現她忙來忙去都只是打發時間，她真正喜歡做的是坐在櫟木桌檯後頭讀書。

兩個年輕孩子在抄世界百科全書當作報告，有個非常年輕的女人目不轉睛讀著上個月的《大眾機械》雜誌。

我重讀法蘭斯所有書，仔細尋找內容和加倫的相似之處，但毫無斬獲。我猜法蘭斯寫作時，可能會從現實找到一些要素後，全面重塑，符合自己的想像。所以李太太就好比一團人類陶土，而他將她拿來，刻劃成油之后。

我研究完時，將椅子向後一推，抹抹臉。我在雜誌室工作，進來時意外發現期刊架上有不少文學雜誌。我起身拿一本《安泰俄斯》雜誌。圖書館員和我對到眼，手指勾了勾，要我去她桌前。我覺得自己像做錯事的小孩，被抓到在書堆後面吵鬧。

「你是艾比先生？」她很小聲，但語氣嚴肅。

我點點頭，露出微笑。

「如果你要的話，我可以替你辦張短期的借閱證。這樣你就能把書借回去，不用在這裡看。」

「喔，沒關係，謝謝妳。這裡很適合工作。」

我以為我的魅力至少能讓她微笑，但她表情依舊嚴肅，皺著眉頭。她鼻子下面有細微的直紋，那是她嘬了一輩子嘴的皺紋。她桌上一切也都有條有理。她雙手在身前交叉，說話時全身動也不動，沒用手指敲檯面，也沒擰手。我敢說她會殺死任何將書放錯書架的人。

「以前也有人想來寫關於馬歇爾的書，你知道。」

「後來呢？」

「安娜每個都不喜歡，尤其那個想寫傳記的。他非常沒禮貌……」她搖搖頭，口中發出喀答聲，表示不耐煩。

「從東邊來的那個？普林斯頓大學的學生？」

「對，他就是那個想寫馬歇爾傳記的那個。你能想像嗎？他們告訴我普林斯頓是頂尖大學，但如果他們畢業生是那副德性，我票才不投給他們。」

「你記得他的名字嗎？」

她頭一歪，胖胖的手從檯子舉起，用手指敲敲下巴，目光一刻也沒離開我身上。

「他的名字？不記得，我從沒問他，他也不曾告訴我。他來這裡像個高官騎大馬出巡一樣，馬上開始問我各種問題，連個請字也不說。」如果她是隻鳥，身上長了羽毛，現在一定都氣到豎起。「就我聽說，他對鎮上所有人都一樣。我經常說，沒禮貌沒關係，但別在我門前沒禮貌。」

我能想像那個普林斯頓大學的討厭鬼，手裡拿著馬克·克羅斯的公事包和索尼的錄音機，念念不忘繳交論文的死線，追著一個個鎮民想從他們身上榨出各種資訊，但又不得要領，因為沒人喜歡被逼問的感覺。

「你想看看馬歇爾最喜歡的書嗎，艾比先生？」

「我很願意，如果不會太麻煩的話。」

「喔，這就是我的工作，不是嗎？替人找書？」

她從桌子後面走出來，走向後頭的書架。我原本以為她要去兒童文學區，所以她停在「建築」那排時，我大吃一驚。她小心翼翼環顧四周，確定沒人在附近。「我們私底下說，艾比先生，我覺得她打算讓你試試看。就我聽說，她會讓你寫。」

「喔，是嗎？」我不確定自己有沒有聽錯。她又像在前檯一樣輕聲細語。

「你是說安娜？」

「對，對。請不要講那麼大聲。我敢打賭她會讓你寫。」

雖然消息來源很古怪，但一聽仍令人振奮。我不懂的是，為什麼我們非得跑到圖書館，才能從館員這聽說她打算讓我寫傳記。

有人從角落走出，望向我們。圖書館員伸手從書架上拿下一本鐵路車站的書。

「這就是我在找的書！拿去吧。」她打開書本末頁，一點都沒錯，法蘭斯借了這本書五、六次。借閱卡上幾乎沒有其他人的名字。另一個人找到書離開時，圖書館員闔上那本鐵路車站的書，塞到我手臂下。「這樣走出去。這樣就沒人會懷疑我們有在後頭聊過天。」她看了看四周，瞄著書櫃的縫，確認隔壁排沒人才又開口。「我知道這要看安娜怎麼決定。我們全都明白，但很難不心急。自從——」腳步聲靠近，再次打斷她。這次完全打斷了我們的對話，因為年輕的女人牽著小女孩走來，向她詢問一本飼養金魚的書，並說一直找不到。

我將書拿回雜誌室桌上，迅速翻閱那本書。書裡是一張張美國鐵路車站的照片。照片說明文字的作者有點矯情，強調著密西西比維納市的「華麗」，說那裡不只一個賣票窗口，總共有三個賣票窗口，可謂「戰前建築傑作」。但我花了點時間看那本書，因為我能想像法蘭斯讀這本書的樣子，不論原因為何，這是他感興趣的內容。

我記得盧桑達提到他週日都會坐火車，還有他房子裡的火車站明信片。我快速瀏覽第三次時，我瞄到賓州德瑞克車站一眼，半秒鐘之後，我雙眼大睜，激動翻回去，好怕我翻到那頁時，一切都會消失。但一切還在。有人在頁面邊緣用鉛筆寫了滿滿的筆記。我只看過法蘭斯的筆跡幾次，但這正是他的筆跡。字跡同樣小心翼翼，上下飛舞。那段筆記內容和賓州德瑞克或那裡的火車站無關。那是藝術家的風格，看來他突然有了靈感，便找了手邊的紙頁寫下他的一切。

那段文字描述某個叫印克勒的角色。有的字我看不懂，但基本上，印克勒是個奧地利人，他決定要環遊世界。他製作一張明信片，上頭印了自己及同行的白色牛頭㹴，為這趟旅行募款。那張照片底下有著印克勒的名字、他的出身、他打算做的事、這趟旅程的全長（六萬公里），這趟旅程將歷時四年，而這張明信片就是他募款的方式。你願意慷慨解囊，贊助這充滿意義的旅程嗎？

筆記描述著他的樣子、狗名和狗的樣子，他們會走過哪些地方，還有一些他們路上會遇到的冒險。時間寫著一九四七年六月十三日。

我把所有文字都抄到我的筆記本裡。這是我第一次覺得自己真的挖到寶了。法蘭斯的書裡沒有印克勒這個角色，所以我是世上少數知道法蘭斯有創出這角色的人。我好想把這資訊占為己有，有那麼一瞬間，我反覆考慮自己要不要告訴薩森妮。這是我和馬歇爾．法蘭斯的祕密。馬歇爾和我的……但最終我找回良知，告訴了她。她也好興奮，我們隔天開開心心再次回到圖書館，在圖書館員幫助之下，找出他所有喜歡的書，翻遍每一頁。最後我們沒發現別的筆記，但光發現印克勒，我們其實就已心滿意足。

隔天我們在廚房吃早餐，我想問法蘭斯不知道是從哪裡想出角色的名字。名字是書中我特別喜歡的一點。

薩森妮正在吃一片塗滿柑橘醬的吐司。她咬另一口，然後含糊說：「墓園吧。」

「妳在說什麼？」我起身替自己再倒一杯她買的難喝甘菊茶。我母親以前都拿甘菊茶泡腳。但不喝甘菊茶的話，就只能喝芙列契太太推薦薩森妮在天王星雜貨店買的低咖啡因健康咖啡。

她雙手搓了搓，麵包屑飛得到處都是。「對，從墓園。我那天在鎮上散步，熟悉這地方。郵局過去有個非常漂亮的教堂，讓我想到在月曆或明信片上看到的英國老教堂。你知道那種吧，烏漆墨黑，莊嚴隆重，四面圍著石牆那種……我覺得滿有趣的，於是我散步過去，注意到後頭有個小墓園。我小時候常做墓碑拓印，所以我對墓園一直很有興趣。」

我坐到桌邊，眉毛像彼德．羅[33]一樣上下扭動。「嘻……嘻。嘻嘻！我也是，親愛的。我最愛蜘蛛跟老鼠！蜘蛛跟老鼠！」

「喔，別鬧了，湯瑪士。你從沒做過石拓嗎？拓印很美。**湯瑪士**，不要再流口水了好嗎？你模仿得很像，好不好？真的好像吸血鬼喔。你到底想不想聽我說啊？」

「當然要，親愛的。」

她放了兩片全麥麵包進到吐司機裡。看她吃成這樣，我有時會好奇她上輩子到底是不是餓死的。

「我在那亂逛，但有事情不大對勁，你知道嗎？就是怪怪的、有問題、好像哪裡不對。後來我找到問題出在哪了。石碑上面所有的名字，或幾乎所有名字，都是《夜晚奔入安娜》的角色。」

「真的假的？」

「真的。像蕾斯里．貝克、大衛．米勒、愛倫．維格……全都在那。」

「妳在開玩笑吧。」

「沒有。我要拿筆記本去一趟，把名字都抄下來，但後來我想你也許也想一起去，所以

33 彼得．羅（Peter Lorre, 1906-1964），奧地利裔美籍演員，他演出多部美國犯罪和鬼怪的電影。

我就先等你。」

「薩森妮，這太棒了！妳為什麼不早點告訴我？」

她手伸過桌子，握住我的手。我們在一起愈久，她感覺愈來愈喜歡碰觸和被碰觸。不是挑逗或愛撫，只是接觸而已。一、兩秒像是觸電一般的連結，讓彼此知道兩人都在。我也喜歡這感覺。但公事公辦，現在這事非同小可，於是我要她把剩下的吐司吃一吃，我們便出發去墓園。

十五分鐘後，我們站在聖喬瑟夫教堂前。我小時候，許多天主教朋友經過自己的教堂前都會在胸前比劃十字，我不想被孤立，所以他們就教我怎麼做，我們只要一起經過教堂，我也會跟著做。有天我媽開車載我經過聖瑪麗教堂，我像個虔誠的小天主教徒，無意識當著母親的面，在胸前比劃十字。我媽信的是衛理宗，見了驚慌失色。我的心理分析師抓狂好幾週，努力想挖出我的衝動是從何而來。

薩森妮和我站在那裡時，教堂前門打開，一個神父走出來。他快步走下石階，簡短又正式朝我們點個頭，匆忙經過我們。我轉身看他走進一臺酒紅色的奧茲摩比牌的「彎刀至尊」轎車上。

薩森妮走向教堂，我跟在後頭。那天天氣尤其好，夏天空氣清涼，強風吹拂，掃過樹間，四周揚起陣陣沙塵。頭上白雲快速飛過，彷彿是一部加速播放的電影。太陽燦爛刺眼，像裝在一個鈷藍色的信封中。

「你要來嗎?別擔心，墓園底下的小人不會咬你。」

「是的，小姐。」我追上她，牽住她的手。

「你看。」她指著腳邊的墓碑。

「哈!布萊恩．泰勒。不可思議!看，安．梅吉寶。老天，他們全都在這裡。不如妳把名字抄一抄，薩森妮，我四處去看一看。」

老實說，我並不是特別高興。不管浪不浪漫，我希望我的英雄是在寫作之間得到靈感。故事、場景、角色、名字……我希望全部出自個人的創意，沒有別的來源，不是從墓園、電話簿或報紙看來的。這墓園害法蘭斯感覺跟普通人沒兩樣。

瘋狂粉絲偶爾會趁保全不注意，溜進我們加州的家。我父親最喜歡的一次是「按門鈴的女人」。她狂按門鈴，按得又久又響，害我父親以為出什麼意外了。他原本堅決不應門，但這次他去了。那女人拿著八乘十吋的照片，看到心目中的男神一眼，跌跌撞撞向後退下門階。「你為什麼**那麼矮**?」她大聲哭叫，然後哭哭啼啼被保全架走了。

關於這些石碑，薩森妮說的對，它們很有趣也很美，但令人十分哀傷。碑文上敘述無數傷痛的故事，例如寶寶八月二日出生，八月四日過世。許多夫妻的小孩年幼便失去了生命。我馬上能想像，一對中年夫妻坐在低矮的灰色屋子裡，從不向彼此交談，火爐上方放著逝世兒女的照片。妻子也許在他們結婚這麼多年後依然冷漠，叫著老公「先生」。

「湯瑪士？」

我把一塊墓碑上的方形玻璃花瓶擺正時，薩森妮叫了我。我猜花原本是橘色的金盞花，但現在看起來只像一團無精打采的縐紙球。

「湯瑪士，過來。」

她在墓園另一邊，朝她的方向是個下坡。她蹲在一塊墓碑旁，一手撐在身後平衡。我從原地起身，膝蓋像乾柴一樣劈啪作響。我真是個體適能大師呀。

「我不知道你看了會不會高興。你朋友印克勒在這裡。」

「喔，不。」

「對。葛特．印克勒。一九一三年出生，死於一九……等一下。」她伸出手，撥了撥灰白色石碑表面。「死於一九六四。他沒那麼老。」

「那就是環遊世界的下場。他媽的！我原以為這是一大發現，不曾出現在任何作品中的馬歇爾．法蘭斯角色。結果他只是在當地墓園的一具死屍。」

「你這樣講聽起來就像亨弗萊．鮑嘉[34]：『當地墓園的一具死屍』。」

34 亨弗萊．鮑嘉（Humphrey Bogart, 1899-1957）是美國好萊塢傳奇演員，最著名的作品為《北非諜影》，硬漢形象深植人心。

「我沒有學他，薩森妮。對不起，我就是這麼沒創意。不是人人都是偉大的創作者。」

「喔，閉嘴。湯瑪士。你有時亂開炮就只是在等我上鉤而已。」

「兩個比喻放一起不協調。」我站起來，雙手在雙腿上搓掉泥土。

「**對不起喔**，親愛的英文老師。」

我們半開玩笑鬥嘴一會兒，後來她注意到我身後動靜，便停下來。其實她不只停下來，整張臉還像暴風雪中的機場一樣封閉了。

「這是個野餐的好地方。」

我知道是誰來了。「嗨，安娜。」

這次她穿著白色T恤，全新的深卡其褲和她破舊的球鞋。真是個可愛的美女。

「你們兩個怎麼在這？」

她怎麼知道我們在這裡？巧合嗎？就我所知，剛才看到我們的就只有那位神父，那不過是幾分鐘前的事。就算他打電話通知她，她怎麼可能這麼快到這裡？坐火箭嗎？

「我們來調查一些事。湯瑪士發現你父親《夜晚奔入安娜》的角色名字從何而來。他帶我來這裡給我看。」

我的頭就像電影《大法師》裡中邪的琳達．布萊爾一樣轉了一百八十度。**我**什麼時候發現的？

「你驚訝嗎？」

「驚訝？喔，這件事？有、沒有。呃，有吧，我覺得有。」我還在想薩森妮為什麼要說謊。

她想讓我在安娜冰冷的眼中加分嗎？

「你們在看誰？葛特．印克勒？父親從來沒在書中用過這個名字。」

「對，我們知道。他是環遊世界的男子。他真的環遊世界了嗎？」

她的笑容刷一聲垮下。老天，她眼睛還能變更小更凶啊。「你是從哪裡聽說的？」

「《美國鐵路火車站》。」

我的答案沒有讓她展開笑容。她表情讓我想到那天她在森林中對待理查．李的樣子。戴維．路易斯描述的是天降怒火，這次不一樣，這次是瞬間結冰、冷酷無情的憤怒。

「鎮上圖書館員給我一本你父親喜愛的書。就是關於美國火車站的那本？我看著看著發現書頁邊緣有印克勒的敘述。如果妳想看，我放在家裡。」

「你們兩個真的在好好做功課了，對不對？但萬一我不授權你們寫傳記呢？」

她首次直視我，然後目光瞄向我後方的薩森妮。

「如果妳不讓我們寫，那妳幹嘛一直對我們這麼好？難怪戴維．路易斯說妳是個怪物。」

薩森妮一如往常啊，說話充滿技巧，又夠敏感，總是能在正確的時間給出正確的讚美。根本是天生的外交人才啊。

我好想用雙手擋住頭，以免被這場巨人之戰波及，但意外的是，戰爭並未展開。安娜只抽抽鼻子，雙手插入口袋，腦袋像裝在人偶的彈簧上上下輕點，上下上下……

「薩森妮，妳說得對。我必須承認，我確實有時喜歡捉弄人。我想看你們要多久才會受夠我的小把戲，跟我攤牌，直接問我你們能不能開始寫了。」

「好，那我們可以寫了嗎？」我想讓自己語氣聽起來堅定，充滿力量，但這問題彷彿從我喉嚨爬出，害怕見光。

「可以，你們可以寫了。如果你們想寫的話，這本書就交給你們。如果你們沒生我的氣，我會盡我所能幫忙你們。我相信我能幫上不少地方。」

我頓時感到一陣勝利的喜悅。我轉向薩森妮，看她聽到消息的表情。她綻放笑容，拿起一顆白色小石頭，丟我的膝蓋。

「所以呢，好動小姐？」

「所以什麼？」她又拿另一顆石頭丟我。

「所以我想我們可以開始了。」我伸出手，再次牽起她的手。她用力握了握，面露微笑。然後她轉頭朝安娜笑。法蘭斯的女兒站在那裡，可愛萬分，但那一刻是屬於我和薩森妮的，我想讓她知道我有多開心一切成真，而且她和我在一起。

八

「下樓小心，別摔斷脖子了。我父親說有朝一日要修樓梯，但老是光說不練。」

安娜拿著手電筒，走在薩森妮前面，而薩森妮在我前面。所以我眼前只有一道昏黃的光線，像一隻直挺挺的蛇掃向四處，照過兩人雙腿間。

「為什麼所有地下室聞起來都一個樣？」我手扶牆平衡。屋裡潮溼又脆弱。我記得森林中李家的屋子有著同樣的味道。

「什麼味道？」

「像校隊一堆人去洗澡之後，擠在更衣室的怪味。」

「不對，你說的那種是撲鼻的臭味。地下室的味道比較間接和隱晦。」

「隱晦？怎麼會用隱晦來形容味道？」

「總之我知道聞起來不像更衣室！」

「等一下，我找到燈了。」

開關咔一聲打開，同一種尿黃色的燈光照亮巨大的房間。

「小心你的頭，湯瑪士，這裡天花板很低。」

我彎腰，環視地下室。角落有個軍綠色的火爐。牆面的灰泥粗糙不平整。地面腐爛到快和爛泥一樣了。除了幾堆綁好的舊雜誌，那裡沒多少東西。雜誌有《選美》、《頭冠》、《眼界》、《舞臺》和《紳士》。我從沒聽過任何一本。

「你父親下來這裡幹嘛？」

「等一下我會給你看。跟我走。」

她向前走時，我第一次注意到有道敞開的門，顯然通往另一個房間。電燈開關打開，我們走進去。

牆上有個大約一公尺高、兩公尺寬的學校黑板。黑板邊有個粉筆盒，裡面放滿一根根全新的長粉筆。我一看到內心激動不已，有種回到家的感覺，好想走上講臺畫圖分析句子。

「這裡是他所有創作的開始。」安娜拿起一根粉筆，開始在黑板中間亂畫。她畫了《花生漫畫》中粗糙難看的史努比。

「我以為妳之前說他在樓上寫作？」

「對，但他會先在黑板把所有角色都規劃好。」

「他每一本書都這麼做？」

「對。他會躲在這裡好幾天，創造他下一個宇宙。」

「怎麼做？用什麼方法？」

「他說他腦中總是有個主角。對《歡笑國度》這本書來說，主角是理查．李的母親油之后。他會把她的名字寫在黑板上方，並把其他人的名字列在下面。」

「真人的人名，還是他虛構的角色？」

「真人。他說如果他想到真人的樣子，他想利用的人格特色會出現在他腦中。」

她在黑板上寫下「朵若西．李」，然後在底下寫上「湯瑪士．艾比」。她從兩個名字各別拉出一條箭頭。然後她在前者寫上「油之后」，後者寫下「父親傳記作家」。她的字一點都不像她父親。她的字又大又歪扭，亂七八糟，要是有學生報告長成這副德性，我看完肯定會在報告底下留下幾句建議。

接著在「湯瑪士．艾比——父親傳記作家」底下，她寫上：「有名的父親、英文老師、聰明、缺乏安全感、樂觀、有力量？」

我皺起眉頭。「妳寫『有力量』是什麼意思？」

她揮揮手，不回答。「等一下。我在照他寫書的方式。他不知道的事，或不知道用不用的上的特質，他會在旁邊加個問號。」

「上面其他特質也都是我嗎？缺乏安全感、樂觀……」

「如果我是我父親，我會寫下我對你的感覺，還有我覺得有趣，能拿來用的特質。這只是我自己的印象。你沒生氣吧？」

「誰，我嗎？沒有。完全沒有。沒有。一點都——」

「好了，湯瑪士，你表達得很清楚。」

「沒有。一點——」

「**湯瑪士！**」

安娜望向薩森妮。我猜她不相信我。「他會生我的氣嗎？」

「沒有。我想只是『缺乏安全感』和『有名的父親』這兩點讓他過不去。」

「有一點你也要記得，我不是我父親。如果他要用你的特質，他看的角度可能完全不一樣。」

「說真的，安娜，我覺得傳記的開頭這樣寫會很棒。在序章，我會描述你父親從老舊的樓梯走下來，打開燈，開始在黑板前面規劃其中一本書。前幾頁的畫面會同時是他的書和我傳記的開頭。妳覺得怎麼樣？」

她第一次將粉筆放下，用手掌將史努比擦掉。「我不喜歡。」

「我覺得是很棒的想法，湯瑪士。」我不知道薩森妮說這句話是因為她真的喜歡，還是她想跟安娜唱反調。

「但妳不喜歡，安娜。」

她從黑板轉身，她雙手互拍，拍落上面的白粉。「你什麼都還不懂，湯瑪士，結果你已經在想這些聰明的把戲……」

「我沒有想要裝聰明，安娜。我真的覺得——」

「讓我說完。如果我要讓你寫這本書，你一定要細心，並且不落俗套。你知道我讀了多少難看的傳記嗎？它們都把傳記主角寫得毫無生命力，更別說寫得有趣和吸引人。你無法想像寫好這本書有多重要，湯瑪士。我相信你在意我的父親，想好好寫，所以我不准你耍任何小聰明，不准用任何把戲和捷徑，或在段落開頭寫『二十年之後……』。不能有任何這種東西。你的傳記一定要讓一切都在掌控之中，不然他不會……」

她大聲抨擊，這段話古怪又真誠，但她說到一半停下，害我不知所措。

我吞了吞口水。「安娜？」

「什麼？」

薩森妮插嘴。「安娜，妳確定妳希望湯瑪士寫這本書？妳真的確定？」

「對，我現在確定。非常確定。」

我深吸一口氣，再大聲吐出來，希望能緩解現場原子彈等級的緊繃感。

薩森妮走到黑板，拿起粉筆，開始在我和李太太的名字旁畫插圖。我看過她木偶的隨筆畫，我知道她是個好畫家，但她這次表現超越了自己。

油之后畫得維妙維肖，快速勾勒出著名的梵．沃特圖畫，而我則站在馬歇爾．法蘭斯的墓碑旁。在我們上方，是法蘭斯從雲端低頭看著我們，操控著連接我們全身的傀儡線。那張圖畫得非常漂亮，但在安娜所說的話之中，也格外令人不安。

「我不覺得妳確定，安娜。」薩森妮畫完之後，將粉筆放回黑板邊的盒內。

「喔，是嗎？」安娜聲音低沉。她專注望著薩森妮。

「對，我不覺得。我覺得傳記是傳記作家對於主角人生的詮釋。內容不該只是『他做了這個，他做了那個』。」

「我有說過他應該要怎麼做嗎？」安娜語氣不再緊繃，反而聽起來……充滿興趣。

「沒有，但妳已經清楚表示妳想掌控一切。我非常明白感受到，妳希望湯瑪士寫是妳心目中的，而不是湯瑪士．艾比心目中馬歇爾．法蘭斯的一生。」

「好了啦，薩森妮……」

「不對，你才夠了，湯瑪士。你知道我是對的。」

「我有說什麼嗎？」

「沒有，但你剛才差點說了。」她舔舔嘴脣，然後搓揉鼻側。她氣炸的時候鼻子會癢。

「薩森妮，妳這麼說非常不禮貌，妳想想我的身分，還有為這件事我冒了多少風險，對不對？沒錯，我當然有偏見。我確實覺得這本書要用特定的方式來寫……」

「我就說吧？」薩森妮看著我，難過地點點頭。

「我不是那個意思，不要曲解我的話。」

兩人手臂交叉，甚至可說是**緊鎖**在胸前。

「嘿，聽著，兩位小姐，冷靜點。我甚至連一頁都還沒寫，妳們就已經開戰了。」她們都不看我，但有在聽。「安娜，妳希望這本書把每件事都寫進去，對吧？我也一樣。薩森妮，妳希望我用自己的方式寫。我也一樣。所以現在有誰可以跟我說問題在哪裡嗎？啊？在哪裡？」

我邊說邊想著這是我父親會演的那種場景。也許我演得太浮誇了，但足夠讓她們停止攻擊。

「好嗎？好，聽著，我有個提議。可以讓我說嗎？好嗎？好，我的提議是這樣：安娜，妳給我寫第一章所需的所有資料，讓我用**我的**方式寫。不管要花多久，妳都不能先看。一點都不行。要看的話，要等到我寫完，並寫到滿意。我寫完時，我會給妳看，然後妳可以照妳希望做任何事。刪節、重新整理、扔掉……我不知道，搞不好妳會喜歡我寫的版本。總之，如果妳不喜歡，最後覺得很討厭，我保證我之後會照妳希望的寫法和妳緊密合作。我不會錄音什麼的，但從頭到尾，我們三人都會一起合作。我相信這想法一點都不專業，不管哪個出版社聽到這種方式都會煩得要死，但我不在乎。如果妳同意，那我們就這樣做。」

「要是我喜歡第一章的樣子呢？」

「那我就用我自己的方式寫整本書，寫完之後拿給妳看。」

我這樣算公平了吧？如果她討厭我的第一章，我們就從頭開始合作。如果她討厭最後的成品，那她有權（深吸一口氣）把書扔掉，找我或找別人重新寫一本。但這件事我想都不敢想。

「好。」她拿起黑色板擦，俐落兩下把薩森妮的畫擦掉。

「好，湯瑪士，但我要設個時間：一個月。一個月全部交給你，但你要寫好第一章。現在沒有時間能浪費了。」

薩森妮在我還來不及說話就開口了。「好，但我們想要什麼，妳就要提供給我們。不准再隱瞞和說謊了。」

安娜聽到眉毛揚起，十分驚訝。薩森妮話說得好直接，我一半是感到敬佩，另一半則是絕望。

「如果你要照時序來寫……我猜你會照時序吧？我會給你所有他來到美國之前的資料。第一章不會寫到那之後的事。」

九

就這樣。她說到做到，書本、日記、信和明信片一股腦兒全從法蘭斯家送來。我們一開始只能清點，根本沒空釐清內容。

法蘭斯看來保留了所有東西，或有人幫他留下，在他長大後交給他。其中有個鼓鼓的牛皮紙袋，裡面裝著他童年時日常的塗鴉，有的畫馬，有的畫牛，那是大師四歲時的作品。幾本筆記本裡面夾著多年前的野花和雜草，你不過是隨意拿起書，東西會從各處掉出來。他以歪扭的德文字標註僅存的雜草和石化乾燥的牽牛花。有個鞋盒裡裝滿金色和紅色相間的老舊雪茄帶、火柴盒、作廢的船票和火車票。另一個鞋盒裝了更多他很喜歡的老舊照片明信片，多半是山景和登山人住的老舊木造小山屋。大家為了登山穿的衣服都令人嘆為觀止，女人穿著黛西．米勒[35]似的長洋裝，還有如水果沙拉的帽子。男人穿著粗花呢短褲，膝蓋處像氣球

35 《黛西．米勒》是亨利．詹姆斯（Henry James, 1843-1916）所寫的中篇小說，女主角黛西．米勒洋裝華麗繁複，有許多緞帶和結。

一樣膨起，古怪的窄邊呢便帽，側邊還插了根羽毛。她們所有人看著鏡頭，要嘛露出瘋狂的笑容，要嘛皺著眉頭，彷彿老婆剛死。沒半個人在現代照片中露出不上不下的表情。

據安娜所說，明信片都是學校朋友和家人寄來的。鞋盒裡有本棕色的學校小筆記本，後來我仔細一看是他收到的明信片記錄。超好笑，特別是你想到這是八、九歲小孩做的。他寫下每一張明信片是誰寄的、從哪寄的、日期、甚至他是在哪收到的。

「安娜，他為什麼要把名字從馬丁．法蘭克改成馬歇爾．法蘭斯？」

「你沒看到舊明信片上的地址嗎？『馬丁．法蘭克轉交給馬歇爾．法蘭斯』？他大概八歲時發明了馬歇爾．法蘭斯這個角色。他混合了達太安、博傑斯特和維吉尼亞人[36]。他跟我說，他已經堅持用這個名字好幾年。他認識的所有人都必須叫他馬歇爾，不然他拒絕回應。」她咯咯輕笑。「他小時候一定對那些故事很著迷，嗯？」

「對，好，那都說得通，但為什麼他來到美國要用這個當他的名字？」

「老實說，湯瑪士，我不確定。不過你一定記得，他是從納粹手中逃出的猶太人。也許他覺得如果他們侵略美國，他有像法蘭斯這麼非猶太人的名字，那麼他被抓的機率會比較低。」她彎身綁鞋帶，她說什麼我都沒聽到。「不論理由為何，這對你來說很完美，不是嗎？

36 達太安出自《三劍客》。博傑斯特出自P．C．雷恩所寫的冒險小說《博傑斯特》。《維吉尼亞人》是一九六二年至一九七一年的西部電視劇，他成為自己的角色，對吧？**非常具有象徵意義吧**，文學博士。」她用手指敲敲太陽穴，跟我說待會兒見。

薩森妮和我花了至少一週查看每樣東西。我們後來討論很久，雖然我們幾件事有所爭執，但我們都同意法蘭斯是個古怪的小男孩。

我們討論試寫第一章最好的方式。大學時，創作老師上課第一天就帶了一個小孩的玩偶到班上。他將玩偶拿在身前說，如果要大家下筆，多數人只會從最明顯的角度來形容玩偶。他伸手在自己眼睛到玩偶中間畫出一條直線。他繼續說，但真正的作家，他知道玩偶可以從無數不同、更有趣的角度描述，例如從上方和下方，真正偉大的創作會從那裡開始。薩森妮也同意這點，但我們最後大吵一架，爭論該從哪個奇怪的角度來下筆。她說如果由她來寫，她會描述在奧地利阿爾卑斯山城鎮屋子裡，有個古怪的小男孩坐在房間小心翼翼寫下明信片記錄。然後她會讓他走到戶外，為集花冊採花，畫牛的圖畫之類的。間接表示這孩子從出生的第一天開始便有過人感受力，古靈精怪，充滿藝術天分。

我覺得這想法還可以，但因為我本來想用下樓的橋段當作《歡笑國度》的開頭，但被安娜潑了冷水，我怕她也會用魚雷轟炸薩森妮，說她太「小聰明」。薩森妮聽了低吼，但後來同意這對安娜來說太過有創意了。

我又浪費幾天，疲倦困惑，內心沮喪。薩森妮不管我，和芙列契太太在花園閒晃。比起我，她非常喜歡那老太太。她欣賞密蘇里人的誠實，但我只感到她滿口空話和保守主義。我們不會談論她，因為一聊肯定會吵架。所以只需要知道一件事就好，給我這本書第一句話的靈感正是「空話芙列契」。

那天早上我放棄了，坐在門階上，看兩個女人在番茄園晃。天空中濃重的雲朵密布，我好希望來一場狂風暴雨，將世界洗滌乾淨。

可愛的釘子慢步走上樓梯，坐到我旁邊，嘴裡快速喘著氣，發出「嘎嘎嘎」的聲音。我們看著兩人摘著番茄，我手放到他像石頭一樣硬的頭上。牛頭㹴的頭就是顆石頭，只是假裝皮膚包著骨頭。

「你喜歡番茄嗎，湯瑪士？」

「什麼？」

「我問你喜歡番茄嗎？」芙列契太太緩緩站直身子，伸手遮擋著陽光，看向我和釘子。

「番茄？喜歡，我非常喜歡。」

「好，你知道馬歇爾？他恨透了。他說他小時候父親老是逼他吃番茄，從那之後，他連碰都不想碰。他不吃番茄醬和紅醬，什麼都不吃！」她把一把大番茄扔進薩森妮替她拿著的蒲式耳木桶中。

突然之間，我知道這章第一個句子要怎麼下筆了。

薩森妮一小時後來到臥室，雙手摸著我的肩膀，彎下身問我在幹嘛。雖然完全不必要，且太過戲劇化，但我還是把我面前那頁撕下來交給她，繼續往後寫。

「『他不喜歡番茄。』你傳記打算這樣開頭？」

「往後讀。」我繼續寫。

「『他不喜歡番茄。他蒐集火車站的明信片。他在密蘇里州小墓園為角色尋找名字。他會到發霉的地下室，在學校大黑板上規劃作品。他這輩子累積的所有東西都有留下來。他從歐洲來到美國時，他將自己的名字改成他小時候用想像力創造的角色。他沒事時會在食品雜貨店當收銀員打工……』」

她停下來，沉默好一陣子，像將時間隔開一道鴻溝。我停下手，不再假裝還在寫了。

「妳懂我在做什麼嗎？我把所有資訊當做子彈裝到槍管中，直接射向讀者。第一槍會接受到什麼訊息都隨便他們，然後我會在後面的章節娓娓道來，這我也會告訴安娜。為何不用這章抓住讀者脖子，直接將他們拽進法蘭斯的人生之中？薩森妮，我們一直在避免這點。當然，我們知道他是個怪孩子，但媽的，他也的確是個怪人啊！他完完全全就是個古怪的藝術家。看他的屋子、他愛的小鎮、他寫的書！我們對這點一直繞圈子，因為我們不想承認，這作家是個怪人。但他就是個不可思議的怪人啊！」

「你覺得安娜聽到你叫她父親怪人，她會做何感想，湯瑪士？如果你給她機會，她一定會把他放到奧林帕斯山上。」

「對，我知道要顧慮這點，但我覺得如果我方向對，她會明白我想講的。」

「你願意冒這個險？」

「嘿，薩森妮，是妳說這本書必須以我為主！」

「對，沒錯。」

「好，那這就是我想寫的方向。我現在確定了，我一定要這樣寫。」

「直到安娜看到那一刻。」

「喔拜託，薩森妮，偶爾來點精神上的支持吧，嗯？」

我渴望的暴風雨不僅來了，還在鎮上徘徊。接下來一週，雨斷斷續續下著。薩森妮去圖書館搬回一堆有名的兒童文學。她說圖書館員要她轉答：「我早跟你說吧。」

我們決定盡可能閱讀和重讀眾多經典兒童文學，以免「國王」的作品有任何對比和對照的部分，我現在都叫他「國王」了。

《哈比人》、《獅子・女巫・魔衣櫥》、《鏡中奇緣》……我們大半時間都在芙列契太太家的門廊，坐在潮溼的藤椅上看書。雨下得輕柔宜人，萬物都呈青藍和亮綠色。

房東一定感受到我們多專注，因為她不常來打擾。說到這件事，安娜也不見了，她將藏有法蘭斯無數回憶的鞋盒送來之後，我們完全沒見過她。她告訴我如果需要的話再打電話給她，但我沒打。

我們平常就是讀書寫作，天繼續下著雨，我繼續和薩森妮溫存（她說下雨讓她覺得性感，所以我們的性生活變得愈來愈好），每天都很充實，時間像特快車一樣飛逝。我還沒反應過來，我就看完了《小熊維尼之家》、《查理和巧克力工廠》、《金河王》，也寫完了第一章初稿。時間總共花了兩週多。我們當天晚上吃烤脆皮雞，喝蜜桃時粉紅氣泡酒慶祝，電視播放著我父親的《橫越德國的列車》，這算他比較好的作品。

隔天我醒來，感覺神清氣爽，我跳下床，在地上做了二十下伏地挺身。我的未來不需在黑暗中摸索，我好久沒有這種感受。感覺真他媽好極了。

我做完伏地挺身，偷溜到書桌前，打開我從鎮上韋德五金行買來的小檯燈。書中的某頁攤在桌上。**我的書**！我知道之後還需要改寫無數次，但那不重要了。我正和自己夢寐以求的夥伴做著自己夢寐以求的事，也許、說不定安娜．法蘭斯會真的喜歡我寫的，然後……我暫時不敢去想。先做做看，再看事情會怎麼發展。

我聽到門另一頭有吸鼻子的聲音。門打開一條縫，釘子走進來。他跳上床躺下。他現在早上總會跳到床上加入我們，然後眼睛開閉四十次，才真的起床。芙列契太太在走廊有放個老舊破爛的雙人沙發給他，但自從我們住進來，他和我們在一起的時間愈來愈多，不分日夜。

有天晚上，我們正要做愛，他跳上來，冰冷的鼻子頂著我赤裸的腿。我頭撞到床邊，在憤怒和大笑之間老二就軟掉了。

我回頭望，看到釘子再次窩到薩森妮胸上。她露出笑容，想將他推開，但他不理她。他根本不想動。他閉上眼，呆呆的不理人。我從書桌走到床邊。

「美女與野獸，嗯？」我拍拍他的頭。「嗨，美女。」

「很好笑。別光站在那裡。他要壓死我了！」

「也許他是個性愛狂，其實在用某種厲害的狗狗愛撫招式摸妳。」

「湯瑪士，請你把他從我身上趕下來好嗎？謝謝你。」

我又推又拉，把他移到我這一側（他的頭竟然直接躺在我枕頭上），薩森妮雙手枕在脖子上，望著我。「妳知道我在想什麼嗎？」

「不知道，聰明的皮杜尼[37]，妳在想什麼？」

「你寫完這本書，你應該寫一本父親的傳記。」

「我父親？我幹嘛寫關於他的書？」

「我只是覺得你應該寫。」她目光從我身上移向天花板。

37 出自童書《傻鵝皮杜尼》。在故事中，不識字的傻鵝皮杜尼有天撿到一本書，自以為自己因此充滿知識，於是就裝模作樣替大家解答任何事情，最後學到教訓。

「那不是個理由。」

她目光回到我身上。「你真的希望我告訴你？」

「對，我當然希望。妳之前不曾提過這件事。」

「我知道，但我最近一直在想，不管你有沒有察覺，你父親在你人生中其實很重要。聽著，你知道你有多常提到他嗎？」她舉起手，阻止我開口。「我知道、我知道。他害你發瘋，而且大多時候甚至不在身邊。好。但他是你的**一部分**，湯瑪士。我所知道的父子的關係中，沒人像你們關係這麼緊密。不管你喜不喜歡，他都占據你人生一大塊，我覺得早點坐下來，寫寫關於他的事，對你來說很重要。不管最後寫出的是傳記，還是只是你的回憶錄都好……」

我坐在床邊，背對她。「但這有什麼好處？」

「關於我母親，有很多事我從來都不瞭解，你知道嗎？我已經跟你說過她的事了。」

「對，妳說她會讓任何人對任何事感到有罪惡感。」

「沒錯。但後來有一天，我父親告訴我母親自殺了。從那之後，你知道我看清多少事嗎？你知道有多少事變合理？我沒有因此真的對她更有**好感**，但我彷彿突然看到一個不同的人。」

「妳覺得如果我瞭解父親的人生，我就能更理解我和他的關係？」

「也許可以，也許不行。」她手放到我腿上。「但我確實覺得，你們之間有太多理不清的事情，讓你同時愛他又恨他。也許你真的深入瞭解他是誰，你就能清出一條跑道。你懂我的意思嗎？」

「懂，我想是吧。我不知道，薩森妮。我現在真的不想去想。最近有太多事情要做了。」

「好。我不是要你放下一切馬上開始，湯瑪士。別誤會我的意思。我只是覺得你應該考慮一下。」

「好，我會好好想想。」

釘子鼻子湊到她脖子，她馬上站起，逃離床邊。我很高興對話在這裡結束。

太陽出來了，吃完早餐，我們決定去鎮上走一走。時間還早，露珠和雨滴都還在，萬物像溼玻璃一樣閃閃發光。我們現在多少認識一些鎮民和店家老闆，他們開車經過時會朝我們揮手。這就是另一件在小鎮生活令人開心的事。這裡人太少，所以大家都會彼此照顧。你也許早上才跟一人買捲心菜，當天下午可能還要請他修車。

我們到圖書館時，「我早就跟你說吧」館員從街道另一邊走向我們。我猜她剛好要幫圖書館開門。「是你們啊！隱居人士。等我一下，我過個馬路。」她小心翼翼望向兩邊，你看了會以為她要越過聖地亞哥高速公路。一臺豐田汽車噗噗駛過，駕駛是我常在鎮上看到的女人，但我其實不認識。她也朝我揮手。

「我替你們整理好更多書了，艾比先生。你準備好了嗎？」她雙頰的腮紅莫名令我非常難過。

「湯瑪士還沒看完《柳林風聲》，亞梅登女士。他一讀完，我會把那堆書拿回來給妳，借新書回去。」

「我一直都不大喜歡《柳林風聲》。怎麼能用一隻油膩的小青蛙當英雄？」

我噗嗤一聲笑了。她嚴肅望向我，搖著她灰藍色的頭。「哼，是真的！青蛙，這小生物腳背長著毛，就像哈比人一樣……你知道馬歇爾以前怎麼說的嗎？『對童話故事中的人類來說，最慘的莫過於變成動物。但對動物來說，最大的報償就是能變成人類。』這正是我的看法。總之，別讓我一直說這件事了。你書寫得怎麼樣了？」

我們跟她聊愈久，愈覺得在這鎮上每個人都知道每個人的大小事情。圖書館員知道試寫的事，也知道他女兒給我們多少法蘭斯的資料，還有一個月的期限。但為什麼？當然，像安娜一樣，鎮民覺得法蘭斯屬於他們，因為他這輩子都和他們在一起，但這是安娜告訴他們的原因嗎？還是有其他更曖昧不明的緣故？

我腦中閃過一個畫面。安娜被皮綁帶綁在地下室的遊戲室桿子上。她全身赤裸，一次次被長鞭抽打，面無表情的加倫鎮民逼問著她，她不得不說出所有關於我和薩森妮的事。

「妳也把火車站明信片給他了嗎？」

「沒有，絕對沒有！啊啊啊啊！有，有，我全都給他了！」

接著（同一個畫面），夾板門應聲而破，我飛入房中，雙手拿著李小龍功夫鐵鍊，像飛機螺旋槳一樣轉著。

「……房子？」

「湯瑪士！」

我嚇一跳，發現兩個女人都在等著我回答。薩森妮瞇著眼，目光像匕首一樣銳利，偷偷用力捏我手臂一把。

「對不起。妳們在說什麼？」

「他真是作家的料，對不對？不知道神遊去哪……就像馬歇爾一樣。你知道安娜在他過世前兩年沒收他的車鑰匙嗎？他開那臺老旅行車撞上好幾棵樹了。老是在做夢，他啊。老是做著平凡無奇的白日夢。」

每個人都至少有十個關於馬歇爾．法蘭斯的故事。馬歇爾開車的事、在收銀臺的事、他討厭番茄的事。這裡簡直是傳記作家的天堂，但我開始好奇，為什麼大家這麼注意他，而且為什麼他們之間聯絡如此頻繁。我一直想到住在密西西比州牛津的福克納[38]。就我讀到的，鎮上所有人都認識他，也很驕傲他住在那裡，但對他們來說不是什麼大事。他只是個著名作家。但最近鎮民提到馬歇爾．法蘭斯時，你會以為他不是鎮上的小神祉，也至少是家族中最親近

38 福克納（William Faulkner, 1897-1962），美國小說家、詩人和劇作家，美國文學史上意識流文學的代表人物，並於一九四九年榮獲諾貝爾文學獎。

的兄弟。

我們決定不去圖書館，改去鎮裡走走，一方面因為我那天早上不想看書，一方面因為有幾個地方我好幾天沒去了。

艾比導覽之旅第一站就是到巴士站，巴士站外頭有一張張斑駁的白色長椅，巴士時刻表直接貼在上方，要看聖路易特快車的時間，你恐怕要坐在別人的大腿上看。一個漂亮的胖女人坐在壓克力窗後頭賣車票。有多少電影從鳥不生蛋的骯髒巴士站開始？畫面會是這樣，一輛灰狗巴士緩緩駛過主幹道，停在尼克和邦妮咖啡廳或泰勒巴士站。擋風玻璃上有塊淡綠色的玻璃，招牌寫著這臺車要開往休斯頓或洛杉磯。但中途停靠堪薩斯州的泰勒鎮（密蘇里州的加倫），你會想知道為什麼會是這樣。前門嘶嘶一聲打開，史班瑟．崔西或約翰．加菲[39]走下車。他手裡不是拿著破爛的手提箱，像個流浪漢，就是穿著非常都市的裝扮。但無論如何，他都和這裡格格不入，根本沒有理由來到這地方……

第二個最愛的地方是離巴士站幾步路的可怕店鋪。裡面有好幾個嚇人的白色石膏像，像阿波羅、維納斯、米開朗基羅的大衛像、勞萊與哈迪、查理．卓別林和拿著栓馬環的騎師。

39　史班瑟．崔西（Spencer Tracy, 1900-1967），好萊塢黃金年代的著名演員，多才多藝，表演自然，是史上第一位連續兩年榮獲奧斯卡最佳男主角的演員。約翰．加菲（John Garfield, 1913-1952）是美國著名演員，專門演叛逆的勞工階級角色。

耶誕花圈像幽靈一樣掛了一整排等大家來買。店老闆是個義大利人，他在店後面做所有工作，你就算進店裡逛，他也很少現身。我在加倫這段時間，我只在別人家或草坪上看到兩、三件他的東西，但我猜他靠那些就夠錢生活。進到店裡就像走進雲朵之中，只是這是約翰・F・甘迺迪雲和十字架上的耶穌雲。薩森妮很討厭那家店，她總是自個兒走去藥局，看有沒有新書。我之前發誓，我離開前一定要跟店長買點東西，因為我在他店裡逛了好久。而且店裡每次都沒有別人。

「嘿，艾比先生！我才在想你什麼時候會來。我特別為你做了尊石膏像。等我一下。」

老闆走進他的工作室，幾秒鐘之後，拿了油之后的小石膏像出來。跟其他作品不一樣，這個石膏像上了色，和書中的顏色一模一樣。

「太美了！真不可思議。你怎麼——」

「不用，不用，別謝我。我只是受人之託。安娜一週前來店裡，要我幫你做一尊。你想謝就謝她吧。」

我非常聰明，我將石膏像放到口袋，決定暫時不要讓薩森妮看到。我沒心情跟她大費脣舌。我還有幾分鐘才要去藥局找她，於是我進了電話亭，打電話給安娜。

「法蘭斯家。」她的聲音聽起來像鐵鍾敲上鐵砧。

「喂，安娜？我是湯瑪士・艾比。妳好嗎？」

「嗨，湯瑪士，我很好。你怎麼會打來？書寫得怎麼樣？」

「很好，很不錯。我寫好了第一章初稿，我覺得最後寫得滿順利的。」

「恭喜！超強的湯先生！你超前進度。有許多意想不到之處嗎？」她的語氣瞬間從冷酷變成滿口甜言蜜語。

「有……我不知道。我猜有吧。聽著，我剛才去馬羅內的店，他給我妳的禮物了。我很喜歡。妳怎麼想到要送我，我非常感動。」

「薩森妮怎麼想？」她語調又變了，回到狡猾的感覺。

「嗯，老實說，我還沒給她看。」

「我不知道你會不會給她看。但你為什麼不拿給她，跟她說是給你們兩個的禮物。跟她說是寫完這章的小禮物。她這樣就不會氣你了，對不對？」

「我為什麼要這麼做？這是妳給我的，不是嗎？」

「對，沒錯，但拜託不要誤會。」她停在這句話，沒多做解釋。

「好，可是聽著，如果妳給我禮物，我不會想跟別人分享。」我發現自己聽起來有點不爽。

「但你不是真的在跟別人分享。你我知道的……」

我們還真的繼續爭論這件事。坦白說，重點就是我非常失望。也許是因為我拿到禮物時，腦中浮現我和安娜的各種幻想。後來聽到她輕描淡寫帶過，彷彿將一切澆了一盆冷水。總之，她後來說釘子要去獸醫院打針，所以這段對話草草結束。最後她重述說，如果我們有需要，她很樂意幫忙，然後便掛了電話。我將黑色話筒用力掛回鉤子上之後，我手停留在話筒上。我到底在幹什麼？我那天早上還在想我人生多麼順利，兩小時之後，我因為無法跟安娜．法蘭斯胡搞瞎搞，我居然摔話筒。

我走出電話亭，大步走向藥局。

「嘿，薩森妮，幹嘛？妳在做什麼？」

「湯瑪士！哎呀，你不該看到的。」

櫃檯後的男人站到她身前，慈祥朝我微笑。他手上拿著兩根睫毛膏。

「妳什麼時候開始畫睫毛了，薩森妮？」

「我只是在**試畫**，別那麼興奮。」

我想告訴她，我喜歡她眼睛原本的樣子，但我不想在藥劑師前面聽起來像《我的小瑪姬》[40]的角色。他外套上有個白色的小名牌，上面寫著梅爾文．帕克。他讓我想起來到門口傳福音的摩門教傳教士。

我們身後傳來一聲撞擊聲，我轉身看到理查．李咕嚕一聲喝光一罐玻璃瓶的可樂。

40 《我的小瑪姬》是美國一九五二年到一九五五年的經典情境喜劇。

「嗨，梅爾文。嗨，艾比。哈囉，妳好。」他最後是跟薩森妮打招呼。他落落大方，我以為他都要斜帽致意了。我覺得有點嫉妒。

「梅爾文，過來一下，好嗎？」

藥劑師走到「處方箋藥」那頭，理查也走過去。梅爾文手伸到櫃檯下，拿一包紅白相間的大盒子，裡面裝著無潤滑的戰神牌保險套。理查沒跟他說他想要什麼。

我不想聽起來像個菁英主義份子，但戰神牌是你十二、三歲時會放在皮夾裡三年的保險套，因為它們又厚又異常耐久。據說只有卡車壓過才能讓它出現凹痕。對，它們很強韌，但魔幻的時光來臨時，你真的使用它的話，感覺就像在幹齊柏林航空母艦。

理查彎身靠向帕克，低聲向他耳語良久。我不想去注意，但不是去聽他們說話，就是要看薩森妮鏡中的睫毛。

「『現在只要我找到他媽的鑰匙，我會用推土機載我們離開這！』」我猜那是某個骯髒笑話的笑點，因為理查像屁股被黃蜂釘一樣仰天大笑。

他們兩個笑得不可開支，不過理查笑得更起勁、更狂野，笑得比帕克更久。

藥劑師把保險套裝進一個棕色紙袋中，他拿一張髒兮兮的二十元鈔付帳。

理查將紙袋夾到手臂下，拿了零錢轉向我。我有個壞習慣，一遇到人就會評斷對方。不幸的是，我經常看走眼。而且我很固執，這代表如果我第一眼不喜歡一個人，即使對方是天使轉世，我仍需要好長一段時間才能發現自己錯了，並開始善待對方。我不喜歡理查·李。他看起來像成天穿著內褲走來走去，隔週四才洗澡。他雙眼眼角都有金黃色的眼屎，讓我好想伸手擦掉。那就像鬍子上有沒注意到的麵包屑一樣。

「我聽說安娜讓你寫書，恭喜！」

他伸出大手來握手時，我的心融化一點，但後來我發現他色瞇瞇看著薩森妮，我心馬上又結凍。

「你們兩個不如今天晚上來我家吧？我可以給你們看看我母親的照片之類的東西。你們要不要來吃個晚餐？我想我準備的食物夠三個人吃。」

我望向薩森妮，暗自希望她會想到一個藉口。但我知道自己遲早要跟這人聊天，因為他母親的角色很重要。

「我沒問題，湯瑪士？就我所知，我們沒有別的事要做吧。」

「沒有。對。沒有，太好了。那樣真的很棒，理查。謝謝你的邀請。」

「好。我下午要去釣魚，如果幸運的話，我們這餐會有新鮮的鯰魚可以吃。」

「嘿，太好了。新鮮的鯰魚。」我努力熱情點頭，但如果我表情露餡，那是因為我滿腦子都在想鯰魚的鬍鬚。

他離開了，然後薩森妮決定買蜜絲佛陀。我走到櫃檯付錢。藥劑師梅爾文替我結帳時，他搖搖頭。「就我個人而言，我從來都不喜歡鯰魚。牠們之所以那麼胖，就是因為牠們什麼都吃。牠們是真正的垃圾魚，你知道嗎？一共是三塊七，先生。」

十字架旁還有十字架。耶穌在五十個不同的地方流著血，每個十字架都展視出他所受不同的苦痛。整棟屋子都瀰漫著烤魚和番茄的味道。唯一的例外是我坐的沙發，沙發有著潮溼的狗味和雪茄味。

理查的妻子雪倫臉長得跟侏儒一樣，莫名天真紅潤。她笑容從來沒消失過，就連她拐到他們家的牛頭㹴巴迪而被絆倒，她臉上都帶著笑。他們的女兒米吉和露絲安則相反。她們癱倒在各處，萎靡消沉，彷彿空氣對他們來說都太沉重。

理查拿出他蒐集的手槍、獵槍、釣杆和印弟安頭像硬幣。雪倫拿出家族的相簿，但大多數照片不是他們這幾年養的狗，就是家人受傷的的照片。照片中理查對著腳上厚重的石膏笑，米吉開心指著眼睛醜陋的淤青，露絲安躺在醫院床上，表情痛苦萬分。

「我的天啊，發生什麼事了？」我指著露絲安那張照片。

「那是什麼時候？我想想看。露絲安，妳記得我幫妳拍這張的時候嗎？」

露絲安拖著腳走過來看照片，她的呼吸吹過我的頭頂。「爸，那是我槓片滑掉那次。你不記得了嗎？」

「喔，沒錯，理查。那是她槓片滑掉拍的。」

「真的，我想起來了。送她去醫院花了我三百塊錢。醫院當時只剩半私人病房，但我還是讓她住院了。對不對，露絲安？」

他們聽起來就像《菸草之路》[41]（外觀和生活也像），你會覺得他們很喜歡彼此。理查手臂一直摟著女兒和妻子。他們很愛他這麼做，不論何時他伸出手臂，她們都開開心心湊到他懷裡。在寒酸的白色屋子裡，這群人齊聚一堂，一起看著露絲安骨折的照片，感覺好荒謬，但話說回來，你又認識多少家庭相處快樂，享受彼此相伴的時光？

「晚餐好了，大家。」

身為座上賓，我吃最大尾的鯰魚，牠的嘴巴大開在這段魚類生活的最後一次張嘴。還有一道菜是燉番茄和蒲公英葉。不論我怎麼切、怎麼將鯰魚推到盤子最遠的角落，我都擺脫不了牠。我知道這戰我輸了，我必須至少吃一點。

「你書完成不少了嗎？」

「沒有，我們其實才剛開始。書恐怕要寫很長一段時間。」

一家人在餐桌上面面相覷，對話停頓了幾秒鐘。

41 《菸草之路》是一九三二年厄斯金・考德威爾（Erskine Caldwell, 1903-1987）所著的小說，描寫大蕭條時代窮苦的萊斯特一家人的生活。

「寫書啊，我絕對不可能做。在學校我偶爾還滿喜歡讀書的。」

「你現在也會讀書啊，理查。你在說什麼？你訂閱一堆雜七雜八的東西。」雪倫朝我們點點頭，彷彿重新確認她剛才說的話。她笑容一刻也沒停下，就算她吃東西也一樣。

「是啦，不過馬歇爾真的很會寫，對吧？那傢伙光是動動小指頭，就有他媽的一大堆故事……」他搖搖頭，舀了滴汁的番茄到盤子裡。「我想要能是有一大多瘋狂的想法和故事，就一定要成為作家才行。不然不寫下來腦袋大概會爆炸。你覺得呢，湯瑪士？」他把一整顆番茄塞進嘴裡，繼續說話。「其實有些人肚子裡也有不少故事，但他們只要說出來，就不會爆炸了。故事說一說就能回復正常。像巴布．富莫，對吧，雪倫？巴布這傢伙能說一整晚驚奇的故事，隔天早上醒來，還能再告訴你一百個故事。但只是把故事說出來，然後就沒事了。我猜你們這種人狀況更嚴重，對吧？」

「而且動作更慢。」我朝盤子笑了笑，用叉子把更多魚撥到邊邊。

「慢工出細活嘛，小子。你覺得你要花多久時間才能寫完關於馬歇爾這本書？」

「其實非常難說。我從來沒寫過書，我要真的好好寫的話，還必須知道許多事情。」

對話再次停頓下來。雪倫起身，開始清理桌面。薩森妮想幫忙，但雪倫馬上朝她微笑，制止了她。

「你有聽說在你家門口被車撞的海頓家小孩前幾天過世了嗎？」理查說這句話時面無表

情。毫不關心，毫無憐憫。

但我肚子感到重擊，一方面因為我親眼目睹，一方面因為這小男孩前一秒還快樂地動著，下一秒就倒在路上，全身支離破碎。

「他的父母還好嗎？」

他伸展身體，望向廚房門。「他們還好。事情發生了，他們也無法做什麼，你懂吧？」大家怎能這樣？一個男孩死了，你怎麼能不想揍東西，或至少朝上天揮拳？當然，這種農夫和粗漢和我們不同，死亡對他們來說是家常便飯，大家都聽過這說法，但人命就是人命，他媽的。孩子喪命，你怎能不哀悼？我希望理查只是強忍悲傷。

「我的天啊，我突然想起一件事！安娜跟我說過他會死。這很奇怪，對不對？」

薩森妮吃下魚、番茄和蒲公英葉，湯匙敲出聲音。「你說她跟你說是什麼意思？她怎麼知道他會死？」

「別問我，薩森妮。我只記得她說他會死。我是說這不是像斯文加利[42]掌控人的未來什麼的。畢竟他們送他去醫院時，他狀態就不大好了。」

42 斯文加利（Svengali）是喬治．杜莫里耶（George du Maurier, 1834-1896）所寫的小說《泰莉碧》中的角色，斯文加里利用催眠術控制女主角泰莉碧的人生。

「你覺得安娜是克萊斯金[43]嗎？湯瑪士？你有看過那傢伙上強尼．卡森的節目嗎？那個魔術師？你一定不相信他上節目做了什麼……」

廚房門打開，雪倫端個黑色的金屬托盤出來，上面放了一塊熱騰騰的派。

好。這是我親眼所見的事，你可以自己判斷，但我真的看到了。對，薩森妮說她沒看到。我事後跟她說的時候，她覺得我瘋了。我一直堅持我看到了，她就真的開始擔心我。可是那真的是**真的**。

《青狗的悲傷》裡有個角色叫克朗。克朗是個瘋狂的風箏，它決定風是它的敵人。它每天都想飛上天，這樣它才能上到天空的戰場，繼續這場戰爭。青狗愛上畫在風箏上的臉。青狗原本生活在一個家庭之中，在那家裡「人類擁有的一切其實都屬於哈欠」。有一天他逃出那個家，並從衣櫃偷走克朗，將它白色的線綁在項圈，一狗一風箏便一起出門了。

雪倫．李從廚房出來時，我第一眼看到確實是雪倫．李。但當我眨眨眼，再看一次時，我看到的則是克朗端著黑色金屬托盤從廚房走出。正如梵．沃特的插畫，她雖然嘴上露出快樂的笑容，但雙眼卻巨大而空洞，她有紅色的雙頰、紅色嘴脣、鮮黃色皮膚……起初我以為那是李家特有的神奇面具。我原以為他們都很笨？光是有這面具就太聰明了，更別說在這完

43 克萊斯金（Kreskin, 1935-）是一九七〇年代美國電視上著名的讀心師，他覺得自己是娛樂家，而非靈媒，技法上用暗示，而非超自然和超常的能力。

美的一刻戴上。很瘋狂，但還是聰明。那就像費里尼[44]的電影，或像一場很恐怖的怪夢，但會讓你不想醒來。

「太棒了吧，雪倫！」我音量大了有十二倍，但我真的很驚訝。然後我向右看薩森妮的反應。她皺眉望著我。

「什麼這麼棒？」

「雪倫啊！幹嘛，薩森妮，這很驚人啊！」

她望向我後方，朝克朗的方向微笑。「是啊，是啊！」她終於冒出一句，但低聲對我說：「別那麼誇張，湯瑪士，只是個派而已。」

「是啊，哈哈，小派派。真好笑。」

「湯瑪士……」她笑容消失，語氣帶著警告。

事情不大對勁。我迅速轉身，看到雪倫在切派。不是克朗。屋裡沒有任何克朗的跡象。沒別人，只有雪倫．李和她著名熱騰騰的桃子派。

「我猜湯瑪士想要大塊一點的，嗯？理查？」

「我覺得這是我聽過最大聲的暗示了。親愛的，也許妳該把整塊都給他，然後爆一袋爆

44 費里尼（Federico Fellini, 1920-1993），義大利電影導演，他是二十世紀最具影響力的導演之一，作品內容虛實交織，結合了回憶、夢境、幻想和欲望。

米花給我們剩下的人就好！」

他們哄堂大笑，雪倫切了超大一塊給我。我嚇到嘴巴闔不起來。真的是克朗，他媽的。就跟梵・沃特畫的插圖一模一樣。我事後還拿書確認一番。確認了好幾百次。

但沒有面具。剛才看到就是雪倫變成克朗，然後又回到雪倫。我是唯一看到變化的人。這件事只發生在我身上。如果我日夜在寫傳記，這還說得通。傳記作家Ａ沉浸在作者Ｂ的人生之中，結果陷入太深，不久就在各處看到Ｂ所寫的角色。對、沒錯，這概念出現過上百萬次了，但就我這次，說真的，我甚至連書都還沒開始寫，時間更不長。

幾天之後，薩森妮和芙列契太太又去買東西時，我和安娜吃了午餐。

我跟她提起我的「幻覺」，苦笑一下。

「克朗？只有克朗？沒有別的？」她將炒蛋拿給我。

「只有克朗？老天，安娜，照這速度，我下週就會看到所有角色會在後院騎著釘子到處跑了。」

花瓣聽到他的名字，尾巴在地上敲了兩下。她坐在安娜旁邊，等待桌上可能落下的任何碎屑。

安娜吃一些酸辣醬，笑了笑。「我想雪倫・李跟克朗沒有很像，對吧？」

「根本不像。唯一相同之處是那空洞的笑容。」

「不過湯瑪士，我跟你說件事你心情會好一點。你知道梵．沃特是我父親嗎？」

「梵．沃特是妳……妳是指妳父親親自為自己的書畫插圖？那全是他畫的？」

「真正的梵．沃特是他小時候的朋友，但後來被納粹殺死了。父親開始替書畫插畫時用了他的名字。」

「所以我們可以假設，其實從最瘋狂的角度，雪倫．李也許是克朗的靈感來源？」

「喔，對，很有可能。你自己說他們有同樣的笑容。」她用餐巾擦擦嘴，放到盤子旁。「以我個人而言，我覺得這對你來說是好事。父親好像附身在你身上了，現在他日日夜夜都會纏著你，直到你寫完書為止。」

我隔著潔白的桌巾望向她。她眼睛眨了眨，放聲大笑，並將一塊蛋拿到桌下給花瓣吃。我過一會才發現，她那樣看我時，讓我下面變超硬。

如果這是四〇年代的電影，接下來的鏡頭會是一面巨大的日曆。日曆會一天天翻過，這是電影世界表示時間飛逝的方式。我像狗一樣工作，編輯、刪節和修改。這個作品，我有時愛、有時恨。有次我和薩森妮激情做了好久的愛之後，我半夜醒來，走到書桌，像呆子一樣在月光下盯著手稿。我對它比中指至少一分鐘，接著才爬回床上，心情還是爛透了。我希望一切都能完美，好到比我夢想中還好。某方面來說，我暗自知道這對我而言是最後的機會。如果我沒有用盡全力，我乾脆打包回家，開旅行車滾回康乃迪克州，這輩子繼續教十年級生《紅字》算了。

研究、讀書和持續的討論之間，薩森妮同時找到時間做新的傀儡。我必須老實說，我沒有注意到。我們養成一個習慣，早上會很早起床，吃點簡單的早餐，然後躲進各自的工作空間，到午餐才會再見面。

我在一個月到期的前兩天，終於完成最後最後的稿子。我蓋上萬寶龍筆蓋，靜靜闔上筆記本，將筆垂直放在旁邊。我雙手放到書上，望向窗外。我問自己是否想哭。我問自己是否想跳起來，手舞足蹈，來段英國傳統的吉格舞，但我在心裡否決了。我露出微笑，拿起胖胖的萬寶龍筆。黑色和金色的外表光鮮耀眼，重量比一般墨水比要重得多。我用這支筆訂正了無數報告，現在它寫下了我書的一部分。我珍貴的萬寶龍。有朝一日，大家會把這支筆放到博物館的玻璃櫃中，旁邊有個白色箭頭指向它。「這是湯瑪士·艾比用來寫法蘭斯傳記的筆。」我感覺自己彷彿從椅子浮到空中，乘徐徐微風在房中飄動。我的靈魂向後躺下，雙手枕著頭。它望向天空，感覺非常開心。真他媽開心斃了。

「你真的寫完了。」

「我真的寫完了。」

「完全結束，全部都好了？」

「薩森妮，寫完了。所有都寫完了。」我肩膀聳了聳，仍覺得自己全身輕飄飄，彷彿只重一公斤。

她坐在鋁製的高凳子上，打磨著似乎是一個粗糙的木手。釘子在桌上聞著一根昨天給他的大骨頭。

「等一下。」她放下木手，走下凳子。「離開廚房一會兒。我叫你進來再進來。」

釘子和我走到門廊。他在我停下的地方把骨頭放下，躺到上面。我望向平靜的花園和空蕩蕩的街道。我真的完全不知道今天星期幾了。

「好了，湯瑪士，你可以進來了。」

我還沒開口，釘子就咬起骨頭，走向紗門。他鼻子抵著紗窗，等著我。他怎麼知道？釘子真是隻神奇的狗。

「我還沒完全做好，但我希望今天送你。」

她根據馬歇爾．法蘭斯的一張照片，雕刻一個細緻精巧的國王本人面具。他臉上的表情、雙眼的顏色、他的皮膚和嘴唇……全都栩栩如生。我拿在手裡轉過來，轉過去，用各式各樣的角度去看。我好愛這個面具，但同時心裡也超毛的。

安娜送我油之后，薩森妮送我馬歇爾．法蘭斯，我這一章寫完了，秋天正要到來。那是我一年中最喜歡的季節。

安娜很愛我的第一章。

我把稿子給她，在客廳全身打顫一小時，東扭西扭，戰戰兢兢，把看得到的東西全都摸上一輪，心裡確信她一定會討厭我寫的所有內容，並希望我搭下一班列車滾出鎮上。她回到客廳，手稿像一份舊報紙夾在她手臂下，我馬上知道一切結束了，結果沒有。她走過來，把手稿拿給我，像法國人一樣用力親吻我雙頰。

「Wunderbar！」（德文：太棒了）

「真的嗎？」我露出笑容，又皺眉頭，想再次擠出笑，卻辦不到。

「對，當然很棒，艾比先生。我剛開始讀的時候不知道你在寫什麼，但後來整本書的故事都展開了，像是丟入水中的日本小石頭一樣，像月光花一樣突然綻放。你懂我的意思嗎？」

「我想是吧。」我連吞口水都感到困難。

她坐到沙發上，拿起黑絲枕頭，上面有一隻黃色的龍。「你一直都是對的。這本書一定要像孔雀開屏。咻！從拉滕貝格開始寫就不對了。『他出生在拉滕貝格』，不對，不行。『他不喜歡番茄』。太完美了！這是完美的開頭。你怎麼發現的？他討厭番茄的事。要是他知道他官方自傳開頭是這樣，他一定會瘋掉，笑到**瘋掉**。太不可思議了，湯瑪士。」

「真的嗎？」

「別再說『真的嗎』。當然很棒。你跟我一樣都心知肚明。你抓到他的精髓了，湯瑪士。如果剩下的自傳也寫這麼好……」她朝我揮舞手稿，然後親吻那鬼東西。「……他就會再次活過來。而你就會完成他的使命。關於書要怎麼寫，我不會再說任何一個字。」

如果在這裡收尾，片尾字幕出現，年輕的湯瑪士．艾比會從誘人的安娜．法蘭斯手中拿起手稿，走出房子，邁向康莊大道，投入一個好女人充滿愛的懷抱。幕寶電影製作公司。劇終。

現實則是如此，兩天之後，晚夏怪異的龍捲風掃過加倫，把鎮上弄得一團糟。但唯一受傷的人是薩森妮，她左腿開放性骨折，必須送去醫院。

雖然自助洗衣店被夷為平地，小學和新郵局部分建築損毀，但鎮民面對龍捲風都滿平靜的。不知道是不是中西部剛毅堅忍的性格，沒人哀聲嘆氣，抱怨老天，或把這當回事。有幾次，大家跟我說，住在這裡就要有心理準備。

我想念薩森妮在身邊的日子，我待在屋子裡鬱鬱寡歡，好幾天一事無成，但後來我逼自己立下日程表，兼顧舒適生活和生產力。別的不說，我知道要是她發現我在她住院期間沒在寫書，她肯定會罵我。

我在八點左右起床，吃早餐，寫書到中午或一點。然後我會做幾個三明治，開車到醫院，和薩森妮吃個悠閒的午餐。接著會待到三、四點，我回家之後會看心情，不是再寫點書，就是準備我一人的晚餐。芙列契太太原本說要替我煮飯，但那代表要跟她一起用餐。吃完晚餐，我會將早上寫的打下來，然後看電視或書結束一天。

第二章寫得非常緩慢。從這章開始，我要追溯法蘭斯的人生。我知道最好從他童年寫起，但是童年什麼時候?從他在搖籃的時候嗎?還是照薩森妮的主意，從收集明信片的孩子起筆?我寫了兩、三個大綱，讀給她聽，但我們都覺得沒有一個適合。我決定要改變方式。我打算直接下筆，像我第一章那樣，看會有什麼方向。我會以拉滕貝格的日子為底，但如果故事主軸偏了，我就讓它偏，像傳動桿一樣。再怎麼糟，就算寫到失去控制，大不了刪了。

晚上我看著像《洛城法網》和《霹靂嬌娃》之類的節目，開始考慮寫我父親的傳記。薩森妮提起之後，我才發現自己有多常提起他和想到他。史蒂芬·艾比隨時會出現在我生活中，彷彿陰魂不散，有時是軼事，有時電視會播他的電影，有時我在自己身上看到回憶中他某個特質。如果我寫他的事，我會不會就將他的鬼魂驅除?還有我母親知道會有何反應?我知道他就算幹了傻事，把她逼走，她多年來仍深愛著他。如果我寫他，我會想說出我記得的一切，不會像富二代老是在寫的「我記得爸比」那種鳥東西。那種玩意常慘不忍睹，不是假情假意崇拜，就是讓別人操刀，抒發恨意，肆意辱罵。我打電話給母親，祝她九月一日快樂(我們的小傳統)，但我不敢跟她提起這件事。

有天晚上我坐在廚房寫下一段回憶時，門鈴響起。我嘆口氣，蓋上筆。我一整張黃紙已寫得滿滿的，卻感覺好像剛下筆。我張嘴看著筆記本，搖搖頭看著《爸爸的人生》，湯瑪士·艾比著。我起身去應門。

「嗨，湯瑪士，我來帶你去半夜野餐。」

她身著一身黑，準備好夜裡突襲。

「嗨，安娜。請進。」我拉開門，但她不肯進來。

「不行，車子全載好東西了，你必須現在跟我走。不准說已經晚上十一點了。半夜野餐晚上十一點才正要開始。」

我看她到底是不是在開玩笑。我發現她沒在開玩笑，便關上燈，拿了外套。

天氣涼爽多了，有幾天晚上更感覺到入秋的涼意。我在懶人賴瑞特價中心買了一件亮紅色的羊毛夾克。薩森妮說我的模樣結合了紅燈和摩登原始人。

天上的月亮正稱著狼人的意。今晚月圓，月亮皎白得像鵝卵石一樣，感覺離我們八百公尺遠而已。星星也都出來了，但月亮搶走了舞臺中央的位置。我還沒走到車旁便停下腳步，一邊抬頭看月亮，一邊將外套鈕扣扣上。我的呼吸在平靜的空氣中形成一團白霧。安娜站在另一邊，黑色的手肘撐在車頂。

「這裡的夜空好乾淨，我永遠都看不膩。這裡的天空一定過濾掉了所有的雜質。」

「百分之九十九點四四高純淨度[45]的密蘇里州天空。」

「沒錯。」

45 這是象牙牌肥皂一八九一年上市之後第一個廣告詞，標榜著比市面上其他肥皂更乾淨。

「走吧。外頭好冷。」

旅行車上都是蘋果的味道。我轉身看到後座有兩個桶子，裡面裝滿蘋果。

「我可以吃顆蘋果嗎？」

「可以，但要小心蟲。」

我聽了決定不要吃蘋果了。她咧嘴笑了。在昏黑的車內，她牙齒像路上的白線一樣白。

「什麼是『半夜野餐』？」

「不准問任何問題。坐好，享受旅程。我們到了你就知道了。」

我乖乖聽話，頭向後靠到椅子上，雙眼瞄向鼻子的方向，望著夜晚的道路飛逝。

「你晚上在這裡要小心。這裡總是有牛、狗或浣熊。我有次撞到一隻母負鼠，下車跑過去看，但牠已經死了。更糟的是，我一到那裡，所有小負鼠都從她肚子的育兒袋爬出。牠們的眼睛都還沒睜開。」

「好的。」

「那畫面令人毛骨悚然。我感覺好像謀殺犯。」

「呃，花瓣還好嗎？釘子要我獻上他的愛。」

「她在發情，所以我必須把她關起來兩週。」

道路上下起伏，蜿蜒向前。我好疲倦，下方吹來的暖氣讓我眼皮像沉重的天鵝絨窗簾。

「湯瑪士，我可以問你一個問題嗎？」

「當然可以。我可以把暖氣關小嗎？」

「可以，按中間的按鈕。問個人問題你會介意嗎？」

我按錯中間的按鈕，出風口的風變更大。她伸出手，越過我的手，按了正確的按鈕。出風口不再出風，我第一次聽到引擎和輪子的聲音。

「妳要問什麼個人問題？」

「你跟薩森妮是什麼關係？」

來了，薩森妮安全地在醫院裡，我的黑夜突擊隊開車坐在我旁邊……我有無數不同的答案能回答她的問題。我希望她怎麼想？我要跟她說，我是個快樂的單身男子嗎？還是要跟她說，我跟薩森妮只是玩玩，我在等對的人出現？或者跟她說，雖然有點誇張，但我希望安娜妳是對的人嗎？

「我們的關係？妳的意思是我愛她嗎？」

獨處。如果那天晚上，我們兩人發生什麼事，沒人會知道。關於今夜發生的事，如果我撒個小謊，薩森妮絕對不可能受傷。不可能。現在是晚上十一點鐘，安娜在這，我在這，薩森妮不在這……結果我最後說的是：「對，安娜，我愛她。」我說完嘆口氣。我還能怎麼說？說謊嗎？對，我知道我可以說謊，但我沒這麼做。我可不完美？

「她愛你嗎？」她雙手放在方向盤上方，臉朝前方。

「對，我想是吧。她說她愛我。」說完，我覺得我身體放鬆，好像洩了氣。我感到心情平靜不少，沒那麼緊張了。彷彿一切都被拆穿，今晚我的發電廠可以關機了，因為我再也用不到了。

「妳為什麼問這些，安娜？」

「因為我對你有興趣。這件事有這麼驚訝嗎？」

「看情況。工作上的興趣還是個人興趣？」

「個人興趣。」就這樣。她說這個字時，用的是洛琳．白考文[46]「如果你需要什麼就吹口哨」的低沉嗓音。我閉上雙眼，感覺心臟在我上半身大力跳動。我不知道自己未來會不會死於心臟病，還是我快心臟病發了。兩秒之前，我才差點要睡著。

「呃，我要怎麼回答？」

「不用回答。你不用說任何一個字。我只是在回答你的問題。」

「喔。」我深呼吸，想在塑膠座椅上替自己和勃起三公尺的老二找個舒服的姿勢。

46 洛琳．白考文（Lauren Bacall, 1924-2014），好萊塢黃金時代的傳奇演員，以冷酷銳利的眼神和低沉的嗓音著稱，代表作是《江湖俠侶》（*To Have and Have Not*），其中經典的一句臺詞即是用性感挑逗的聲音問男主角：「你會吹口哨吧？」

我非常不會引誘女人。好幾年來，我一直以為最好的方法是花三小時交心，最後直接坦白自己想跟她上床。但這方法完全沒用，尤其在我大學時，我喜歡的女生大多是「知識分子」，她們拿著《嘔吐》或凱特·米列[47]的作品，並用印象派畫家雷諾瓦的明信片當書籤。當時最大的問題是我為了形象喝一大堆黑咖啡或有毒的義式濃縮，如果魔幻時刻真的出現，我都得一直溜去廁所尿尿。我相信我也讓一堆女生無聊到想哭，因為有一天一個女孩說：「你別再說那麼多屁話，乾脆直接**上我**好不好？」當時這是個好教訓，不過我後來嘗試時，拒絕還是多過接受。時至今日，我從來不知道：一、女生是否想要我。二、她想要的話，我要怎麼才能「上她」。三、……不須多說了，我覺得自己解釋得非常清楚。幸運的是，薩森妮和我是兩情相悅。天啊，我真心感激這點。但安娜？安娜·法蘭斯，我英雄的辣女兒？她剛才是說她想要我，還是她只是在調情，想看她能挑逗我到什麼程度，等我一有動作，就會澆我冷水？

「安娜？」

「湯瑪士？」

47 《嘔吐》（*La Nausée*）為法國存在主義文學家沙特（Jean-Paul Sartre, 1905-1980）的長篇小說，也是存在主義的經典作品。凱特·米列（Kate Millett, 1934-2017）是美國女性主義作家和教育家。她是第二波女性主義運動的代表人物，代表作為《性／別政治》。

「我不知道妳想要我做什麼。我不知道妳說的跟我聽到的是不是一樣。妳懂我的意思嗎？」

「對，我想我懂。」

我手伸向她時不斷在顫抖。我伸的是左手，如果她不希望我碰她，她能把我推開，我就能更快把手收回。可是我不知道手到她身上該碰哪裡，所以我的手停在半中途。她膝蓋？胸部？手臂？但我的手自己知道要去摸她的臉。我顫抖的手緩緩撫摸她發燙的臉頰。她將我的手握住，拿到唇邊親吻。她緊握著我的手，並將我的手放到她右膝上。我感覺我的頭彷彿要爆炸了。我們維持這姿勢，一路開到她的「野餐」地點。

最好的說法是安娜將自己完全交給我。不是說她喜歡捆綁或變態的把戲，但我和她做愛時，我馬上發覺她已任我擺布，不管任何事，只要我開口，她也都願意。她沒有跳來跳去，或任熱火在天花板無盡燃燒，但她反應好激烈，有時我還以為自己刺穿她了，我必須要在任何一人完事感到空虛前，想辦法降火下來。事後我問她，從一開始，這是不是就是野餐真實的目的，她說是。

那天晚上，我甚至讓她多談了一點關於自己的事。做愛突破了心防，等太陽逐漸升起（我們窩在她的雙人睡袋中，躺在車旁的山坡上，俯瞰草原和牛），我知道她也和我一樣經歷了父親有名的各種爛事。她一直重複強調，和我相比，她的經驗根本不算什麼，但她說的，不論是兒時玩伴、高中校園生活、特殊待遇等等，都讓我聽得好有共鳴，頭都點到快掉下來了。

我跟她述說自己的事時，一點也不奇怪，也不會不自在。

我們去公路上的餐廳，都點了「貨車司機特餐」，裡面有蛋、煎餅、香腸、吐司和可以續杯的咖啡。我餓壞了，於是把食物全吃下肚。我吃完之後望向她，她盤子也一掃而空，露出紅、白條紋的盤底。她手放到我膝上，請服務生米莉幫我們再倒點咖啡。我希望餐廳其他人都知道安娜．法蘭斯和我在一起，而且不過幾個小時前，我們在離這裡三公里的山頂上做了一次次的愛。我精疲力盡，內心充滿快樂，沒有在想薩森妮。

在那之後，在薩森妮回家前，我每晚至少都去安娜家待上一會兒。不是她煮晚餐（要命），就是我會晚點到，兩人會一同聊天或看電視，但最後都無可避免會上床。稍晚，大約凌晨一、兩點鐘，我會搖搖晃晃走出她家，開著冰冷的車回家。

一開始，我自我膨脹到不可思議。太棒了，迷人的安娜．法蘭斯想要我。馬歇爾．法蘭斯的漂亮女兒想要我。而且想要的是我，不是史蒂芬．艾比的兒子。這種事在其他女人身上發生好多次了，她們一知道我是誰，就像打開了開關。如果我無法占有父親，不如占有兒子？你內心明白對方不是在跟你做愛，而是跟你代表的人物做愛，你知道那是什麼感覺嗎？

安娜的話，我想真要有什麼實際的原因，就是我是她父親的傳記作家，她喜歡我目前寫出的稿子，並希望我照這方式繼續寫下去。如果真要我狠下心，以小人之心度人，她獻身是為了讓我增加動力，全力以赴。

我暫時不去想這複雜又注定出問題的事。我早上好好工作，下午去醫院，晚上去法蘭斯家。

醫生必須用特別的骨針固定薩森妮的腿，因此她待在醫院的時間又延長了。她聽了非常沮喪，但我盡我所能逗她開心。我帶來我寫的所有稿子，請她幫我審稿，寫下訂正和建議。她要了一盒迪克森兒童鉛筆，在手稿各處寫下評論。她成為一個非常優秀的編輯，我們的想法大都在同一個光譜上。她沒在審稿時，就在讀每個人的傳記，像安德魯．卡內基[48]、愛因斯坦、德爾莫爾．施瓦茨[49]，並在上頭寫筆記。我相信護士以為我們恨透彼此了，因為我們老是在吵架。她會直挺挺坐在床上，被子下露出巨大的白色石膏，拿著黑白的校園筆記本教訓我。我有一模一樣的筆記本（另一個懶人賴瑞特價中心挖來的寶物），她常叫我寫筆記，但我只有偶爾會寫。

她本來就脾氣差、沒耐心，但不知道是不是因為住院幫不上忙，或感覺到我變了，她好像比以往更脆弱、更容易心碎。這讓我更瘋狂地愛著她，但這份愛仍不足以讓我遠離安娜。

48 安德魯．卡內基（Andrew Carnegie, 1835-1919），美國工業家和慈善家，十九世紀末的鋼鐵大王，並成為全美史上最富有的人。

49 德爾莫爾．施瓦茨（Delmore Schwartz, 1913-1966），美國作家，作品有諷刺詩、短篇小說和文學評論。

我人生在此之前，從沒有這麼興奮和衝動。我每天都有二十個不同的理由活下去。晚上上床之後，雖然我很累，但我幾乎無法入睡，因為一想到明天，我又好興奮。我好愛過著不同的生活，成為作家、研究者、安娜的戀人和薩森妮的男友。但我也知道，這完全滿足個人欲求的世界隨時會結束，然後我可能會像地板著火一樣東跳西跳，想盡辦法挽回一切。但只要有人問我人生中最不可思議的時光，毫無問題就是在加倫秋天的那幾週，因為接下來冬天和死亡即將到來。

第三部

一

啦哩答哩答。一天晚上，我開心走向安娜家，時間比我原本說得早一點。薩森妮再過幾天就回來了，但我暫時不想去煩惱這些問題。我才走到安娜家隔壁，就看到她門廊燈亮起，前門打開。她和理查·李一起走出來。他們嘻嘻哈哈，她手放在他肩膀上。他頭朝另一個方向，但最後一刻，他轉身擁她入懷。他們在燈光下親吻。一直親、一直親。理查·李。搞什麼鬼——**理查·李！**他們分開時，他雙手放在她白色上衣前方，她聽他說的話又大笑。她握住他其中一手，拉到嘴前親吻。他轉身走下門階。花瓣一路跟著他走到貨車旁，貨車就停在她屋子正前方。

「所以明天可以嗎，安娜？」他從車頂後方朝她喊。

她點點頭，露出笑容。他開心地拍一下車頂，開走時在路上留下一道輪胎痕。

幾分鐘之後，我「抵達」時，她似乎很高興我這麼早到。她雙頰也羞紅到不行。我將她拖到臥室，和她做愛，彷彿她是訓練用的假人。我們結束之後才過兩秒，我又翻到她身上，動作更用力。我們做愛時非常少說話，但這次我問她，她是不是有跟其他男人做愛。

她在我身下搖動，手不管在哪都緊抓和掐著我。她雙眼緊閉，嘴巴張開，露出可愛性感的笑容。

「對。對。對。」她緊緊抓著我的脖子，在我耳邊呻吟。她沒睜開雙眼，但一直維持著笑容。我知道是因為我看著她。

「誰？」我雙手抓住她胸部，粗暴地用大拇指搓揉她紫紅色的乳頭。我不知道自己是想傷害她、把她幹死、逃走或做什麼。

「對。對。對。」她同時上下晃動、點頭並開口說著。她的話語隨屁股移動。

「誰？」

「理查．李。」她雙眼仍閉著。「你跟理查。喔！你跟理查！」

到底為什麼是他？為什麼她選擇那個戴棒球帽的邋遢鬼？他那天買一大盒保險套就是要跟安娜用的嗎？一百個廉價橡膠塞到她身體裡？

她沒再多說，但我相信她會回答我對於「他們」的任何問題。她坦然的態度只讓我更困惑。

我那天第一次在那過夜。

二

「回到家了！開心到飛上天了嗎？」

她撐著經典的木拐杖，臉色有著剛出院會有的蒼白。她一拐一拐來到床邊，把拐杖放到一邊，重重坐下。彈簧上下彈動，咿呀作響。

「可以幫我倒杯水嗎，謝謝？釘子，你別鬧了好不好？」

她一進家門，釘子就一直四處飛竄。看到他這麼開心，她一開始還咯咯笑著，但後來釘子一直擋住她的路，她怒火馬上上來。我沒多說什麼，但我覺得她有點小題大作。他開心又不是他自己能控制的。

「我替你買了番茄汁，薩森妮？要我幫你調杯處女瑪麗嗎？我們有伍斯特醬和胡椒。」

「我覺得好累了。天啊，好笨喔。我十分鐘前才出醫院，我就覺得要倒下了。」

我走過去坐在她身旁。我手放在她膝蓋和石膏處。「聽著，妳倒在床上太久就是會這樣。妳的身體只是要習慣垂直地面而已。沒什麼大不了的。妳以為自己現在要幹嘛？去跑波士頓馬拉松嗎？」

「還用得著你說嗎，湯瑪士？好像我不知道住院是怎麼回事？好像我他媽沒有大半生都待在醫院一樣？」

「別激動，薩森妮。小心心肌梗塞。」

我抓緊機會出了房間，釘子緊跟在我後面。自從我們相見並向她買法蘭斯的書之後，我從沒看過她這麼緊繃。

廚房沐浴在陽光中。外頭冷得要命，但我們的公寓像烤吐司一樣暖烘烘的，陽光灑入，讓室內充滿生氣，十分舒適。

我拿出玻璃杯，舉到燈光下。薩森妮有個潔癖，她不用髒盤子和餐具吃飯。玻璃杯通過了艾比的檢查，我走到冰箱拿番茄汁，那是她最喜歡的飲料。

另一頭房間傳來碰碰碰的聲音，接著她出現在門口，全身沉重靠在枴杖上。

「湯瑪士？」

「怎麼了，夥伴？」我用開罐器刺破罐子，轉個方向，在另一邊再打個洞。

「我不喜歡待在醫院。對不起，我很笨，心情又不好，但我真的很慶幸一切，我很高興能回來，跟你和釘子在一起，只是我表現得不好。我一直像個瘋女人，對不起。」

我將開罐器放下，看著她。她穿著松青色的洋裝，巨大的白色門框框住她。她面容同時疲倦又充滿防備。我腦中突然浮現安娜全身赤裸在理查・李身下的畫面。

「薩森妮，妳想做愛嗎？我是說，我們做愛會讓妳感覺好一點嗎？更放鬆一點？也許那是破冰最好的方式。就別再多說，直接上床。把我們的一切全都釋放。」

「我打石膏可以嗎？會不會太難？那是我在醫院擔心的另一件事。」她望著地板，搖搖頭。「在醫院時間真的好多，腦袋一直想著各種很蠢的事，自己杞人憂天，想出各種焦慮的事。我好怕打了石膏之後，我們好幾個月都不能甜蜜。」

我像拿雪茄一樣拿起一根湯匙。我像格魯喬・馬克思[50]挑著眉毛。「我的小蒲公英，我們的雙人探戈一旦開始，唯一的難處是讓我離開妳！」我又挑著眉毛，點落雪茄灰。我完全沒有做愛的欲望。「說出祕密字，鳥兒就會降下，送妳五十元！」

我走過去，彎下膝蓋，將她扛到肩膀上。她身體溫暖，沉重柔軟，散發乾淨衣物的氣味。我學泰山叫一聲，掙扎站穩腳步，搖搖晃晃進到臥室。

後來怎麼樣？很好。很棒。很不錯。不，其實感覺還好。非常還好。也跟石膏一點關係都沒有。

50 格魯喬・馬克思（Groucho Marx, 1890-1977），美國喜劇演員，擅於機智反應，主持《賭身家》（*You Bet Your Life*）節目中會有個「祕密字」，如果說出來，上方會降下一隻鳥玩偶，並會多得到獎金。

三

突然之間，加倫鎮上所有人都對我很好。我不知道那是因為他們知道安娜喜歡我的故事第一章，還是因為他們知道我們是一對戀人（或可能我是她其中一個戀人）。不管怎麼說，我確定芙列契太太知道發生什麼事，因為薩森妮從醫院回來之後，她經常為我製造機會，讓我去安娜家。

那兩個女人花許多時間在一起相處。我常看到她們摸著彼此大笑，熟得像一對母女。薩森妮教她木雕，傻妞教她煮「鄉村菜」。我對她們的關係五味雜陳，一方面嫉妒，一方面又鬆口氣。我不曾真的對長輩有親切感，甚至連我母親都沒有，她是個好人，但過於神經質，佔有欲太強，我無法忍受太久。但薩森妮和傻妞咯咯笑著，一起烤食物和削木塊，平時就像在房間角落，偷偷玩著祕密遊戲的兩個女孩子。我知道那些遊戲，因為以前我姊姊和她朋友鬼鬼祟祟時，我總是在一旁偷看。她們總是看起來快樂又滿足，我會大步從鑰匙孔退開，或將門開一條縫，扯著嗓子尖叫說我全都看到了，我要去告密。雖然她們不曾做任何事。

同時，鎮上另一邊，安娜將法蘭斯的資料全給我，我時常花一整個下午待在那，在他書桌工作，閱讀他早年資料、筆記和手稿。

從文字的迷霧中，我漸漸開始瞭解這人的真實面貌。我們最初查出的事實變得空洞和不重要。他的出生地、他一九二七年的經歷、他家人去哪度假……我只認分記下，但我開始感覺這些細節是他的衣服，我真正想做的是探入衣內，觸碰底下的皮膚。我想深入瞭解他，知道他十二歲、二十五歲或四十歲腦中的想法。我想成為他嗎？有時候想。我好奇是不是所有傳記作家都是如此。你怎能沉浸在某人的人生中，卻絲毫不想成為那個人？

馬歇爾．法蘭斯最吸引我的是什麼？他的想像力。他能創造一個個世界，無聲蠱惑你，讓你心生恐懼，睜大雙眼，充滿懷疑，讓你遮住眼睛，拍手大笑。而且他持續不斷創作。我有天告訴安娜這一切，她問我她父親的書和一部好電影差別在哪，基本上兩者都一樣。某方面來說，她是對的，但對我來說，差別是我從沒看過任何電影能接近法蘭斯的書給我的感受。他可以是我的心理分析師、最好的朋友和告解神父。他知道什麼能讓我笑，什麼能令我害怕，也知道如何正確將故事收尾。他像個廚師，知道我的餐點喜歡加什麼香料。當你發現，世界上有成千上萬的人對馬歇爾．法蘭斯的作品有同樣的感受，你只能讚嘆這個人的成就。

有時後下午我回到家，看見薩森妮不在。我從來不問她去哪了，但我猜她和芙列契太太在一起。屋子會變得昏暗冰冷，只剩十月悲慘的灰色日光躺在地面和靠窗的家具上。屋子裡的空氣都讓我感覺寒冷和憂鬱。為了抵抗隨之而來的空虛感，我會瘋狂亂走，打開所有燈光。我好討厭她不在，但我馬上會發現自己有多偽善。尤其是我才剛到家，下午我一半時間在工作，另一半在和安娜做愛。

那段日子做了很多愛。我不知道我是因為理查・李的事想懲罰安娜，還是想讓她知道我比較厲害。但後來我開始覺得他只是某種影子，他雙手自一片黑暗中浮現。而我知道的只有她的反應，她在現實生活中會回應影子的愛撫，嘴中發出呻吟，向他移動，渴望著他。每次我想到她，我的想像都會被這件事劃破。

在一個茫然悲傷的下午，我發現了釘子的事。那天安娜和我紮紮實實一路幹到地板上，過程激烈，兩人瘋狂高潮，但我當天工作沒什麼進度，事後我感到疲憊又沮喪。我很期待晚上和薩森妮相處。我們要在電視上看羅納・考爾門[51]的經典電影，我們已期待了一整週。我還準備了驚喜，我回家路上去市場一趟，買了各種冰淇淋聖代的配料。

我走上門階，看到我們這一層的燈是暗的。我皺了皺眉，將那袋食物高高抱在胸前。開車回家的路上，我已排好傻呼呼的一場好戲：我會將門甩開，衝向薩森妮所在之處。我會叫她放下所有東西，因為「偉大的湯瑪士」到家了。「這是來自神祕東方的寶藏，夫人。」這

51 羅納・考爾門（Ronald Colman, 1891-1958）是在好萊塢發展的著名英國演員，演出六十多部電影，獲得四次奧斯卡男主角獎提名，並於一九四七年獲獎。

時我會拿出碎堅果。「桑給巴爾洞穴來的乳香和末藥。」這時拿出瑪拉斯奇諾櫻桃酒。然後再秀一些蠢臺詞，什麼精華中的精華之類的，聖代醬就能拿到廚檯上。我甚至還跑兩個地方，找到她最喜歡的那種。

總之現在沒差了，因為她根本不在家。我打開前門，並靜靜關上。屋子飄著殘存的暖氣味，木地板則因為冬天散發一股潮溼的酸味。我手摸向電燈開關，但中途停下來，因為我聽到有人在臥室喃喃說話。啊哈！薩森妮在打盹。

我穿著球鞋，躡手躡腳從廚房走到臥室，聽到那人再次喃喃自語。聲音不大熟悉。聲音太高，話語支離破碎，不可能是她在說話。我緩緩打開門，盡量不讓門發出任何聲音。遮光簾完全拉下。床上唯一有的是熟悉到不能再熟悉、白到像幽靈的大傢伙。釘子背對著我。非常可愛，但我感覺好失落，畢竟此時我想見的是薩森妮。

他雙腿僵硬伸在身前。他身體抽動幾下，下巴朝空咬了咬。我原本想他只是一貫在做噩夢。這時他卻開口說話了。

「毛啊。就是毛。要透過毛呼吸。」

一股寒意從我脊椎竄上脖子。幹他媽的這條狗說話了。幹他媽的這隻狗說話了。我身子動彈不得。我想聽更多，也想拔腿就跑。

我雙眼快速掃過房間四角。沒有別人。只有我在這裡。

床頭桌上放著威利・莫里斯寫的詹姆士・瓊斯[52]傳記，我另一雙黑色球鞋在衣櫃外面，狗趴在床上。

「湯瑪士。對，湯瑪士。」

我嘶聲尖叫。他叫我名字時，我沒有跳起來，但我尖叫的時候脊椎一陣痙攣。白色的身影一陣慌亂，接著是幾聲刺耳的吠叫，最後他站在床上看著我，搖著尾巴。他看起來就像以前可愛傻傻的釘子。

「我聽到你說話了！」我好害怕，我覺得自己跟他說話像白痴一樣。他一直搖著像鞭子一樣的白色尾巴。我說這句話時，他尾巴變慢一下，但馬上又回到如雨刷一般的俐落速度。

「你別跟我裝沒事，釘子。我說我聽到你說話了！」我到底在幹嘛？他演出整齣壞狗狗做壞事被抓的戲碼。他的尾巴夾到腿間，雙耳垂下，貼著頭。

「去你媽的，去你媽的，小狗。我全都聽到了。幹他媽不要想騙我！我聽到你說『要透過毛呼吸』。」

我正要再開口時，他做了一件古怪的事。他閉上雙眼良久，然後像青蛙一樣向後坐在自己腿上，看起來投降了。

52 詹姆士・瓊斯（James Jones, 1921-1977），美國小說家，代表作為描寫二戰的《從這裡到永恆》。威利・莫里斯（William Morris, 1935-1999），美國作家和編輯，也是詹姆士・瓊斯的好友。

「所以呢？蛤？好，再說些話。來啊。反正別裝了！」我真心不知道自己在說什麼。他睜開雙眼，直直望著我。

「她們回家了。」他說。「她們再過一分鐘會到。」他的聲音清楚，能輕易理解，但聽起來像矮人一樣，聲音高尖，從喉嚨擠出。但他說的沒錯。車門碰一聲關上，我聽到外頭傳來含糊的對話。我看著他，他眨眨眼。

「但你是誰？」

他沒再說話。前門打開，幾秒之後，屋子裡只有淡棕色的購物袋、冰冷的雙頰和釘子的吠叫。

我想告訴別人，但每次我鼓起膽想對薩森妮說，我就想起詹姆士·瑟伯[53]花園裡的獨角獸的故事。一個害羞的男人在花園中發現獨角獸。他告訴殘暴的妻子。一如往常，她對他說的話都一笑置之。後來獨角獸一直來找他，於是他不斷跟母老虎說他交了個可愛的新朋友。最後她受夠了，她找了穿白袍、拿束縛衣的人來抓他。隨著故事推衍，最後被抓走的其實是她，但我那時只想到這裡：丈夫太常講獨角獸的事，妻子便會拿起電話，打給瘋人院。

如果不跟薩森妮說，那我也絕不能告訴安娜。我光是告訴她自己在雪倫·李身上看到風

53 詹姆士·瑟伯（James Thurber,1894-1961）是美國漫畫家和作家，最具代表性的是漫畫和短故事，內容諷刺幽默，廣受人歡迎。

箏克朗，我就惹上夠多麻煩了。我現在只要再加上一筆「釘子會說話」，我當馬歇爾・法蘭斯傳記作家的日子一定會結束。

但在那之後，釘子都離我遠遠的。他早上不再跑到床上，再也不跟著我在屋裡到處走。我們在同一個空間時，我都像老鷹盯著他，但他緊繃茫然的臉上，除了那雙狗眼，以及吃飯、清理身體時像泡泡糖般粉色的牙齦之外，沒有任何破綻。他徹徹底底就是隻狗。

海豚會說話，不是嗎？而且有人不是在猩猩語中發現了字詞？在非洲那個女的不是有說嗎？珍古德？所以狗會說話有什麼好奇怪的？我腦中一直飛出這些蠢話，想盡辦法合理化一切。我目睹了世界上最魔幻的事，但我只是在想，所有瘋子是否都是這樣走上「那條路」。女人有風箏的臉、說話的狗……我所知道的所有怪事都冒出來，朝我行個禮，在我腦中全速兜圈子：我有點太愛我的面具收藏、我太常談到父親，顯然對他有所依戀……之類的事。

釘子在四十八小時之後死了。每天晚上睡前，芙列契太太會餵他，帶他出去最後一趟。加倫沒人注意要繫繩，白天隨時都能看到四處遊蕩的小狗。

那天冬霧濃重，覆蓋小鎮所有事物，街上滲透出的聲音彷彿都被悶住。薩森妮在廚房做她的木偶，我打下第三章的筆記，這時門鈴響了。我大喊我去開門，打下最後一個字母之後，從椅子起身。

一位我不曾見過的漂亮女孩站在門廊，赤腳站在燈光下。她看起來非常開心。

「嗨，艾比先生。芙列契太太在嗎？」

「芙列契太太？我想在吧。」樓上的門關著。我爬上樓敲門找她。她穿著睡袍和便鞋應門。

「嗨，湯瑪士。怎麼了？我在看《光頭偵探科傑克》。」

「樓下有個女孩想見妳。」

「晚上這時候？」

「對。她在前門等妳。」

「外頭這天氣裡？手臂借我抓著下樓，以免我摔斷腿。」

我們走下樓梯，女孩站在同樣的地方。

「卡蘿琳．科爾特！妳今晚怎麼會過來？」她手在睡袍口袋掏了掏，拿出一副破爛的粉色皮革眼鏡盒。她將感覺一碰就碎的眼鏡掛到耳朵上，向前走一步。「嗯？」

卡蘿琳．科爾特露出笑容，伸出手，摸著老婦人的手肘。她來回看著我們兩個。一時間，我擔心她是神的朋友或耶穌迷之類的，大半夜跑出來想感化異教徒。「芙列契太太，妳絕不會相信這件事。釘子剛才死了！他在濃霧中被車撞！」

我閉上雙眼，抹著下半張臉。我感覺濃霧鑽進我鼻子，讓我好想咳嗽。我雙眼仍閉著，這時芙列契太太開口了。她的聲音尖銳又興奮。

「今天幾號？沒錯嗎，卡蘿琳？我不記得了！」

我聽到兩人緊張咯咯笑一陣，我睜開眼，卡蘿琳咧嘴笑著，點點頭。「完全正確，傻妞！今天是十月二十四日！」

我望向芙列契太太。她也在笑，和卡蘿琳一樣眉開眼笑的。她手掩著嘴，完全擋不住她的笑容，而且還莫名愈笑愈開。

「誰撞的，卡蘿琳？」

「山姆．多里斯！就照著原本的計畫！」

「感謝老天！」

「對啊。後來提姆．班傑明和哥哥踢足球時手指斷了！」

「那小傢伙？斷的是他小指頭嗎？」芙列契太太抓住卡蘿琳的袖子。

「沒錯、沒錯，左手的小指。」

她們歡欣鼓舞，抱成一團，親吻著彼此，彷彿大戰結束一樣。芙列契太太看著我，雙眼擒著淚。這一切太瘋狂了。

「你一定是救世主，湯瑪士。現在一切又回復正軌了。」她臉上滿是喜悅。她的狗剛才被撞死，結果她反而滿是喜悅。

「我可以親你一下嗎，艾比先生？我是說，你不介意的話。」

卡蘿琳給我的臉頰一個熱吻，然後開開心心走了，消失在濃霧中。我不知道此時是外頭比較恐怖，還是屋裡比較恐怖。

芙列契太太又朝我露出開心的表情。「自從你開始寫他的書，湯瑪士，一切都正常了。安娜知道你在幹什麼。」她牽起我，並緊握著我的手。

「可是釘子怎麼辦，芙列契太太？他被車撞了。他死了。」

「我知道。我們明天早上再聊，湯瑪士。」她手揮一下，便走上樓了。接著她關上房門，將我們和她的世界隔開。

我走回我們的公寓，默默將門關上。釘子死了。和我說話的狗死了。光這件事就夠糟了（或可能是件好事，看你的角度），但卡蘿琳傳來消息時，兩個女生臉上卻充滿喜悅……

我一點都不懂，但另一方面，我記得《歡笑國度》中有一段是油之后對孩子說的話：

問題就是危險。
別管問題，直管睡覺。
問了它們，吵醒它們，
超出你所知的事物就會開始出現。

「湯瑪士？你在嗎？發生什麼事？」

我看到廚房透出黃色光線，聽到薩森妮可攜式收音機播著當時天天在播的全新搖滾歌曲。她稱之為「中國水牢之歌」。

我走進去時，她面對著木偶，抬頭看我，聳聳肩。「剛才是怎麼回事？」

四

「安娜？」

她將雙眼的頭髮撥開，白晰的手臂放到脖子後面。「什麼事？」

「妳知道芙列契太太的狗的事嗎？」我看著她的胸部。她小巧的乳頭在冰冷的臥室仍暗沉堅挺。

「對，我聽說他昨晚被車輾過去。很難過，對不對？」她語氣聽起來不怎麼難過。我不知道自己問下一個問題時，要不要看她表情。臥室昏暗，四處都是陰影，四周瀰漫著做愛的氣息，還有寒冷冬天中舊木家具的味道。我第一次注意到這兩種氣味，也第一次發現其實我不大喜歡。

「她聽到消息時我在場。」我右手前兩根手指開始敲著我們腰邊的毛毯。

「嗯？」

「我說她聽到消息時我在場。妳知道她怎麼了嗎？」

她頭緩緩轉向我。「她怎麼了，湯瑪士？」

「她笑了。她很高興。她的反應像是這是她多年來所聽到最棒的一件事。」

「她是個瘋狂的老婦人，湯瑪士。」

「我知道，妳一直這樣跟我說。但卡蘿琳．科爾特沒瘋，不是嗎？」

「卡蘿琳．科爾特又怎麼了？你怎麼認識她？」她聽起來生氣了。

「來家裡告訴芙列契太太這個消息的就是她。她也在笑。她離開時還親我一下。」我抓起毛毯，用力握著。

「**去她們的！**」她從床上坐起，手伸到地上拿起她的毛衣和藍色牛仔褲。我不知道要走開還是待在原地。安娜生氣時，你不會想被波及。

她兩分鐘就穿好衣服。她穿好後站到床邊，雙手插腰，惡狠狠瞪著我。那一刻，我以為她要給我一巴掌之類的。

「花瓣！」她盯著我，用非常不安娜的聲音叫那隻狗。「花瓣，進來！」我們一邊等待，一邊大眼瞪小眼。我聽到腳指甲落在木樓梯的聲音，然後腳步答答走過走廊地毯。安娜走到臥室門口，打開門。花瓣走進來，好奇看我一眼，坐到安娜腳邊，身體靠著她。

「花瓣，告訴湯瑪士你是誰。」

那狗看著她，面無表情，眼神空洞。

「快啊，告訴他！沒關係，是時候了。我們必須讓他知道。」

狗嗚咽一聲，垂下頭。牠將一手伸出，彷彿想握手。

「告訴他！」

「維瑪．印克勒。」

我翻身從被窩坐起。那聲音和釘子一樣。矮人的聲音，只是這隻狗更反常、更令人發毛，因為很明顯牠的聲音是女生。有個女人在那裡某個地方。不管是矮人還是牛頭㹴，那都清楚是女人的聲音。

「告訴他釘子的真名。」

那隻狗閉上雙眼，嘆口氣，彷彿悲痛欲絕。「葛特．印克勒。他是我丈夫。」

「操他媽！去死！火車書裡的那傢伙！環遊世界那傢伙！」

我在對狗說話。「我怎麼了？瘋了嗎？我他媽在跟狗說話。」

「我不是狗！我只是現在是，但今天過後一切都會改變！對我來說今天就是結束了！結束了！永遠都結束了！」花瓣十分憤怒。她的臉仍面無表情，但她提高聲音，語氣堅定。別問我腦袋在想什麼，我根本無法解釋。我全身赤裸，坐在安娜．法蘭斯床上，和一隻牛頭㹴說話，而她說她在今天之後就不會是牛頭㹴了。

「維瑪，離開一下，我和他說個話。過幾分鐘我再叫妳回來。」

我看著她離開。我覺得一捆紮實的紗線球在我腦中鬆開。我站起身，以為自己會頭暈目眩，結果沒有。

「你明白了嗎，湯瑪士？」

我又坐回床上，不知如何是好。我只勉強穿上白內褲。

「明白什麼，安娜？妳家有隻會說話的狗？我不明白。還是妳知道那小男孩會死？這我也不明白。還是狗被輾死時，這裡的人會開心慶祝？順道一提，那是一隻會說話的狗。妳有其他問題要問我嗎？答案也都是我不明白。」

「你怎麼知道釘子的事？」

「他死前和我說話了。純粹是個意外，他在打盹時我剛好去找他。他會說夢話。」

「你有嚇到嗎？」

「有。我的褲子呢？」

「你看起來沒嚇到。」

「我如果現在停下來，我會痙攣。**幹我他媽的褲子呢？**」我站起來，瘋狂在房間四處找。

我嚇都嚇死了，做愛完好累，又好奇得要命。

她抓住我腳，將我拉向她。「你希望我跟你解釋這一切嗎？」

「解釋什麼，安娜？可以請妳放開我嗎？到底有什麼好解釋的？」

「關於加倫、我父親和這一切。」

「你是說妳之前說的都是謊話嗎?喔,真是太棒了。靠,我他媽的襯衫去哪了?」

「湯瑪士,拜託你不要這樣。你知道的都是真的,可是只是一部分而已。拜託不要走來走去。我想告訴你一切,這很重要!」

我從枕頭底下看到我襯衫一角,但安娜的語氣強烈又急切,我便沒去拿了。床旁邊有張老舊的木製莫里斯躺椅,於是我坐下來。不論她要說什麼,我不希望她碰我。我看著自己的光腳,用腳跟感受著寒冷的木地板。我不想看安娜。我甚至不知道自己辦不辦得到。

我聽到外頭傳來車喇叭聲。也許理查．李要來加入我們。我好奇薩森妮現在在做什麼。

安娜走到衣櫃前,每次我看到那種衣櫃都會讓我想到鐵娘子刑具。她打開一道門,彎腰去拿東西。我確定她看不到我時,我才轉過去看她。她把衣服和鞋子移到一旁。一個拖鞋掉出來,接著是一個粗木衣架。過一會兒,她拿了一個巨大灰色金屬盒出來,大小大概和打字機一樣。她打開盒子,拿出一本藍色線圈筆記本。她把盒子放到地上,翻過筆記第一頁。

「對,就是這本。」她再看一次,然後遞給我。「上面都有頁碼。你讀一下這四十頁。」

我看了,又一次,褪色的棕色墨水、奇異拉長的斜體筆跡。頁面上沒有日期。文字一氣呵成,沒有圖畫和隨筆塗鴉。只有密蘇里州加倫的描述。加倫東邊的景象,加倫西邊的景象,一切的一切。每一家站、每一條街、一個個人名,他們的工作,他們的血緣關係,他們孩子的名字。我認識裡面好多人。

人的敘述有時會寫十到十二頁。精細到男人眉毛的線條，女人上唇淡淡細鬍的顏色。

我快速翻閱，發現整本書都是如此。老實說，就是法蘭斯寫下整座鎮的清冊。我心生狐疑，翻到最後一頁。頁底寫著「第二冊」。我抬頭去看安娜。她望向窗外，背對著我。

「這些有多少本？」

「四十三本。」

「全都像這本？清單和各種人事物？」

「對，第一個系列都只是清單和細節。」

「妳說第一個系列是什麼意思？」

「加倫第一個系列。他是這麼說的。他知道如果自己真的要寫第二個系列，一定要先寫出加倫的百科全書。他寫下他所瞭解關於這座城鎮的一切。這花了他兩年時間完成。」

我將筆記本放到大腿上。房間比剛才更冰冷，我從枕頭底下拿起襯衫穿上。

「那第二系列是什麼？」

她像沒聽到我說的話一樣開口。「《夜晚奔入安娜》寫完後他就不寫了，他全心將時間投入這一切。戴維．路易斯希望他重寫好幾個段落，但那時那本書對他來說毫無意義。那作品唯一重要的是發現貓。」

「等一下，安娜，別說了。我覺得我聽不懂。什麼貓？他們怎麼會跟這一切相關？」我拿起筆記本，手撥著銀色金屬線圈。

「你有讀《夜晚奔入安娜》嗎？加倫鎮民有的那個版本？」

「有，比較長。」

「八十三頁。你記得我們的版本最後幾頁發生什麼事嗎？」

我尷尬回答不記得。

「那個老婦人，小小太太過世了。但她死之前，她叫她的三隻貓在她過世之後，去住她最好的朋友家。」

我開始有點印象。「沒錯。後來她死時，貓離開她的家，越過城鎮到她朋友的房子。牠們明白發生的一切。」

雨開始滴答落在屋頂。外頭街燈閃爍亮起，透過光線，我看到雨落下時劃出一條條線。

「父親寫那場景時，朵若西．李過世了。」她停下來望著我。「在書中，他把朵若西的名字改成小小太太。朵若西．小小。」她又停下來。我等她解釋，但沉默中只有雨的聲音。

「他寫那場景時她死了？天啊，真的好巧。」

「不，湯瑪士。是我父親把她寫死了。」

我雙手感到一陣寒意。街燈前的雨變斜了。

「他把她寫死了，一小時之後，正如他所寫的，朵若西的貓來家裡告訴我們。他就是這樣發現的。我聽到牠們的聲音，打開門。牠們站在門階底下，雙眼映著走廊的燈光，看起來好像融化的金子一般。我知道父親討厭貓咪，所以我試著把牠們趕走，但牠們不肯走。後來牠們開始大叫呻吟，他終於從工作室走出來，看吵鬧聲是從哪來的。他看到牠們雙眼發著光，站在那喵喵叫，他馬上明白了一切。他坐到門階上，開始大哭，因為他知道自己殺了她。他坐在那，那幾隻貓爬到他大腿上。」

我坐在椅子邊緣，摩擦著我的手臂。外頭一陣風吹過，掃過樹木和雨。這陣風來得快去得也快。我不想理解，但我確實明白。馬歇爾．法蘭斯發現他寫的事情都會成真，都會出現，都會存在。就這麼簡單。

我沒有等她再開口。「這太荒唐了，安娜！拜託！根本鬼扯！」

她坐在窗檯，雙手放在毛衣下保暖。也不看時間，我腦中莫名浮現她賞心悅目的赤裸乳房。她雙腳膝蓋開始輕撞，一邊說話，一邊撞。

「父親知道他寫完《歡笑國度》之後他變了。我母親告訴我，他當時非常焦躁，差點就要崩潰了。他寫完那本書之後，將近兩年沒寫任何東西。後來她過世後，他差點瘋掉。書出版時大受歡迎，他原本輕鬆就能成為名人，但他不想。他反而去前雇主那的超市工作，去聖路易和奧扎克湖玩。」

我想叫她別再說屁話，快回答我的問題，但我覺得她遲早會回答。

「我那時在讀大學。我想成為音樂會鋼琴家。我不知道我夠不夠好，但我有動力，也全心投入。母親剛過世時，我讓他一人在加倫孤零零的，有時會很有罪惡感，但不管我何時跟他聊起，他都會大笑，要我別說這種傻話。」

她從窗檯滑下，轉身看著下雨的夜晚。我努力讓牙齒不要打顫。她再開口時，聲音從窗玻璃回彈，聽起來稍微不一樣。

「我那時跟一個叫彼得．墨西哥的男孩交往。這名字很好笑吧？他也是個鋼琴家，而且他很厲害，我們所有人都知道他的才華。我們永遠搞不懂他怎麼還待在美國。他早該到巴黎找布朗熱學琴，或去維也納找韋博[54]。我們一見面就如膠似漆。我們只認識彼此一週便同居。你要記得，那是在一九六〇年代早期，那時還不會做這種事。

「我們全心深愛著彼此。我們夢想在一間有天窗的工作室生活，客廳要有兩座貝森朵夫鋼琴。」她從窗邊轉身，走到我椅子旁。她坐在木扶手，手放到我肩膀。她在黑暗中開口。

「我們租了一間破爛的小公寓，租金都要用湊的。我們兩人在宿舍各自都有房間，但公寓成了我們的祕密基地。我們只要沒有練習，不管下課或晚上，都會去那裡。我們週末會簽

54 布朗熱（Nadia Boulanger, 1887-1979），法國音樂教育家和指揮家，她是二十世紀許多作曲家和音樂家的老師。韋博（Dieter Weber, 1931-1976），德國鋼琴家和鋼琴指導者，獲獎無數，技巧精湛，指導一百多名知名鋼琴演奏家。

名離開宿舍，盡快溜到那裡。那屋子真的是家徒四壁。我們買了兩張軍用二手行軍床，把椅腳綁在一起，當作雙人床。

「有天早上，我醒來，彼得死了。」

你知道機場或火車站播報員的語調嗎？就是完全沒有抑揚頓挫那樣？「火車將從七號軌道離開。」那就是安娜此時的聲音。

「後來警察來了，並做了各種蠢檢驗，最後說他是心臟病過世。」

「葬禮一結束，父親來接我，我回家和他一起生活。我什麼都不想做，什麼都不想管。我坐在房間，讀大部頭的書。像《審判》、《黑暗之心》、拉斯科利尼科夫[55]……」她大笑握著我的肩膀。「我那時非常著迷存在主義。我讀了《異鄉人》十次。可憐的父親。他才因為精神崩潰還在療養，結果我回家也不是要陪伴他，而是要面對自己的問題。但他像個天使一樣。遇到這種事，我父親總是像個天使。」

「他做了什麼？」

55 《審判》是卡夫卡的作品，描述一個人因不明原因被捕，最後被處死的故事。《黑暗之心》是波蘭裔英國小說家康拉德（Joseph Conrad, 1857-1964）的作品，探索人心的黑暗面，並抨擊殖民主義和種族主義。拉斯柯爾尼科夫（Raskolnikov）是杜斯妥也夫斯基（Фёдор Михайлович Достоевский, 1821-1881）小說《罪與罰》的主角，書中對於犯罪心理和罪惡感的描述細膩寫實，並在書中反應了俄國社會的衝突。

「他沒做什麼？他負責煮飯打掃，聽我無止境抱怨人生多殘酷和不公平。他甚至給我錢買一櫃子的黑色洋裝。妳知道愛德華．高栗[56]的作品嗎？」

「《無弦的豎琴》？」

「對。我就像高栗書中陰森的女人，站在黃昏的平野上，望向地平線。我病況可不輕，相信我。

「不管用什麼方法，我都無法脫離那狀態，於是父親絕望之中開始寫《夜晚奔入安娜》。那本書和過去他的作品都截然不同。我是主角，但故事會混合幻想和現實。他跟我說我小時候做噩夢大叫醒來時，他都會跟我說故事。他覺得他現在為我寫個故事，搞不好有同樣的效用。他真的是個很棒的人。

「戴維．路易斯那混蛋一直煩他，要他寫新書。他聽說父親開始寫書時，他寫信跟他說，他想來加倫一趟，看他在寫什麼。」

「他在朵若西．李過世兩天後抵達。你能想像那時候讓他在這是什麼感受！」

「安娜，這些事太不可思議了。妳在跟我說你父親是神！或科學怪人！」

「你相信我嗎？」

56 愛德華．高栗（Edward Gorey, 1925-2000），美國作家和插畫家，風格陰鬱荒誕，充滿奇想，代表繪本作品為《死小孩》（*The Gashlycrumb Tinies*）。

「拜託，這我要怎麼回答，啊？」

「我不知道，湯瑪士。我不知道我要是你的話要回答什麼。這故事很曲折離奇，對不對？」

「呃，對。是啦。我想可以這麼說吧。」

「你想要看更多證據嗎？等一下。花瓣！花瓣，進來。」

五

那天晚上我離開法蘭斯家時，我被說服了。我看到那些書、資料和日誌。花瓣甚至走進來，述說她身為威瑪．印克勒的「前人生」。

你能想像嗎？你坐在椅子上，腳邊一隻狗直直望著你。牠用刺耳又沙啞的聲音說話，聽起來像來自蒙克金村[57]一樣。你坐在那，點著頭，好像這種事經常發生。

加倫的怪醫杜立德。幻想仙境的怪醫杜立德。他媽的全是一樣的鬼事。

我有次在學校教創意寫作。孩子都卯起來寫暴力可怕的故事，像砍頭、強暴和濫用藥物。到最後，「作者」為了逃離他們創造的血腥暴力場景，唯一的辦法就是寫：「基斯在床上翻身，撫摸戴安娜柔順的金髮。感謝老天，那全是一場夢而已。」

說話的狗，現代普羅米修斯用的不是陶土，而是橘色墨水筆，他有個性感的女兒，光刷

57 《綠野仙蹤》（*The Wizard of Oz*）中虛構的村莊，由東方女巫所統治。

牙就能讓你硬起來，她和你睡覺，還有一個戴棒球帽的艾默小獵人，他可能曾害她過去的男友心臟病發。「湯瑪士在床上翻個身，摸著牛頭㹴，牛頭㹴對他說：『你只是做噩夢了，親愛的。』」

但我該怎麼做？繼續為這本書研究？繼續寫下去？我開車到半中途，一切開始讓我發瘋。「我現在到底該怎麼辦？」我重重用手掌拍著依舊冰冷的方向盤，停到加油站內，加油站前面有個公用電話。

「安娜？」

「湯瑪士？嗨。」

我不知道理查在不在那。那就太完美了。「安娜，我現在該怎麼辦？我現在知道一切了。妳希望我做什麼？」

「當然是寫書啊！」

「可是為什麼？妳不希望任何人知道這件事。聽著，就算我的書好到可以出版，全世界讀到都會無法接受。加倫會變成……我不知道……像是怪咖的麥卡之類的。你父親會變成一個笑話，因為沒有人會相信。相信的人會變成全世界都討厭的人。」

「湯瑪士？」她聲音從另一個星球傳入電話亭。我身體的熱氣開始讓四周玻璃起霧，加油站辦公室內百事可樂明亮的鐘面顯示是四點十分。

「什麼事？」

「湯瑪士，還有一件事我必須告訴你。」

我手放到太陽穴。「**還有**事情？怎麼還有，安娜？」

「有。最重要的部分。我明天告訴你。現在時間非常晚，所以你先回家，我們那時再聊。晚安囉，朋友。還有湯瑪士？一切都不會有事。最震驚的事你已經知道了。其他事情都只是備註。我們明早見。」

濃霧爬上窗。我掛上電話時，有車子經過。一個小孩手伸出窗外，拿著瓶子朝我一揮。一條充滿泡沫的液體灑出空中，像是結凍的三角旗，後來它落下，在地上粉碎。

「湯瑪士，我知道你和安娜是怎麼回事。」

灑上紅糖的橡果南瓜泥在烤爐烤得焦黑，我努力吃著。這是薩森妮和茱莉亞．柴爾德[58]合作的成果。我假裝咀嚼，後來才想起吃南瓜泥不用咀嚼。你只要含個兩下便能吞下肚。我將叉子放到黃色餐盤邊，盡可能小心，不要發出聲音。

薩森妮從麵包籃拿一個麵包捲，撕成兩半。她拿起刀，文雅地將鼓鼓的麵包塗上奶油。

58 茱莉亞．柴爾德（Julia Child,1912 – 2004），美國知名的廚師，她曾在一九六六年登上《時代》雜誌封面，也是美國第一位擁有個人廚藝秀的女性。

我們一片沉默。這時會讓人想瞇起眼，並用手指塞住耳朵。轟天巨響要來了。她拿起一半的麵包捲，抹著盤子，異常冷靜。

「你以為我不知道嗎？」

我的心臟大力撞擊。

「沒有，我不知道，薩森妮。我不擅長當祕密探員。」

「我也不擅長，但你知道，事情一發生我就知道了。真的。你相信嗎？我不是說說而已。」

「沒有，我知道。我相信妳。我父親……心懷不軌時，我母親總是知道。我猜你夠瞭解一個人時，他行為奇怪，你一定會發現。」

「沒錯。」她喝一小口七喜汽水。她攤牌之後我第一次看著她。她臉微微潮紅，但也許是因為房間很悶。我相信我的臉看起來像雷響酋長。

「你愛她嗎？」她手裡拿著玻璃杯。她靠到臉頰上，我從側邊看到汽水冒著泡。

「喔，薩森妮，我不知道。現在一切都好瘋狂。妳要知道，我不是說這是藉口。有時候我覺得自己才剛被生下來，又遇到更年期。」

她把玻璃杯放下，推到一邊。「所以你就去找她？」

「不是，不是，我去找她是因為我想要她。這點我沒怪別人，只怪自己。」

「你還真公正。」她語氣酸溜溜的，我他媽真慶幸。在這之前，她毫無情緒起伏，冷靜客觀。我母親離家，帶我回去康乃迪克州之前，我聽過我父母吵最後一架。一切都好冷靜……說他們在討論股市我也信了。

「你要我做什麼，薩森妮？你希望我走嗎？」

她眨眨眼，摸了摸桌巾。「你想做什麼就做什麼啊，湯瑪士。你又不是我的。」

「不是，拜託。妳**想要**什麼？」

「我想要什麼？你為什麼現在問我這種問題？我想要你，湯瑪士。我還是**真心**想要你。但都這時候了，還有差別嗎？」

「你希望我和妳待在這裡？」我看著在我手中握成一團的餐巾。薩森妮每一餐都愛用真的亞麻餐巾。她每週會手洗熨燙一次。她帶了兩塊綠的、兩塊淺灰藍的、兩塊磚紅色的，她一直輪流在用。我感覺自己像坨屎。

我抬頭，她凝視著我。她雙眼擒淚。一滴淚珠流出眼眶，滑下她粉色的臉頰。她舉起餐巾擦臉，再次望向我。我無法直視她的雙眼。

「我沒有權力要求你什麼，湯瑪士。」她大口斷斷續續抽著氣。她原本想說些什麼，中途又停下，不想說了。她望著大腿，搖搖頭。她用餐巾擦眼說：「喔！**媽的！**」

我放開手中的餐巾，想小心翼翼將餐巾照原本的折痕摺好。

六

有一位女人來門口見我。她臉上掛著笑容，用力握緊我的手。

「呃、嗨、呃，妳好？」

「你不知道我是誰，對吧？」她的笑容有點瘋狂。我不知道安娜去哪了。

「不知道，對不起，但我不知道。」我想露出燦爛的笑容，但失敗了。

「汪汪。汪汪。」她抓住我肩膀，將我拉近抱住我。

「花瓣？」

「對，沒錯，花瓣！但現在有點不一樣了，對不對？」

「我的老天！妳說妳真的……」

「沒錯，湯瑪士，我跟你說一切結束了。我從狗類生活回來了，我又變回我了。我。我。我。」她拍拍她豐滿的胸部，眉開眼笑。

「我不知道……天啊。我不知道該說什麼。我是說，呃，恭喜，我真的很為妳高興。我只是、呃……」

「我知道、我知道。進來吧。安娜在客廳。她希望我先來見你，給你一個驚喜。」

我吞了吞口水，試著清清喉嚨。我聲音聽起來像摩擦黑板的粉筆。「真是……真是……呃，大驚喜。」

安娜坐在沙發上，用一個厚馬克杯喝著咖啡。她問我要不要喝一點，我說好，她望向花瓣，或說是威瑪，她飛奔出房間去倒另一杯。

「你還在因為我說的事不開心嗎？」

「薩森妮知道我們的事了，安娜。」我坐到椅子上，面對她。

她再次拿起杯子，用雙手握著，拿到嘴邊。她從杯緣瞄著我。「她反應如何？」

「我不知道。也就那樣子吧，好壞參半。她過一會兒就哭了，但不是一把鼻涕、一把眼淚的大哭。她非常堅強，我覺得。」

「你感覺如何？」她喝著咖啡，但雙眼望著我。杯中冒出薄薄的蒸氣，隨她呼吸快速飄散。

「我感覺如何？爛透了。妳以為我感覺如何？」

「你沒有跟她結婚。」

我皺起眉頭，手指敲著椅子扶手。「對，我知道。我沒跟她結婚，我不需為她負責，這裡每個人都自由……我腦中想過這些話無數次，但我還是覺得很糟。」

她聳聳肩，舔著杯緣。「好吧，我只是想——」

「聽著，安娜，別擔心好不好？這是我的事，我會想辦法解決。」

「也算跟我有關，湯瑪士。」

「對，好，隨便，這都是我們的事。但我們就等一會兒，看事情怎麼樣，好嗎？我一整晚都在掙扎，我今早不想再多談了。好嗎？」

「好。」

我們兩人不發一語，後來我咖啡來了。這時我想起，將咖啡端來的女人昨晚原本還是隻狗。她拿咖啡給我時，我偷偷聞了聞，看她身上有沒有狗味。

安娜說句話但我沒聽到。我不聞了，望向她。「妳說什麼？」

安娜看著另一個女人。「讓我們單獨聊一會兒，好嗎，威瑪？」

「當然好，安娜。我要去準備晚餐的砂鍋。我不知道該怎麼形容，但這輩子能再次下廚太開心了。我從來沒想到自己會這麼說！」她離開了，她高跟鞋的聲音讓我想到狗爪答答落在木地板的聲音。

「那是真的嗎，安娜？威瑪的事？」

「對。父親好幾年前氣印克勒一家虐待孩子的事。他無法容忍任何人虐待兒童。他發現他們會打兒子時，就把他們變成狗。你不要露出懷疑的表情，湯瑪士。他們是他創造的，他可以隨心所欲改變他們。」

「所以他把他們變成牛頭㹴。」

「對，在葛特．印克勒死前他們都會是條狗。在那之後，威瑪會變回女人。父親不希望他們以夫妻的身分一起出現。如果他們一起出現時會是狗，他覺得沒差。他討厭狗。」她露出笑，手臂向外盡情舒展。

「那加倫裡所有動物都是人嗎？」

「滿多都是的。但釘子和花瓣是唯一兩隻可以說話的。父親故意讓牠們說話。記得，狗可以去各個地方，做別人無法做的事。你來的時候，釘子住在傻妞芙列契家就是這個原因。通常牠們兩個會和我住在一起。你不知道，但釘子花了許多時間監視你們。」

我想起他常早上就進到房間，晚上和我們睡在床上，我們做愛時他也在……

「鎮上所有牛頭㹴都是人。父親最不討厭的狗就是牛頭㹴，因為牠們長得太好笑了。他說如果牠們要待在鎮上，好歹要看起來有趣。」

我手按上額頭，驚訝發現我額頭發涼。我有好多事想說，但我那時一句話都說不出來。我喝了點咖啡，找回自己的聲音。

「好，如果他不喜歡他們，那他幹嘛不乾脆讓他們消失？拿舊的墨水把他們擦調，把他們擦掉啊？老天，我不知道我到底在說什麼。妳他媽為什麼要叫狗來監視我？」我用力從椅子跳起，看也不看她，走到窗邊。

一個穿著黃色雨衣的小女孩搖搖晃晃騎著一臺破單車經過。我好奇她原本是什麼，金絲雀嗎？化油器嗎？還是一直都是個孩子？

「湯瑪士？」

腳踏車拐彎消失了。我不想跟她說話。我想躲到海底去睡個覺。

「湯瑪士，你有在聽我說話嗎？你知道我為什麼答應你？我為什麼讓你寫傳記？我為什麼要把父親的事全告訴你？」

我轉身望著她。電話響起，彷彿在我們之間拉起一塊刺耳的布幕。她沒去接電話。我們等電話響了五聲、六聲、七聲，等到鈴聲終於停止。我不知道是不是薩森妮。

「我桌上有個黑色筆記本。你拿起來看第三百四十二頁。」

那筆記本跟我前一晚看的截然不同。那本筆記異常龐大。書頁一定有三十公分厚，內容有五、六百頁。我從後面開始翻，每一頁滿滿都是法蘭斯的字跡。我左手大拇指翻過的頁碼從三百六十三跳到三百零二，於是我停下來往回翻。

整本書的墨水顏色都不一樣。第三百四十二頁是用翠綠色寫成：「最大的問題是我在加倫不管創造什麼，都只是我想像中所虛構的事物。如果我死了，因為他們是出自我的想像，所以他們很有可能會隨我而死？這點想來一方面有趣，一方面很可怕。我一定要想想各種可能性，事先準備好。不然這一切該有多浪費！」

我將食指卡在書頁間闔上書，看向安娜。「他怕他死後加倫會消失？」

「沒有，不是加倫這個鎮，只有人和動物是他創造的。他沒有創造這座城鎮，只有人。」

「我想最後他錯了，嗯？我是說，大家都還存在，不是嗎？」遠方有臺火車呼嘯而過。

「對，但不完全是。父親死前，他寫了鎮上的歷史，一直寫到西元三〇〇〇年——」

「**三〇〇〇年**？」

「對，三〇一四年。他死前依然一直在寫。他的死非常意外。有天下午，他躺下來打個盹就死了。那真的是好可怕。所有人當時都非常害怕，覺得他過世那一刻，他們全都會消失，所以當事情真的發生，一切維持原樣，我們都歡欣鼓舞。」

「安娜，妳知道波赫士[59]寫的《環形廢墟》嗎？」

「不知道。」

「有人想在夢中創造一個人，但不是夢中人，而是一個有血有肉真實的人。真正的人。」

「他做到了嗎？」她手摸著沙發。

「對。」

59 波赫士（Jorge Luis Borges, 1899-1986），阿根廷作家，也是二十世紀最重要的西語作家之一。以短篇故事著稱，內容常包括各種隱喻和象徵。

就連海棉都會飽和，無法吸水。我最近得到太多刺激，一時間有太多事情發生，而且每一件事都令我感到不可思議。同時間知道這些事之後，我的腦袋彷彿下起一盤五個維度的棋。

她拍拍身旁的椅墊。「拜託，湯瑪士，來這裡，坐我旁邊。」

「我現在不想。」

「湯瑪士，我希望你知道一切。我想向你全部坦誠。我希望你瞭解我、加倫、父親和這一切。你知道為什麼嗎？」

她完全轉過身，隔著沙發椅背，正對著我。她那對見鬼的大胸部就靠在柔軟的沙發椅背上。「幾年前，父親寫的一切還是如實發生。如果有人應該在一月九日星期五生下男孩，那就一定會發生。所有事情都照著他在《加倫日誌》所寫的向前。這裡原本是座烏托邦——

「烏托邦？真的嗎？那死亡的事怎麼辦？這裡的人不是很怕死嗎？」

她閉上雙眼，搖搖頭。笨學生又在問蠢問題了。「完全不怕，因為死根本無足輕重。」

「喔，拜託，安娜。現在不要扯宗教大道理，好不好？直接回答問題。」

「不是，湯瑪士，你誤解了。記得他們死了，和一般人死了不一樣。我們死時，有可能會進天堂或下地獄。但對加倫的人來說，父親沒有替他們創造死後世界，所以他們腦中沒有這個問題。他們會直接消失。噗！」她雙手張開，揮到空中，好像在放走螢火蟲一樣。

「存在主義者的幸福，嗯？」

「沒錯，自從他們知道沒有死後世界之後，他們就不擔心了。沒有人會審判或把他們扔入火坑。他們活著，然後死去。因此他們大多數人這輩子都盡量活得愈快樂愈好。」

「但沒人反抗嗎？至少會有人會想活更久吧？」

「當然有，但那不可能。他們必須習慣這件事。」

「沒人抱怨？沒人逃跑？」

「加倫人只要試圖離開都會死。」

「噢喔，好，聽著——」

她大笑，一手朝我揮。「不是，不是，我不是指那樣。那是我父親的安全系統。只要大家在這裡生活，一切都會很順利。但如果他們想離開，超過一週，他們就會死於心臟病、腦出血、急性肝衰竭……」手在空中來回擺動，好像沒重量一樣，落回沙發上。「聊這些很傻，因為沒人想離開，畢竟沒寫下來——」

「寫下來！寫下來！好，所以他這偉大的神諭在哪？」

「你待會就會看到，但我希望你先知道事情的來龍去脈，這樣你看到時，你更能理解這一切。」

「哈！才不可能。我現在就無法理解了！」

安娜的故事古怪又複雜，中間又岔題好幾次。我不舒服地靠在窗檯下的暖器機上，撐了一小時，最後還是來到沙發，坐到她身旁。

馬歇爾．法蘭斯寫《夜晚奔入安娜》是為了讓女兒感覺好點。書中其中一個主角是他好朋友朵若西．李，只是他把她改名為朵若西．小小。他意外「殺死」她，貓咪來通知他之後，他發現了自己的能力。他不再寫《夜晚奔入安娜》，並起筆寫《加倫日誌》。他花了好幾個月，研究、書寫和重寫。他是個完美主義者，所以他有時會寫二十版初稿，才覺得自己寫對了，所以不難想像他寫了多少時間，並為加倫做「準備」。

朵若西．李之後，他第一個創造的人叫作卡爾．崔莫。來自紐約松木島的一個善良的水電工，他開著銀色清風牌露營車，帶妻子和兩個女兒來到加倫。加倫好幾年來都沒有水電工。

接著是一個叫席爾曼的理髮師，還有一個叫盧桑達的殯葬業者（聽到這地獄哏，我實在想擠出一點笑容，但我真的笑不出來）……馬歇爾．法蘭斯的角色一個個出現。

他們過著平安無事的生活，只有一個叫伯納．史塔克豪斯的郵局行員，他有天晚上喝醉意外用散彈槍把自己腦袋轟了。

巴啦巴啦之類的。鎮外頭有間雇了五百名員工的小工廠，有天大半夜莫名起了大火，保險事宜都處理好之後，工廠老闆決定遷址，往聖路易方向遷了一百六十公里。

「幾年之後，唯一留在這裡的人剩下父親、我、理查和『父親的角色』。」

「他為什麼讓理查留下來？」

「喔，因為我們至少需要幾個正常人，以免有緊急的事情發生，我們一人必須離開一陣子。記得，其他人離開超過一週就會死。」

「他怎麼讓其他『正常』人離開？不在工廠工作的人？」

「父親寫到讓一些正常的加倫人想要搬家。其中一個人後來相信自己家鬧鬼，另一人去旅遊時，瓦斯槽爆炸，他決定搬到伊利諾州……你想要我繼續舉例嗎？」

「沒人起疑？」

「沒有，當然沒有。都是父親寫的，所以一切會看起來完全自然，讓人接受。他不希望任何人來問問題。」

「他有沒有……」我緊張到打呵欠。「他有沒有……呃，使用暴力？」

「沒有。工廠失火時沒人受傷。不過要看你怎麼定義暴力。他確實造成了失火，也確實讓那個人的瓦斯槽爆炸。但他從來沒傷害過任何人。他不需要這麼做，湯瑪士。他想寫什麼，就能寫什麼。」

法蘭斯繼續創作，但他不知道能維持多久。這就是為什麼安娜要我去讀筆記本那頁。最後他決定自己唯一能做的，就是盡他所能將每個角色的未來繼續寫下去。然後希望他死之後，一切不會消失。

「這點可能在筆記裡有解釋到，安娜，但他控制人的生活究竟到什麼程度？我是說，裡面有寫到像『八點十二分喬．史密斯醒來，打呵欠三秒。然後他——』」

她搖搖頭。「不是、不是。他發現他可以讓大部分的生活留給角色。後來他決定只寫他們人生中的重大事件。他們和誰結婚，他們生了幾個小孩，他們何時死亡還有……他希望他們能擁有——」

「**不准說自由意志！**」

「不是、不是，我不會說。但某方面來說是。你看葛特和威瑪．印克勒發生的事。他放手讓他們隨自己的方式對待小孩。他看不下去之後，便把他們變成狗。」

「我們的神是個忌邪的神[60]，是嗎？」

「別說這種話，湯瑪士。」她雙眼劃起兩根憤怒的火柴。

「別說什麼話，別說他玩弄他們？聽著，我不想惹妳生氣，安娜，但如果這全是真的，那你父親最……」我試著想出適當的詞，形容他所做的事，但我找不到。「我不知道。他是這世上最不可思議的人。我甚至不是在說身為藝術家的他。他用筆在紙上寫字，竟然真的能讓人**活過來**？」我發現我其實不是在跟安娜說話，是在自言自語，但我不管了。「不對，這不可能。」一瞬間，這想法流過我全身，濃稠、沉重又根深蒂固。我到底是哪來的白痴？怎

60 出自聖經《出埃及記》三十四章十四節。

麼會相信這種鬼話？但話說回來，釘子確實跟我說話。花瓣也跟我說過話。就我在筆記本看過的一小部分，也和現實事件重疊。而且安娜知道小男孩被貨車撞之後會死……

「為什麼鎮民要知道海登家男孩有沒有在笑？那很重要嗎，安娜？這又要怎麼解釋？」

「因為他那天該被撞死。他應該要開心笑著笑著，然後被貨車撞。問題就是開貨車的人出錯了。那就是為什麼喬．喬登和其他人那麼氣惱的原因。他沒有在笑，而且他被錯的人撞死了。」

只要事情照法蘭斯計畫進行，安娜及加倫鎮民和外在世界幾乎沒有交流。偶爾有人會去購物或去附近鎮上看電影，聖路易和堪薩斯市來的貨車會載貨來加倫的商店，但大概就這樣。表面上，鎮上有一間房地產公司，但店裡賣的都是別的鎮的物件。如果不是個人屋子，都屬於加倫鎮所有，沒有一間房子曾對外販售，也沒有出租。

「但芙列契太太的家呢？她不是——？」

「你和薩森妮是我父親死後，第一對住在加倫的人。」

「所以這就是為什麼我們第一天出租，她就說她不在乎我們是否結婚！她跟我說了好幾次，她不在乎這種事。妳設計我們，對不對，安娜？這全是陰謀！」

她點點頭。「我一聽戴維．路易斯說你們要來，我就打給傻妞芙列契，叫她搬到屋子樓上。然後我派釘子去跟她住。」

「我以為她是為了錢。」

「傻妞是個非常好的演員。」

「她真的住過瘋人院嗎？」

「沒有。」

「就這樣？沒有別的？」

「如果她是父親的角色，她怎麼住進瘋人院，湯瑪士？只要你開始讀日誌，你就能瞭解一切，湯瑪士。」

關於那個普林斯頓大學的傳記作家，我說對了，他就是在錯的時間來到錯的地點。加倫鎮民當時因為這個大祕密，人人三緘其口，沒人打算告訴他任何事。根據安娜所說，他待了幾週後便氣得坐車去加州了，他說他要替羅伯特．克朗姆寫一本代表性的自傳。

但後來事情轉變了。最近這兩年，加倫開始出現問題。有個應該要活到九十歲在睡夢中安詳死去的男人，走路經過高壓電線時，電線斷裂落到他身上，將他電死。他當時才四十七歲。有個小孩應該要愛吃玉米，現在卻一看到就嘔吐。有個變成牛頭㹴的女生突然懷下九隻小狗。在此之前，沒有一隻狗懷孕過，沒有狗該發生這種事。

我將手放在腋下保暖。我打了不知道第幾次呵欠。「所以到底是什麼問題？」

安娜手中拿著空杯，指甲敲著杯子。「父親的力量開始衰弱，漸漸消失。他在其中一本日誌中有寫到這可能性。你可以去讀，但我可以直接跟你說重點。他說他死之後，可能發生兩件事。一是他創造的一切瞬間消失。」

「我看過那段了。」我手中仍拿著日誌，舉起來給她看。

「對。第二個可能是一切會繼續運作，因為他書寫時，投入……」她雙脣緊抿，猶豫一會。

「他投入他的**生命**，就算他死之後，一切仍會繼續下去。」

「確實如此，不是嗎？」

「對，湯瑪士，直到兩年前為止。在那之前，一切非常完美。但突然之間，事情開始出差錯。我已經跟你講一些例子了。但父親也寫到這個可能性。他寫在你手中的筆記本裡。」

「直接跟我說，安娜。我現在真的沒心情看了。」

「好。」她垂頭望著杯子，彷彿不知道杯子怎麼會在她雙手中。她把杯子放到咖啡桌，粗魯地將杯子推開。「他相信既然他有能力創造加倫鎮民，那如果他死了，某處一定有人能重新創造他。」

「**什麼**？」我背上彷彿竄過一隻冰冷的小蜥蜴。

「沒錯，他相信他的傳記作家……」她頓了頓，眉毛揚起望著我，望著**他的傳記作家**。「如果父親的傳記作家夠好，並用正確的方式寫他的生平，他就能讓他復活。」

「安娜，我的老天，妳是說那人是我？妳這是小蝦米比大鯨魚！我是說小蝦米比珍珠！

妳父親是……是……我不知道，神吧。我算哪根蔥？」

「你知道我為什麼讓你寫傳記這麼久，湯瑪士？」

「我不知道我想不想知道。好啦、好啦，為什麼？」

「因為你具備父親說必須有的首要特質。你對他著迷不已。他的書對你來說多重要，你天天都掛在嘴邊。他的作品對你來說，幾乎和對我們所有人來說一樣重要。」

「喔，拜託，安娜，那跟你們不一樣！」

「湯瑪士，別說了。」她手像交通警察舉起。「這件事你不知道，但自從你寫第一章之後，加倫的一切就恢復正常。他在日誌中寫的事件都**發生了**，就像之前一樣。所有事件都是，最新的一起事件是釘子過世的事。」

我看著她，張開嘴想說話，但無話可說。我剛才聽到這輩子最驚人的讚美。我的腦袋像卡在大樓中間的電梯，夾在膽破人亡的恐懼和擁抱生命的全然狂喜之間。老天爺啊，要是她是對的呢？

七

我們繼續寫作，只是薩森妮現在和傳記無關了。她雕刻了三個木偶，她沒在雕刻時，便讀艾丁生[61]的《奧柏倫巨蟲》。

我還是會去安娜家，但只在白天，不會晚於五點半。接著我會收拾棕色小公事包，搖搖晃晃回家。

最大的問題是，我不知道要不要告訴薩森妮，關於法蘭斯和加倫的真相。這樣隱瞞她，有時我真的快受不了。但我知道有人因為更普通的事情被關進瘋人院，所以我說服自己，在我吐露真相之前，我最好先看事情發展。

一場暴風雪掃過鎮上，厚雪將世界化為一片雪白。我有天下午去散步，看到三隻貓在別人的空地上玩耍。牠們玩得好開心，我忍不住停下來看。牠們撲向彼此幾分鐘，最後其中一

61 艾丁生（E. R. Eddison, 1882-1945），英國作家，擅於寫英雄奇幻史詩小說。

隻看到我，跑到中途停下來，動也不動。牠們全都看向我，我無意識地舉手打招呼。我聽到牠們朝我喵喵叫，在雪地中非常小聲，像是耳語。我花了幾秒才想到，這是牠們問好的方式。

但現在鎮上所有人都開始對我坦誠。他們現在跟我說的話，幾個月前可能會害我拔腿就跑，但現在我只會點頭搖頭，再吃一塊黛比（格麗琴或瑪麗安……）的葡萄乾燕麥餅乾。

他們多半會選擇其中一個方向，不是指責，就是懇求。一種是「我他媽最好趕快把書寫一寫，不然很多人會有麻煩」，或者是「感謝老天幸好我出現了，我寫完書還要很久嗎？」單純看時間和人，我感覺有時像彌賽亞，有時像修電話的。至於我寫完書能不能讓馬歇爾．法蘭斯回來，這想法在我腦中不斷繞來繞去，像脫水機中的彈珠。有時我會停下來，笑看一切，因為這一切真的太瘋狂荒謬了。有時我的恐懼會像隻蜥蜴，走經我的皮膚，我則想辦法把想法全拋到腦後。

「呃，賴瑞，你有什麼感覺……就是，被創造出來？」

賴瑞放個屁，朝我微笑。「被創造？你說被創造是什麼意思？聽著，老兄，你是從你老爸射出來的，對吧？」我點點頭，聳聳肩。「我只是從別的地方射出來而已。你要再來瓶啤酒嗎？」

凱薩琳輕拍著她灰色的兔子，彷彿兔子是玻璃做的一樣。「被創造？嗯，用這詞滿好笑的。被創造。」她反覆咀嚼這詞，朝兔子笑了笑。「我其實沒想過，湯瑪士。我腦中有好多事情要想。」

我原本期待得到心靈深處的答案，但都沒有。加倫位於密蘇里州中心，是座中產階級下層的城鎮，鎮民都是苦幹實幹的人，他們會在週三晚上去打保齡球，愛看《玄機妙算》[62]，吃培根三明治，並存錢想買新的耕耘機，或想去特卡奎沙湖的農莊度假。

我聽到最有趣的軼事，是有人拿警用左輪手槍，意外朝弟弟臉開了一槍。板機扣下，槍發射，煙霧瀰漫，聲音震耳……但弟弟沒出事，毫髮無傷。

不過大家話匣子都沒停過。現在我是「他們的一份子」，他們會告訴我各式各樣的事，像他們的腰痛、性生活、鯰魚的食譜。跟我的研究沒半點關係，但他們向彼此說同樣的話說了好久，難得再有一個新人可以重新傾訴。

「你知道我討厭現在哪一點嗎，艾比？就是什麼都不確定。我以前走在街上，都能無憂無慮，不怕哪架鬼飛機墜落在我頭上。你懂我在說什麼嗎？當你明瞭你就知道。你不需擔心自己發生任何事。你看他媽的那個誰……那個喬．喬登。他不過是出門他媽買包菸，想都沒想到，他就撞死一個孩子。這我才不要，謝謝，我想**知道**我什麼時候會死。這樣一來，在死期到來之前，我就根本不用擔心了。」

62 《玄機妙算》（*The Bionic Woman*），美國科幻冒險電視影集，從一九七六年至一九七八年播出，在述說一個女人受重傷之後，藉機械和科技成為仿生機器人的故事。

「但你那時會怎麼做？死期來臨時。」

「他媽尿褲子啊！」那老人說完這笑話，自個兒大笑起來。

我問愈多人，愈覺得大多數人都很滿意法蘭斯的「方式」，但突然之間，毫無預警，如果要他們面對說不準的命運時，內心則會感到無比恐慌。

但有幾個人不想知道他們的命運。那也沒關係。這些事好幾年前就安排好了，法蘭斯將每個家族過去和未來的細部歷史交給家族中最老的成員保管。滿十八歲的人如果想知道未來會發生什麼事，可以去找「長輩」問任何問題。

我問一個超市員工，法蘭斯給他五十一歲壽命，那他會不會想活久一點。他看著我，彷彿我瘋了一樣。

「幹嘛？我現在能做任何事。有什麼事是五十年無法完成的？」

「可是這……這很沒彈性。我不知道，人生這麼封閉，感覺很焦慮吧。」

他用關節炎的雙手從工作服的口袋拿出一根王牌牌的黑色扁梳，梳過他一樣黑的頭髮。

「不是，聽著，湯瑪士，我現在三十九歲了，對吧？我確定自己還有十二年可以活。我從來不用擔心這類的事，就是死亡什麼的。但你會擔心，對不對？有時你早上醒來可能會對自己說：『今天搞不好我會死。』或『今天我腿可能會斷，或這輩子毀了。』這一類的事。但我們從來不用想，你知道嗎？我雙手有關節炎，我五十一歲會死於癌症。所以誰過得比較好，你還是我呢？你老實說。」

「我可以再問你一個問題嗎？」

「當然可以，問吧。」

「假設說我是加倫人，我發現我明天將會死，你會開貨車撞到我。要是我回家，明天一刻也不從屋子裡出來。要是我躲在衣櫃一整天，讓你絕對不可能開車撞到我，那怎麼辦？」

「那你在該被我撞到的那一刻，就會死在衣櫃裡。」

我父親的電影《和平咖啡館》裡有一幕我一直很喜歡，我在加倫四處晃時，那畫面一直在我腦中重播。

理查．愛略特，代號「莎士比亞」，他是英國最厲害的祕密探員，身處於納粹占領的法國，但此時他身份暴露了。他透過地下管道送走了妻子，然後去和平咖啡館，等待德國佬來抓他。他點了杯法式咖啡，從口袋拿出一本小書開始讀。沉著冷靜，泰然自若。咖啡送來了，但服務生動作飛快，馬上逃得遠遠的，因為他知道接下來會發生什麼事。街上空無一人，幾片枯葉緩緩飛過桌腳。電影導演手法非常巧妙，他整整三分鐘，沒讓任何事情發生。等到黑色賓士轎車呼嘯而來，你緊張到頭髮都快扯斷了，根本巴不得他們來。車門碰一聲關上，鏡頭隨著兩雙擦亮的長統軍靴越過街道。

「愛略特先生？」德國軍官亦正亦邪（我記得是寇．尤根斯[63]演的），他頭腦聰明，追緝到了莎士比亞，但一路上卻漸漸尊敬起自己即將逮捕的男人。

我父親原本看著書，抬頭露出微笑。「哈囉，福克斯。」（德文：狐狸）

另一個納粹想來抓住他，但福克斯抓住那人手臂，命他回到車上。

福克斯付了帳，兩個男人緩緩走過街上。

「愛略特，如果事情順利，你回家會做什麼？」

「做什麼？」父親大笑，望著天空良久。「我不知道，福克斯。有時候，那比被抓還可怕。好笑吧？也許我內心深處一直希望自己被抓，這樣我就永遠不用擔心未來的事。你有沒有想過德軍戰敗時，你要做什麼？」

我這輩子有多少次在凌晨三點，拚老命想向昏昏欲睡的大學室友或愛人解釋生命的意義？我著迷於各種矛盾和可能性，無法自拔，最後不是去睡覺，就是去做愛，或陷入憂鬱之中，因為我明白我一無所知。

加倫人沒有這問題。他們是最純粹的加爾文主義（相信上帝控制地球），只是他們不需擔心死後會發生的事。他們無法改變自己或自己的未來，但以當下生活而言，知道自己期末

63 寇．尤根斯（Curt Jurgens, 1915-1982），德奧劇場和電影演員，代表角色是納粹德國空軍大將恩斯特．烏德特（Ernst Udet）。

考絕對是 B 或 C 是最重要的關鍵。

薩森妮終於脫下石膏，雖然她腿變細無力，要跛腳一會兒，但她精神為之一振。

樹葉像跳傘一般從樹上落下，鋪了一地。白天變短，不是陰雨綿綿，就是多雲籠罩。加倫鎮民的活動都到了室內。籃球隊開始在週五晚上練習，運動場總是擠滿了人。電影院和商店也是，所有室內娛樂再次變得熱門。你聞得到家家戶戶在冬天煮著熱騰騰的晚餐，四處都是羊毛大衣潮溼的氣味，還有手套和襪子和針織帽悶在暖氣上的氣味。

我想著世界各地所有的小加倫人都在為冬天做準備。替車子上雪鏈、幫暖器加油、搬出新雪橇、放飼料在戶外野鳥餵食器、換上暴風雪的窗戶、在車道灑上岩鹽……

所有的小加倫人都在做同樣的準備，只是「在外頭」，要是有人開車去商店。他不會知道自己半中途在路上會不會打滑，撞車身亡。他妻子好幾小時都不會察覺有異。後來也許其中一個朋友才發現車禍，車後面仍噗噗排著灰煙，融化下方斑駁的雪。

或者有個緬因州的老人穿上 L.L.Bean 針織衫和綠色燈芯絨褲，不知道兩小時之後，他在替臘腸犬扣上牽繩時會心臟病發。

芙列契太太發現我的生日，替我做了一個可食用的巨大紅蘿蔔蛋糕。我也收到一大堆禮物。我不管走進誰家，他們不是做了蛋糕，就是有禮物送我。我得到一個獾的填充玩偶、十個手作釣魚毛勾和第一版的《沒人敢稱叛國》[64]。我訪問結束回家，還來不及拿我最新的寶貝出來現，薩森妮便已站在門口，露出笑容，搖著頭。

「你在這裡真受歡迎，是不是？」她將巴尼和瑟瑪送的立體放映機拿到眼前，看著紐約的多布斯渡輪。

「嘿，聽著，那東西很值錢，薩森妮。鎮民人真的很好，願意送給我。」

「別那麼敏感，湯瑪士。我只是說受到許多人喜歡的感覺一定非常好。」

我不知道她是說真話或在開玩笑，但如果我當時回答她，我會同意這點。感覺的確很好。當然，我知道加倫人為何這麼做（我沒那麼天真），但我終於感受到受人尊敬、喜歡和景仰的感受。他媽真的很爽。我父親和馬歐爾．法蘭斯兩人大半生都瞭解的感受，我總算嚐到一點。

法蘭斯坐一艘叫**亞瑟．貝林罕**的貨船，從利物浦來到紐約。他在船上認識一對猶太夫妻，並和他們十九歲的女兒談了一小段戀愛。他後來在紐約和那女孩約會，但兩人關係沒有更進一步。他在盧桑達那找到工作，並在短租旅館租了一間房，離葬儀社只隔一條街。

「安娜，我問妳父親替盧桑達工作多久時，妳為什麼要對我說謊？」

64　《沒人敢稱叛國》（*None Dare Call It Treason*）是新教反共作家約翰．斯托莫一九六四年最著名的創作。

她在餐桌上吃一碗米穀片，我聽到她碗裡啪啦啪啦的聲音。

「我不想跟妳深入討論這件事。我只想知道妳為什麼說謊。」

她咬著口中米穀片，用紙巾擦嘴。

「在我讓你動筆之前，我想看你是多優秀的作家。這有道理吧，對吧？這就是為什麼我把他移民到美國之前的所有資料都給你。如果你很優秀，不論第一章你寫什麼，都會展現出來。如果你文筆很差，那我就直接讓你離開，你絕不會知道任何事。」她湯匙又回到穀片，繼續看她剛才在讀的雜誌。

「安娜？還有一個問題，妳為什麼從沒談論到妳母親？」

「我母親是個美麗安靜的中西部女孩，她讓我小時候加入幼女童軍，長大加入女童軍。她非常會煮菜，讓我父親的生活非常舒適快樂。我覺得他愛她，並很高興能跟她在一起，因為她和他截然相反。她所有事情都很實際。她欣賞想像力豐富，或擁有藝術創作渴望的人，但我覺得她只是暗自高興自己相當與眾不同。她有次私下跟我說，她覺得父親的書很白痴。用這詞很適合吧？白痴？」

法蘭斯的叔叔奧圖．法蘭克一向不是個非常成功的畫家。他從密蘇里州赫曼搬來加倫，因為他喜歡這地點，也因為這裡有間印刷店出售，價格便宜。他幫忙印結婚邀請卡、商業資料、教堂活動和農場拍賣海報。他一度心懷希望，想開辦鄉鎮報紙（這就是他寫信到奧地利，叫他哥哥送一個兒子來的原因），但他沒有錢，找不到人替他的夢想出資。

馬丁抵達時（令奧圖失望的是，他那時已把名字改成馬歇爾．法蘭斯），他叔叔讓他在店裡當學徒。法蘭斯顯然很喜歡這份工作，奧圖在一九四五年過世，這段時間他一直待在那裡，同年《星之池》出版了。

書出版時賣得不好，但出版社很喜歡，他們事先給法蘭斯一千元，預訂下他下一本作品，結果下一本《桃影》也同樣賣得不好。不過，有個叫查爾斯．懷特的評論家在《大西洋月刊》寫了篇關於法蘭斯的評論，並刊在最顯眼的雜誌封底。他將法蘭斯比作路易斯．卡洛爾和鄧薩尼勳爵[65]，這件事讓法蘭斯的名聲一飛衝天。安娜幾乎保有他在加倫收到的所有信件，並有以複印紙留下他的回信。他事前完全不知道懷特寫了這篇評論，等文章刊出他才曉得。他寫信給評論家感謝他。他們通信好幾年，直到懷特過世。

《桃影》出版後兩年，《青狗的悲傷》出版，馬上躍上銷售排行鎊。懷特寫了一封好笑的信給法蘭斯：「親愛的法蘭斯先生，你好，我不曾認識知名作家。你現在是了嗎？如果是的話，我可以跟你借一百元嗎？如果還不是，那感謝老天……」突然之間，前兩本書都重新再版，有人請他選出他最喜歡的兒童文學，打算做一本選集，華特．迪士尼想將《桃影》改

65　路易斯．卡洛爾（Lewis Carroll, 1832-1898），英國著名兒童文學作家，代表作為《愛麗絲夢遊仙境》。鄧薩尼勳爵（Baron of Dunsany, 1878-1957），奇幻小說作家，代表作為《精靈王之女》，深遠影響現代奇幻文學。

編成電影……馬歇爾．法蘭斯紅極一時。

但他寫信給迪士尼，叫他走開。他同樣寫信拒絕了兒童文學選集的出版社。他拒絕了所有邀約，過一會兒，他甚至不回信了。他印了張小卡，上面寫馬歇爾．法蘭斯感謝你，但可惜的是……那看起來像是雜誌的退稿通知。安娜將小卡裱框，送我當生日禮物，小卡旁有他亂畫的一隻牛頭㹴。

好幾年來出現上百個商業邀約。有人想做一系列《歡笑國度》角色的橡膠玩偶，有人想做《青狗的悲傷》鉛筆，有個電臺想用《桃影》裡的「雲朵電臺」為名。根據安娜和我後來調查發現，即使她父親拒絕了，許多公司都逕自推出那些商品。她說父親因為不想打任何官司，而損失了數十萬美元收益。戴維．路易斯手下的法律專家早已逮到這些製造商，但法蘭斯每次都說不要。他不想要麻煩，他不想要被煩，他不想要搞臭名聲，他不想離開加倫。最後路易斯不再糾纏他了，但他這幾年來都偷偷報復他，一直寄來盜版玩偶、手電筒之類的東西，讓他知道自己損失多少。我們花一個下午待在地下室，從發霉破爛的紙箱中把好幾年前便收到角落的東西拿出來。

「要是戴維．路易斯知道，他一定氣爆了。」安娜從箱中拿起一本《青狗的悲傷》著色簿。「我小時候一半的玩具就是這些。」她打開書，將書轉向我。上面的圖是克朗和青狗一起走在吹著風的路上，克朗的線在青狗項圈打了個蝴蝶結。圖畫的色彩上了一半。狗是藍色，克朗是金色，道路畫了紅色的波浪。

「妳爸看到妳把狗塗成藍色，他會說什麼？」

「喔，可是那都是他的錯！我記得非常清楚。我問他青狗是不是一直都是青色。他說書寫好之前，原本是藍色，但我絕不能跟任何人說，因為這是個大祕密。」她手深情摸過藍色的狗，彷彿想摸狗或父親的回憶。

我看著她，設法想清楚我們之間的未來。她三十六歲（我有天終於斗膽問了，她眼睛眨也不眨就告訴我了），我三十一歲，也不是說這有什麼差別。如果我想要她，那我下半輩子就必須待在加倫。但這樣不好嗎？我可以寫書，也許下一本是我父親的傳記，我可以在加倫高中教英文，偶爾出去旅遊。我們一直都必須回來這裡，但那不是多糟的事。我住在我心目中英雄的家，和他女兒做愛，我在加倫人中有了一席之地，因為我莫名其妙成了他們的救星。

「你知道薩森妮必須早日離開，湯瑪士。」

我從迷霧般的思緒中醒來，咳了咳。地下室潮冷，我厚毛衣放在樓上的臥室。

「什麼？妳在說什麼？」

「我說她必須早點離開。你現在知道了加倫鎮的真相，你會留下來寫書，但她跟這件事再也沒有關係了。她必須離開。」

她的語氣平靜又冷漠。她邊說這些話，邊翻著著色簿。

「安娜，為什麼？」我呻吟。我到底在呻吟什麼？我把態度收回，換上強烈的憤怒。「妳在說什麼？」我把手中玩偶扔回箱中。

「我之前就跟你說過了，湯瑪士。除了父親的角色之外，沒人在這裡生活。你待在這裡沒問題，但薩森妮不行。她再也不屬於這裡了。」

我誇張地打了一下腦袋，想一笑置之。「拜託，安娜，妳聽起來開始像《最毒婦人心》66的貝蒂・戴維斯了。」我裝出愚蠢的南方淑女口音：「『對不起，吉爾伯，但是時候讓珍妮特走了。』」我再次大笑，像瘋子一樣扮個鬼臉。安娜甜甜一笑回應我。

「拜託，安娜！你在說什麼？你只是在開玩笑，對吧？嗯？嘿，好嘛，為什麼？她在不在這裡有什麼差？我什麼都沒告訴她。妳明知道的。」

她將著色簿放回箱子裡，站起來。她闔上紙箱，用自己帶下樓的棕色膠帶封箱。她用腳將箱子推回角落，但我抓住她手腕，要她看著我。

「**為什麼？**」

「你知道為什麼，湯瑪士。不要浪費我時間。」那天她在樹林裡對理查・李發出的怒火，如今朝我掃來。

66 《最毒婦人心》（*Hush, Hush, Sweet Charlotte*）是一九六四年美國驚悚片，女主角夏洛特由貝蒂・戴維斯所飾演，述說夏洛特要結婚時，丈夫受人謀殺，她因此一蹶不振，變成一個隱居於世的老婦人。

她十分鐘之後變本加厲，跟我說我該回家了，因為她要去找理查。

我那天晚上一回到家，薩森妮和我大吵一架。根本原因是我忘記幫她跑腿，當然，那不過是件蠢差事，我們之所以這麼生氣，是因為我倆彼此都壓抑好多心事，這時一股腦全爆發出來。吵幾分鐘後，她臉像罌粟一樣紅，我拳頭握了又放，放了又握，像在情境喜劇中又氣又惱的丈夫。

「我一直在跟你說，湯瑪士，如果住這裡讓你不開心，你幹嘛不直接走？」

「薩森妮，能不能請妳放輕鬆點？我沒說——」

「有，你有說。如果那裡那麼美好，那你去啊！你在她和我之間來來回回，你以為我喜歡嗎？」

我試著瞪她，但我這時候不敢和她四目相交太久。我別開頭，然後又移回目光。她仍在發火。

「你想要我怎麼做，薩森妮？」

「別問我這個問題！你聽起來好無助。你想要我替你回答，我不要。你想要我命令你，叫你離開她，回來我身邊。但我不會這麼做，湯瑪士。你才是造成問題的那個人。你才是那個想要一切的人，所以你現在要自己決定。我愛你，你心裡非常明白。但我沒辦法再忍受這種事了。我想你最好趕快做決定。」她說到最後，聲音變得像耳語一樣，我必須傾身向前，才聽得到最後幾個字。下一句話卻像個響雷，我又嚇得跳回來。「我真的受不了你他媽有多笨，湯瑪士！你讓我想把你勒死。你到底能多蠢？你不知道我們在一起能有多美好的時光？你一寫完書，我們可以去世界任何角落，過上千百種不一樣美好的生活。你看不出來安娜對你做的事嗎？她把你拖到地上，讓你在她可怕的小祭壇，膜拜她的父親——」

「嘿，聽著，薩森妮，那你對法蘭斯的興趣——」

「我知道，我知道，我也是。但我再也不想馬歇爾．法蘭斯的事了，湯瑪士。我現在不想跟一本書或一個傀儡戀愛。我想和你戀愛。所有其他的事，我們可以在空閒時間去做，但剩下的就是我們的時光。等一下！等我一分鐘！」她從椅子站起，跛腳走向廚房。她兩秒後回來，手裡拿著幾個木偶。「你看到了嗎？你知道我為什麼要雕刻它們？是為了讓我不要胡思亂想。沒錯，這就是實話。我一整個下午就這麼刻、刻、刻，好可悲，努力不去想你在哪，或你在做什麼。我們開車來這裡時，那是我人生第一次不用每天雕刻。我好享受！我不用在乎這些事。跟你在一起我有好多事情可以做。我知道你的書對你來說多重要，湯瑪士。我知道對你來說寫完……」

「我不太懂妳在說什麼，薩森妮。」

「好，好吧。聽著，你記得我們到這裡第一天的事嗎？他們在鎮中心烤肉店的事？」

我咬著上唇，點點頭。

「你記得我和傻妞開始聊天，我一開始就告訴她書的事嗎？」

「我記得非常清楚！當時我超想殺了妳。我們全都講好了，妳為什麼要這麼做？」

她把傀儡放到沙發上，雙手梳過她頭髮。看她這麼做，我才發現她頭髮變好長了。我不曾告訴她長髮有多美。「你知道女人的直覺嗎？不要擺那表情，湯瑪士，是真的。我很多時候都有這種直覺。另一種感覺之類的。記得我告訴你，我知道你和安娜一起睡覺嗎？總之，不管你信不信，我們來到加倫那一刻起，我就確定如果你開始寫傳記，我們的關係就會出問題。我那天想讓他們把我們趕走。對不起，但我那時就是這麼做了。我以為我告訴他們我們的計畫，他們就不會讓我們接近安娜．法蘭斯。」

「搞破壞。」

「對，沒錯。我想毀了這一切。我們那幾天相處在一起，感情變得很深，我不希望你寫傳記。我知道你一旦和這裡扯上關係，一切就會生變。我沒說錯，不是嗎？」她拿起傀儡，走出房間。我們那天晚上沒再說任何一句話。

兩天之後，我在市場外遇到芙列契太太。她的金屬推車裝了一袋二十公斤的馬鈴薯，還有大概九公升黑棗汁。

「喔，你好，陌生人。我最近不常見到你。工作很認真呀？」

「嗨，芙列契太太。對，我滿忙的。」

「安娜跟我說書現在寫得很順利。」

「對，很順利。」我腦袋裝一大堆想法，不想和她閒扯。

「你一定要趕快讓薩森妮離開，湯瑪士。你知道嗎？」

一隻狗吠叫，我聽到車引擎啟動。寒冷的空氣充滿廢氣。

一股怒火和絕望衝上我心頭，卡在我胸口。「她走不走哪有差？老天爺啊，我真的他媽受夠大家告訴我該怎麼做了。薩森妮留下來到底有什麼差別？」

她笑容垮下。「安娜沒跟你說？」她手放到我臂膀。「她真的什麼都沒跟你說？」她的語氣嚇到我了。「沒有，什麼都沒說。怎麼了？拜託，妳在說什麼？」人車從我們身旁繞過，像在水族館的魚。

「你有看到……？不，你不可能。聽著，湯瑪士，我如果真的跟你解釋，我可能會惹上麻煩。我沒在開玩笑。這一切都非常危險。不過我可以跟你說……」她一邊假裝把推車裡的東西擺正，一邊說。「我告訴你。如果你不叫薩森妮離開這裡，她會生病。她會生重病過世。日誌裡有這一部分。那是馬歇爾讓加倫與世隔絕的方法。」

「但我呢？為什麼我沒有生病？我也是外地來的。」

「你是傳記作家。你有被保護。那就是馬歇爾寫的。沒有辦法改變。」

「但芙列契太太，日誌又怎樣？裡頭寫的事已經好久沒正常發生了。這裡所有事情都出問題了。」

「沒有，你錯了，湯瑪士。自從你開始寫書，一切又回到正軌，這就是重點。」她用手背擦著嘴。「你一定要帶她走，湯瑪士。你聽我的話。就算日誌出問題，她沒有生病，安娜也不喜歡她在。那才是你最該擔心的事。安娜是個強悍的女人，湯瑪士。你絕不會想跟她搞什麼把戲。」她快步離開，我聽著金屬推車震動的聲音漸漸走向停車場另一頭。

「妳有空嗎？」

我之前買給她一塊屠夫用的方砧板，她在上頭切著芹菜。

「你看起來生病了，湯瑪士。你還好嗎？」

「很好，當然，我沒事，薩森妮。聽著，我不想再對妳說謊了，好嗎？我想要告訴妳我對這一切最真實的感受，然後讓妳決定。」

她放下刀，走到水槽洗手。她回到桌前，用一條我沒見過的黃色毛巾擦乾手。

「好。說吧。」

「薩森妮，妳對我來說非常重要。我交往的人當中，妳是唯一一個和我幾乎用同樣方式看這世界的人。我之前從來沒有這種感覺。」

「那安娜呢？她沒有用你的方式看世界嗎？」

「沒有，她完全不一樣。我和她的關係完全不同。我覺得如果妳和我在一起，我很確定未來會怎麼發展。」

她小心翼翼緩緩擦乾手。「那是你想要的嗎？」

「這就是我不知道的地方，薩森妮。我覺得我想要，可是我還不確定。我唯一確定的是，我想寫完這本書。我人生同一時間，出現兩個對我來說很重要的事物，非常不可思議。我很希望事情可以換個方式，但我辦不到。所以即使最後的決定可能很愚蠢，並充滿錯誤，我還是很努力想做出正確的選擇。

「總之，如果妳可以的話，我在想的是這個。如果現在讓我來決定，我會希望妳可以離開一陣子。一直到我寫完書，讓我和安娜之間的感情走完這一段。」

她傻笑，將抹布扔到桌上。「如果你跟安娜沒有『走完』怎麼辦？嗯？那時候呢，湯瑪士？」

「妳說得對，薩森妮。我真心不知道接下來怎麼辦。我唯一確定的是現在這樣爛透了。沒人喜歡現在的局面，各種傷害、焦慮和疑惑讓所有人都不好過。我知道是我的錯。我知道，但這就是一定要發生的事，不然……」我拿起抹布，裹住拳頭。抹布仍溼溼的。

「不然怎樣？**什麼**一定要發生？寫傳記還是跟安娜上床？」

「對，好，兩個都是。兩個都一定要發生……」

她站起來。她拿起一小塊芹菜，丟到嘴裡。「你希望我離開，所以你可以寫完書，並且也許能跟安娜走完你『這段』。這就是你想要的，對吧？好。我走，湯瑪士。我會去聖路易，我會在那裡等三個月。你要給我一些錢，因為我身上沒錢。但三個月過了，我就會離開。不管你有沒有來找我，我都會離開。」她開始向外走。「這算我欠你的，但在這件事裡你是個大爛人，湯瑪士。我只是很高興你總算做出一些決定。」

她離開那天，天下著雪。我大概七點起來，頭昏腦脹望向窗外。太陽還沒升起，但天光已將萬物染上藍灰色。我發現下雪時，我不知道我是高興還是難過，天下起雪，薩森妮就無法離開了。我跌跌撞撞來到窗旁仔細看，看雪在門廊上積多厚。雪依然下著，但雪花很大，緩緩垂直落下，我記得在哪看過，這代表雪很快就會停了。屋內仍感覺不到雪的氣息，我赤腳走在地上，地面感覺很溫暖，雖然我只穿睡衣和內褲，我不覺得冷。

雪。我父親討厭雪。他有次必須在冬天的瑞士拍片，他不曾從那次的衝擊中恢復過來。他喜歡溫暖熱帶天氣。我們後院游泳池為了他加熱到三百度。他覺得天堂是在亞馬遜叢林中的熱浪。

薩森妮這次只帶一個行李箱，她其他東西，包括筆記、木偶和書都和我留在加倫。她不肯告訴我她在聖路易打算做什麼，但我很擔心，因為她沒打包她的傀儡和工具。她包包放在窗邊的地上。我走過去，赤腳將包包推動幾公分。這三個月會發生什麼事？我會在哪？書會在哪？所有的一切會在哪？不對，不是所有的一切。加倫人一定會在加倫，安娜也是。

我悄悄將衣服從椅子拿起，踮腳走進浴室換衣服時，薩森妮仍在睡覺。我想在離別時，為她做一頓美味的早餐，我為此買了肥美的佛羅里達葡萄柚。

香腸、炒蛋配酸奶、新鮮的全麥麵包和葡萄柚。我把所有食物都拿出冰箱，像士兵一樣排在富美家美耐板廚檯上。這是薩森妮的早餐。中午她可能就走了。水槽裡不會再有頭髮，不會再為安娜吵架，下午四點電視不會播著波波鹿與飛天鼠。老天，那真的夠了。我像生氣的主廚準備著餐點，她甚至還沒起床，我就已經開始想念她。她來到廚房時，穿著我們第一天見面的同一套衣服。我最後烤焦三條香腸。

她請我打給巴士站，看前往聖路易的巴士大雪中是否還有班次。我在樓下走廊打電話。我從正門上的窗看著外頭的雪。雪花停了。

「雪停了！」

「我從這也看到了。你不開心嗎？」

我皺起臉，腳朝地點了點。

「加倫巴士。」

「喂，你好，呃，我想知道你們九點二十八分往聖路易的巴士今天有沒有取消？」

「幹嘛取消？」不管這是誰，他聽起來像香菸店的印度人。

「你知道，就是下雪之類的關係。」

「巴士有雪鏈。巴士絕不會停駛，老弟。有時候會晚到，但不會停駛。」

薩森妮一手拿著葡萄柚，一手拿湯匙走到走廊。我手蓋住話筒，跟她說巴士有開。她走向前門，看著雪。

我掛上電話，無法決定要走回廚房，還是走向她，看她會怎麼做。最後我孬了，於是我回到廚房。

「薩森妮，你早餐要不要吃完？搭車去聖路易車程很久。」

她沒回答，我覺得最好讓她獨處。我一邊吃，一邊想像她在正門吃著葡萄柚，看著雪漸漸停下。

我喝完第二杯咖啡時，開始為她感到有點緊張。她盤子裝滿食物，她的茶杯仍滿滿的。

「薩森妮？」

我把餐巾扔到桌上起身。她沒有在走廊，她大衣和行李箱也不見了。她把挖空的葡萄柚皮和湯匙放在門旁的暖氣上。我把大衣從架子拿起，走向門口。電話響起。我咒罵一聲，用力接起。

「喂？幹嘛？」

「湯瑪士？」是安娜。

「聽著，安娜，我現在不能跟你說話，好嗎？薩森妮剛走，我要趁她坐車走之前趕快追上她。」

「什麼？別蠢了，湯瑪士。她不告而別，就是不希望見你。別管她了。她不想跟你說再見。你要理解她的意思。」

我聽完氣炸了。我受夠安娜一針見血的話了，在薩森妮離開前，我有話想對她說。我跟安娜說晚點打給她，便掛上電話。

我還沒走出門廊，寒冬便吸走了我全身的熱，我走向柵門時牙齒打顫。一輛車緩緩駛過，輪上的雪鏈鏗鏘作響，將雪向後甩出。我知道巴士還要一個小時才開，但我還是跑了起來。我穿著沉重的隔絕工作靴，鞋店店員向我保證，鞋能抵擋負三十度的低溫。但穿著這鞋只能用慢動作慢跑。我也沒戴手套，所以我雙手插在口袋裡。我沒戴毛帽，所以我耳朵、甚至雙頰都開始隱隱作疼。

我終於看到她時，我不再用跑的。我不知道我想說什麼，但我在她離開前，一定要說幾句話。

她一定聽到我來的聲音了，因為她在我快追上她時轉身面對我。「我真希望你沒追來，湯瑪士。」

我喘不過氣，雙眼因為寒冷冒著淚。「但妳為什麼這樣不告而別，薩森妮？妳為什麼不等我？」

「我難得一次，可以照我自己的方式做事嗎？我用我希望的方式離開可以嗎？」

「別這樣，薩森妮……」

她眼中的怒火消失，閉上雙眼好幾秒。她眼睛仍閉著，但開始說話。「這一切對我來說非常困難，湯瑪士。請你不要再讓一切變更複雜了。回去家裡工作。我不會有事。我有帶著書，我可以坐在巴士站讀，等巴士到站。好嗎？我接近週末的幾天會打電話給你。好嗎？」

她快速對我擠出笑，手伸到包包。我甚至沒想把手從口袋拿出來。她沙沙走了幾步，然後抬一下行李箱，好好抓緊。

但她那週的後幾天沒有打電話來。我特別從週三晚上便待在家，但她沒打來。我不知道這是好是壞，也許是故意或忘了什麼的。但她不是那種常會忘記約好的事的人，所以我好緊張。我想像中，我看到她疲倦走上骯髒的建築樓梯，樓下窗戶有個棕色手寫的出租招牌。她敲敲門，瘋狂強暴犯或拿屠刀的殺人狂應了門，邀請她進到裡頭喝杯茶。

或者更糟的是，她走上一棟美輪美奐的建築，屋主身高一百八十七公分，一頭亮銀色的頭髮，性感到爆炸。我絕望了。我在公寓過夜，覺得床就跟海洋一樣廣大冰冷；我在安娜家過夜，我就一直想著薩森妮。當然，我知道薩森妮如果在的話，我就不會對她有那麼強的欲望，我們也會再次吵架，就是因為她不在，所以我好想念她。我非常想念她。

她週二晚上打來了。她聽起來興高采烈，興奮莫名，有著無數消息和我分享。她有個大學的老朋友之前住在聖路易。結果沒想到他現在仍住在那裡。她甚至在兒童托兒中心找到了兼職工作。她去看了兩場電影，看了勞勃．阿特曼[67]的新片。她的朋友叫做吉歐夫．威金斯。

我用盡全力不讓自己噎死。我噁心地朝話筒露出笑容，快以為這不是薩森妮了。我問她這吉歐夫是誰。華盛頓大學的建築教授。她是住在……呃……她是暫時跟他住在一起，等她找到租屋嗎？不、不是啊，那真是太好了。她不需要找租屋了，吉歐夫已經邀請她和他他他他他住一起……

她給了我吉歐夫的地址和電話號碼，然後我盡量冷靜結束我們的對話，但我知道我聽起來同時像是AI電腦霍爾和啄木鳥伍迪[68]。我掛上電話時心如死灰。

我收到一封學生寄來的信。我在寄件者那欄看到孩子的名字，心裡嚇一跳，但這封鬼信

67 勞勃．阿特曼（Robert Altman, 1925-2006），美國電影導演，一生獲奧斯卡五次提名最佳導演，二〇〇六年獲得奧斯卡終身成就獎。

68 AI電腦霍爾（Hal the Computer）是電影《二〇〇一太空漫遊》裡的電腦。啄木鳥伍迪（Woody Woodpecker）是一九四〇年的卡通角色，以搗蛋形象出名。

裡的內容更讓我大為驚訝。

親愛的艾比老師，

你好嗎？我猜你今年離開這裡大概非常開心吧。我不知道那是什麼感覺，但我六月就會知道，不管你信不信，我要畢業了。我提早錄取了赫伯特和威廉史密斯學院，所以我這陣子過得很逍遙。我常去高年級宿舍看電視，我甚至讀了一些你去年書單上說我們會喜歡的書。

我目前最喜歡的是《幼獅》（艾爾文．蕭著），但我也真的很喜歡《變形記》（法蘭茲．卡夫卡著）和《仰望家鄉，天使》（湯瑪士．沃夫著）。要問我為何寫這封信，我想提到這些書可能是最好的答案。我來這裡讀了六年書（相信我，這是漫長的六年），學校裡（差不多）每個老師的課我都上過。總之，我那天在想，我發現你的課最棒了。我在你班上不是拿「A」的優秀學生，我知道我和羅梅洛常在你班上打混，但信不信由你，我去年英文課學到的比其他課都還多。我們每次討論都很有趣，我知道我有好幾次讀了你指定的作品，最後都不喜歡，但上完你的課之後，我不是變喜歡，就是至少瞭解作者想表達什麼。你總是要求我們在報告中要找例子佐證看法，所以我現在想到的例子是《湖濱散記》，我直話直說，我們大多數人讀完都覺得那本書很難看。不過看完之後，雖然我從不喜歡那本書，變成但我看得懂梭羅想說什麼。

我在高級英文課唸了史帝文森（我們現在正在讀《李爾王》），因為你不在，我想我可以說和你相比，他爛透了。課堂上我們一半的人都在睡覺，另一半在筆記本上亂畫。我知道我在你課堂上也有睡覺，但我希望你知道，我有一直在聽，雖然你成績給我Ｃ，但那是我在學校上過最棒的一堂課，其他沒得比。

我希望你在那裡一切都順利。也許你會來得及回來參加畢業典禮，我上臺去拿畢業證書時你可以大笑。

湯姆．蘭金

湯姆．蘭金就是看起來像從海鰻玻璃罐出來的男生。他身材乾瘦，駝著背，留著油膩的長髮，衣服皺巴巴的，戴著髒兮兮的厚重眼鏡。我一直知道他不是白痴，只是沒有動力而已。他就是那種考試前一晚翻翻書，就至少能考個Ｃ或C-的學生。

我腦中冒出「艾比未來」的白日夢。我寫完傳記和薩森妮回到東岸。在某個學校找個專職教師工作（看完蘭金的信，搞不好還能回到原本那所！），剩下時間就繼續寫作。買個有維多莉雅式凸窗和黃銅門牌的老屋子，房間夠讓我倆都有獨立的書房。我不知道是不是吉歐夫．威金斯的關係，但在那通電話之後，我超常想薩森妮。

八

「芙列契太太，有人離開過加倫嗎？我是說馬歇爾的角色？」
一天晚上，她要我去樓上喝有機可可亞，不管那是什麼，但味道還行。
「離開？你日誌看到哪了？」
「我看到一九六四年一月。」
「一九六四年？喔，有個女孩叫蘇西．戴珍納，但你要到一九六五年的日誌才會讀到。如果你想知道，我可以告訴你。」
「請說。」
「蘇西．戴珍納是個充滿活力的女孩。你之前問過的，她就是不想知道自己命運的那種人。她一直不喜歡和我們混為一談。她說她覺得自己像是馬戲團中的怪胎，有一天她會離開，因為她不相信她是從書裡跑出來的。這你全都懂，對不對，湯瑪士？孩子一懂事，父母就會告訴他們自己的身分，還有他們為何如此特別。其他事在孩子十八歲之前都不會說，但有些事必須早點解釋，以免他們做出像逃家這種蠢事。」

「對，這我懂，但蘇西怎麼了？」

「喔，她是個好女孩，很漂亮也很聰明。我們這裡人人都愛她，但我們沒人能阻止她。她整理好一個背包，搭上去紐約的巴士離開了。可憐的女孩，她到紐約不過才幾天就死了。」

「但馬歇爾那時候還活著。他為什麼沒有阻止她？他想的話可以阻止她啊。」

「湯瑪士、湯瑪士，你自己想一下。對，馬歇爾還活著，他當然能阻止她。」

「但他沒這麼做！」

「沒有，他沒有。你想，湯瑪士。你覺得他為什麼沒阻止？」

「我唯一想得到的是，他要讓大家知道他說的是真的。他用她當一個醜惡的例子。」

「沒錯。你說的一點都沒錯。不過我不會用『醜惡』這個詞。」

「這事當然非常醜惡！他寫出這可憐的角色，所以她從一開始就不想知道一切，接著他還寫她會離開加倫，一週之後死掉？這樣不醜惡？」

「在那之後，沒人嘗試離開加倫了，湯瑪士。而且她很快樂。她覺得自己逃走了。她確實離開了。」

「但那是他寫的！她別無選擇！」

「她死時做著她想做的事，湯瑪士。」

加倫郵局裡，費爾・沐恩和賴瑞・史東一起工作。他們娶錢德勒姊妹之前就是朋友，但兩人的婚事讓他們更親近了。

他們的興趣是打保齡球。兩人都有昂貴的布朗維克訂製保齡球，還有搭配的球袋，如果他們再變強一點，他們搞不好會成為職業選手。就這樣，他們每週三和週五晚上會在隔壁費德瑞克鎮的史蓋皮保齡球館打球。他們輪流開車，一起分油錢。偶爾他們的老婆會跟他們去，但老婆都知道丈夫多珍惜男人之夜，所以她們通常週三和週五都會自己去找樂子，去看電影、吃晚餐或到費德瑞克鎮賣場購物。

去那裡有兩個方式。你可以開上州際公路，在下一個出口下交流道，或你可以開加洛磨坊路，那條路基本上和州際公路平行，最後會到費德瑞克圓環，你想去鎮的哪裡都行。他們大多數都開加洛磨坊路，因為他們計時過，點到點快四分鐘，不過開州際公路有兩、三公里油門可以踩到底。

我會知道這些是因為我曾跟他們去打保齡球，一路上四人討論著週三和週五晚上的大小事情。

他們出意外的晚上，他們開州際公路。賴瑞開他薰衣草色的奧茲摩比442房車，下交流道時速度太快。他壓到一大片冰打滑，車子失控左右來回偏移，在交流道底撞倒一個停止標誌。一臺百貨貨車猛力撞上他們，將車推了將近六十公尺。

賴瑞那一側全毀，他沒死簡直是個奇蹟，他老婆坐在他正後方，雙腿和右手都斷了。費爾有嚴重腦震盪，他妻子鎖骨斷了。

根據日誌，這一切都不該發生。

我是從安娜那裡聽到消息，她從郡立醫院打電話給我，直接告訴我發生的事。她的語氣冷淡，令人害怕。她提醒我之前，我完全搞錯原因。

「我不懂這代表什麼，湯瑪士。」我聽到後頭十分忙碌，許多人在說話，喇叭呼叫著某個人。

「什麼代表**什麼**？」

「這是你開始寫傳記之後，第一件出錯的事。我無法理解發生什麼事了。」

「聽著，安娜，這不**代表**什麼。妳之前只是把希望放得太高。書寫好之前，事情怎麼可能變好？」我說著說著發現，自己語氣無比堅定，充滿自信。現在一切好像都變得很簡單。我只要寫完這本書，叮咚，馬歇爾．法蘭斯就會死而復生。

喇叭呼喚著布萊蕭醫生，我等著她開口。

「安娜？有人在那邊陪妳嗎？」

「理查。」她掛上電話。

我像著了魔一樣開始工作。一個早上二、三、四頁，下午研究，晚上再寫三、四頁。我「揭發」加倫的祕密之後，我一直無法擺脫最初的震驚，但我每分每秒都待在那，被迫接受一切。我就像一隻蛾，而加倫就是火焰，我只能不斷在那鬼地方打轉，我除了繼續寫作，其他時間不知道該怎麼辦。

我生活在史上最偉大的藝術創作之中。我以自己微小的方式，照時序寫著創造者的一生。不管傳記能不能讓他起死回生……不、不對，這不是真的。我本來是要說，不管傳記能不能讓他起死回生，我覺得都沒差別，但這根本就是幹話。他說這件事有可能會發生，而他女兒選擇讓我來執行。這是我將薩森妮送走的一部分原因。另一「部分」的原因當然就是安娜，但車禍之後，我們不常做愛。我猜理查仍狂幹她，但即使如此，我其實也不在乎了，因為我所有精力——**從頭到腳的每一絲力量**都灌注到這本傳記上。雖然我想知道她為何和他睡覺，但我隱約有所猜想。假設理查在加倫生活愈來愈無聊。因為安娜和他是鎮上唯二「正常人」，那她要怎麼讓他留下？簡單，答案就是跟他上床。他這種人怎麼可能幻想（或希望！）自己能和安娜．法蘭斯這樣的女生戀愛。所以只要她繼續讓他渴望她、在乎她、對她有興趣，他就屬於她，也屬於加倫。我不知道他老婆知不知道他們兩個人的事。

我幾乎足不出戶。芙列契太太開始為我煮飯，安娜偶爾會來看書進度如何。薩森妮打來幾次電話，但我們的對話簡短，生硬無趣。我沒有問吉歐夫．威金斯的事，她也沒問安娜的事。我那時太累了，不想玩什麼把戲，但我有意識到最好別跟她說我變得多禁欲。但無論如何，她有次受夠我們的對話，痛罵我一聲討厭鬼後，便掛上電話。

瓊安．柯林斯生了個活蹦亂跳的小男孩，但根據日誌，應該要是個活蹦亂跳的小女孩。安娜來了一趟，要求要看我的手稿。出乎我意料之外，我堅持不讓她看。她後來離開了，但非常不開心。

薩森妮打來，問我有沒有發現她已經離開一個月了。

我回信給湯姆．蘭金，告訴他我會努力在六月回去參加畢業典禮。

我母親寫信來說，她覺得九月之後沒聯絡有點罪惡感，我打電話給她，告訴她我這陣子生活過得有多美好。

瓊安．柯林斯有天早上去照顧新生兒，發現搖籃中熟睡的是一隻三週大的牛頭㹴。

有天我已經完成目前的工作量，決定去綠酒館喝酒。當時是晚上九點，鎮裡一片寧靜。街上都是泥濘的融雪，但人行道上積雪仍是白色，腳踩了會嘎吱作響。黑夜中吹著無聲的陰風。偶爾風會停止，等你從殼裡探頭，再邊偷笑邊把你吹得七葷八素。電話線都已結凍，但風將電話線吹動時，細碎的冰屑會落到街上。等我到了酒吧，我才知道自己不是該待在家，就是該他媽的開車來。外頭就是那麼冷。

酒吧正門是個厚重的櫟木門，你必須用肩膀去頂才打得開。溫暖悶臭的熱氣撲面而來，混雜著香菸的煙，點歌機傳來喬治・瓊斯的歌聲。酒吧狗（就我所知牠真的是一隻狗）名字叫芬尼，牠過來搖著尾巴。牠就是正式的招待員。我脫下手套，拍拍牠的頭。牠的頭溫暖又溼溼的。

由於外頭天昏地暗，酒吧裡即使霧茫茫，燈光又昏暗，我沒多久便習慣了。裡面的人我大多都認識，像珍・芬德、約翰・愛斯布利恩、尼爾・布爾、凡斯・弗林、大衛・瑪提。

「你好嗎，湯瑪士？」

我轉身瞇眼望向後頭一片黑。理查・李從一張桌子起身走來。

「你想喝什麼，湯瑪士？」

我吸一吸鼻水。「我想來杯啤酒和一杯 shot。」

「啤酒和一杯 shot。聽起來不賴。強尼，兩杯啤酒，兩杯 shot。」

理查露出笑容，靠近我。他拍我的手臂，手順勢停在上頭。「過來跟我坐一桌，湯瑪士。別他媽坐這個爛酒吧凳。」

我脫下大衣，掛到門旁的木衣鉤上。酒吧裡還有其他味道，像香水、洋芋片和潮溼的皮革味。

「所以老弟，你在傻妞那裡寫得怎麼樣？酒來了。謝了，強尼。」

我喝一小口啤酒，也嚐口威士忌。前一口很苦，後一口更苦，威士忌下肚便在腹中悶燒。但在外頭走這麼久之後，那感覺很好很溫暖。

「我猜我確定一件事，老弟。自從費爾．沐恩的意外之後，我猜安娜對你不太高興，是不是？」

「你說的對。」我又喝了點威士忌。

「是啊，我想也是。你有聽說柯林斯家嬰兒的事嗎？」

「有。是寶寶還是……狗嗎？」

理查一笑，一口乾了啤酒。「我想是吧。我上次聽說是。最近這裡的事情變動得好快，你永遠說不準。」他喝點威士忌，笑容從臉上消失。「我告訴你一件事，老弟，這事情嚇死我了。」

我弓身靠向桌前，想盡可能壓低聲音。「可是你怎麼會怕，理查？其他人我能理解，我是說其他人擔心都有道理……可是你是正常人。」我朝他壓低頭，悄聲說出這幾個字。

「正常人，媽的！**我**當然是，但我老婆不是，我孩子也不是。你知道我的雪倫最近發生什麼事嗎？我上週一早從床上醒來，翻過身去看到我身旁枕頭上躺的是他媽的**克朗**！你相信這種事嗎？」

我沒說話，但我相信。我們去吃晚餐那天晚上我就親眼看過了。

「我沒在跟你亂扯，湯瑪士。突然之間，所有馬歇爾的角色都開始跑來跑去。不只是事情不照日誌走，他們全混在一起，變來變去。你看柯林斯家的孩子。一秒還是小孩，下一秒變他媽的條狗！」他一把拿起我的威士忌，手腕一抖就喝了。「我他媽一個大男人該怎麼辦，啊？我現在甚至轉個身，心裡都在怕我老婆或女兒變了個樣。要是有一天，她們變不回來怎麼辦？」

「她們的反應怎麼樣？」

「還能怎麼樣？她們嚇都嚇死了！」

「現在有多少人發生這種事？」

他搖搖頭，把shot杯倒扣在桌上。「我不知道。還不算多，但大家都害怕自己會是下一個。我想知道的是你什麼時候會把那本鬼書寫完。」

點唱機仍在播歌，但我們身邊所有人都不說話了。

我忍住呵欠，超想一溜煙逃出那裡。「我寫了不少。可是還有好多內容要寫。這我一定要先跟你說。我不想說謊。」

「那沒有回答他的問題，艾比。」

「我能說什麼？你想要我說什麼？那本書十分鐘就完成了？不可能，書不可能十分鐘就寫完。你們所有人都希望這本書要寫好、寫對，可是你們又全都希望現在就完成。啊，這不就很矛盾嗎，對不對？」

「去你媽的矛盾，王八蛋！」

「好啊，去你媽的！幹！又不是你在寫。如果書最後寫爛了，那這裡什麼事都不會發生。這就是法蘭斯偉大的原因，你不懂嗎？那就是你們全都**存在**的原因。世上沒人能像他寫得一樣好。老天啊，你們為什麼都不懂？不管誰來寫這本書，都必須努力寫到他那麼好……我不知道，要比他寫的書**更好**……日誌、所有一切都一樣，一定要更好。一定要。」

吧檯陰溼的深淵中傳來另一個人的聲音。「幹你媽的屁話一堆，艾比。你最好快點把那本書寫一寫，不然我們搞死你，像另一個傳記作家一樣。」

門打開，一對胖男女走進酒吧，兩人眉開眼笑的。我從來沒見過他們，應該是外地來的正常人。那人用帽子拍拍腿。「我不知道這城鎮到底叫什麼名字，多莉，但只要他們賣我酒，那就是個親切的好地方。你們好嗎，朋友？外頭天氣比捕狗隊的鐵石心腸都還冰冷，是吧？」

他們坐到我面前的酒吧凳上，我很高興他們進門了，巴不得吻上他們一吻。我起身就走。理查手裡拿著空的威士忌杯，緩緩在指尖轉來轉去。他看著我站起，但沒再多說一句話。我走去拿大衣。我望向吧臺，看到胖夫妻熱烈和酒保聊天。

我走到外頭，寒風簡直像把我活生生吞了，但這次我甘之如飴。一輛福特廂型貨車開進停車場。《歡笑國度》的蜘蛛臉神父下車，將紅色羊毛夾克的衣領翻起。他看到我，隨意朝我揮個手。「你好嗎，湯瑪士？你書寫得順利嗎？」

他大步朝巨大的櫟木門走去，推門進去了，依然維持蜘蛛臉神父的模樣。

我停在原地等著看接下來會發生什麼事。如果胖夫妻沒進門，這事其實沒什麼大不了，但他們就在裡頭，究竟誰會負責解釋他們眼前的景象？

門突然打開，三人衝出酒吧，蜘蛛臉神父被兩人架在中間。酒吧門碰一聲關上，接下來四周只剩下腳沙沙踩過爛泥的聲音。他們快走到廂型車時，梅爾．杜岡看到我停下來。

「你趕快寫完那本他媽的書，艾比！再不寫完，我就把你他媽的鳥蛋割了！」

我看一下電視節目表，看深夜要播什麼電影。十一點半有《和平咖啡館》。現在已經十一點二十五分，所以我從冷藏櫃拿了可樂，還有一些我從超市買來的甜椒起司。

電視是老式木框的飛歌牌黑白大螢幕電視。寒冷的夜裡也是個很好的暖腳機。我將搖椅搬到電視前，把可樂和起司放到電視桌上，穿著襪子的雙腳放到電視機旁。音樂輕快響起，結合了《馬賽曲》、《統治吧，不列顛尼亞！》和《為妳，我的國家》三首愛國歌。你一定要記得，這電影拍攝於一九四二年。

先是一個巴黎鐵塔的鏡頭，接著緩緩的搖鏡拍到香榭麗舍大街。四處都貼滿納粹的旗幟。電影剪接到一間香菸店，一個戴著貝雷帽的胖小販賣份報紙給個孩子，賣香菸給個老人，接著他從櫃檯下拿一疊雜誌出來，放到一人手上，但那人沒給錢。胖小販將雜誌拿過去時，鏡頭照著他的臉。他表情全是崇拜。聲音出現，那人用法語說了聲「謝謝」。鏡頭緩緩移動，從他的手、手臂到他的臉。**他**的臉。他眨個眼，手臂夾著雜誌，走出香菸店。那是他早晨在街角咖啡店要看的。

我手中拿著一片甜椒起司，正打算吃下肚時，不覺開始大哭。

他緩緩走下街道。這人走得不疾不徐。坦克車從他身邊轟然而過。有著側車的機車載著一個個穿著德軍軍服德高權重的男子經過。

我從椅子上站起來，轉掉聲音。我只想看他。我不想去注意這部片的劇情或動作。我想看我的父親。房間燈都已關上。只有電視機照到客廳地板的光。

「爸？」我知道這很瘋狂，但突然之間，我對著螢幕中的他說話。「喔，爸，我該怎麼辦？」他走到角落的麵包坊，指著櫥櫃裡他想要的三塊派餅。

「爸，我到底該怎麼辦？」我用盡全力閉緊眼睛。我感到淚水在我臉上劃下淚痕，伸手去擦。「我的**老天**啊。」我用手掌底部壓住眼睛，眼皮下燦爛的完美色彩向外爆開。我壓到眼睛發疼才放開手，眼前還花花的，又繼續看他。他現在走到麵包坊後頭，爬下活板門後的樓梯。他頭要不見之前，他停下來，脫下帽子。聲音雖然關了，但我知道他說了什麼。「替我保管好帽子，羅勃。這是我生日禮物，如果我弄髒，她會把我丟到油鍋炸了！」

「幹！去你媽的，臭老爸！一切對你來說總是這麼順利！你他媽有新帽子，大家都愛你。你甚至死得那麼乾脆。幹！幹！幹！」我關了電視，坐在黑暗中看螢幕光漸漸從灰色變為棕色，最後一片漆黑。

我眼睛睜開，十分清醒。我看向手錶的綠光，發現時間是凌晨三點三十分。我像這樣中途醒來的話，通常要很久才能重新入睡。我雙手枕在頭下，看著上方的黑暗。四周只聽得到我瘋狂運轉的手錶和外頭吹拂的風。接著有別的聲音。從外頭傳來的。外頭風中和藍黑色的夜裡，有別的聲音。我轉頭面向窗。就在那，牠的臉和爪子用力壓在玻璃上。牠的身體發光，像是沒點著的白色蠟燭。

我一聽到芙列契太太開走，我馬上從衣櫥拿出行李箱，開始把毛衣、襯衫和褲子從衣架扯下來。我需要帶什麼？一件薩森妮的裙子落到我頭上。我扯下來，扔到地上。我叫自己冷靜，別緊張，她回來之前至少還有一小時。如果你冷靜，打包離開只需要十五分鐘，我停下來，試著穩定呼吸一會兒。我聽起來像在大熱天氣喘吁吁的狗。

逃跑時要帶什麼？當你知道所有噩夢都緊追在後時要帶什麼？東西就好。你把一堆東西扔進包包，用力關上，甚至放棄思考，因為思考要花時間，你沒有多少時間了。

電話響起。我想不理它，但大家知道我在家，安娜知道我在家，我希望一切感覺很正常，直到我跳上車逃的那一刻。電話已經響到第五聲。光是這件事就很糟了，因為大家這時已經知道我平常都是一、兩聲就接電話的人。

我清了清喉嚨才接起。「喂？」

「喔，湯瑪士，你在啊。是我，薩森妮。我在巴士站。我到這裡了。我到加倫了。」

「喔，老天！」

「嗯，多謝喔！真抱歉——」

「閉嘴，薩森妮，閉嘴。聽著，呃，聽著——我十分鐘過去。在那等我。你到大門口等我。不要動。」

「你是怎麼回事？什麼——？」

「聽著，照我說的話做。待在原地。」

她一定感受到我語氣中的恐懼，因為她只回答：「好。我會到門口。」接著她便掛上電話。

我用塊綠毛毯裹住我的行李箱，拿在身前搬到外頭。如果有人在看，我希望他們覺得那只是一個包裹，或要洗的衣物。我擠出一點笑容，高興走向車子。結果我踩到一塊冰，差點摔倒。我站穩時，我相信上百雙眼睛從四面八方注視著我。我直直看著前方。

「艾比剛才出來了。」

「他在幹嘛？」

「他手裡包著某種包裹什麼的。」

「不是行李箱吧，是嗎？」

「我覺得不是。看起來像……不知道，我不知道像什麼。也許你應該自己看看。」

「也許我們應該打電話給安娜。」

等我掏出鑰匙，手忙腳亂開著車門，我知道我隨時會聽到一聲大叫，和一連串的腳步聲。我將車門打開，態度隨意到不行，彎身把毛毯包裹的行李箱放到後座。

車鑰匙插入，點火開關。轟轟轟。我要等兩分鐘熱車，因為我早上總是會熱車。即使我想，今天也不會來個利曼賽起跑[69]。沒有什麼值得起疑的地方。我目光從擋風玻璃瞄到後視鏡，尋找安娜金白色相間的道奇車，或芙列契太太黑色的漫步者車。

我開上街時，輪子打滑空轉一陣，但後來輪子終於咬到地，車子開始向前。這是我第一次心臟病發作，後來開往巴士站一路上，又遇上十幾次。有一次是我以為自己看到道奇車。

69 利曼賽是法國二十四小時耐力賽，早年比賽槍響時，賽車手要從賽道一側跑步出發，並跳上車，發動賽車起跑。

有一次是我的車在街上左右飄移。我還遇到一臺貨運火車過平交道，它有七百六十八節車廂，速度慢得跟蝸牛一樣。

我在平交道前等火車經過時，某個討人厭的小鬼朝車丟雪球。雪球擊中側窗，我嚇得甩頭去看自己要被什麼怪物吃了，結果拉傷脖子肌肉。我唯一看到的就是他乾瘦的小身子跑遠了。

火車最後一節經過，平交道柵門升起。巴士站再兩條街就到了。我的計畫是接薩森妮之後，直接衝上州際公路，頭也不回至少開個兩小時，再停下來喘口氣。

她在和芙列契太太說話。他們兩人站在藍色的巴士站前方。我看到他們吐出一團團白霧，像在寒風中以煙傳訊。

「嘿，你看多巧，湯瑪士？我剛才買完東西回來，她就在這，站在寒風中。她坐早班巴士來的。」

薩森妮想擠出笑，但放棄了。

「好了，我不會再當電燈泡。我回家了。我晚點再跟你們倆聊。」她摸摸薩森妮手臂，給我個意有所指的表情，消失在建築的轉角。

「來吧。」我拿起她行李箱，準備越過街。我聽到她跟在我後頭咳了咳。聲音低沉潮溼，咳到停不下來。她連擠出一句「等我一下！」都辦不到，我轉身，她已彎下腰，一手抱著肚子，另一手摀著嘴。

「妳還好嗎？」

她一直咳，但同時搖搖頭。

我摟住她，將她拉向我。她喘著氣，呼吸聲粗重，全身無力地靠到我身上。我帶她走到車另一邊，替她開了車門。她坐下來，頭向後仰靠在椅枕上。她不再咳嗽了，但她剛才咳到雙眼都是淚。

「我生重病了，湯瑪士。我自從離開你就開始生病。但最近情況變得更糟了。」她從椅枕轉頭望著我。「茶花女[70]，嗯？」她雙眼緊閉，又開始咳嗽。

「沒辦法。這件事我也無能為力。」

「安娜，幫幫忙，拜託！妳心沒那麼壞吧！」

我帶薩森妮回家，扶她上床。幸好她馬上睡著了。我一整理好，便馬上出門，來到安娜家。

「這跟我沒有關係，湯瑪士。這寫在日誌裡。注定會發生。就這樣。」

「但日誌裡所有事情都亂七八糟。為什麼這件事不受影響？她離開了，不是嗎？她如妳

70 《茶花女》為法國小說家小仲馬（Alexandre Dumas, 1824-1895）的作品，內容為一名年輕富家公子與巴黎上流社會交際花之間刻苦淒婉的愛情故事。

所願離開了。」

「她不該回來。」她語氣非常冰冷。

「她什麼都不知道，安娜。我從來沒對她透露任何一個字。她嚇死了。老天啊，妳這輩子難得有點同情心好不好！」

「湯瑪士，日誌上說不必要的人待久了就會生病，最後死亡。如果他們離開，他們就會康復。薩森妮離開時沒生病，不是嗎？你自己說她沒生病。總而言之，日誌還是出問題了。她**離開**才生病。應該是反過來才對。我對這一切再也沒有把握了。」她雙手一攤，甚至第一次露出抱歉的神情。

我比其他人更早發現，只要薩森妮在家編輯手稿或我們兩人**一同**在加倫，都讓加倫回歸正常。

她休息夠之後，她讀了這段時間我寫的書稿，並把稿子批得體無完膚。這裡不對。我這裡為什麼要談這個，為什麼不談那個？無論如何，這段都不相關，加進去好蠢……她跟我說可能要把我寫的刪掉三分之二。

我把薩森妮的建議放在面前，開始重寫的第四天，柯林斯太太回到廚房餵牛頭㹴時，她發現寶貝女兒睡在火爐旁的箱子裡，裡面鋪著新撕的報紙。

雪倫．李原本都足不出戶了（還有幾個鎮民，包括蜘蛛臉神父），現在再次出現在鎮上購物，笑容滿面，好像自己贏得愛爾蘭抽獎大獎。

薩森妮不再咳嗽了。我跟她說，安娜和我再也沒有一起睡覺了，但我沒告訴她其他事。我瞭解她對這本書多重要時，我花一個早上向安娜解釋。她聽完之後說，她必須親自確認。柯林斯寶寶變回來之後，她認同我的看法。我們不會告訴薩森妮真相，但她可以留下。

加倫再也沒出任何意外。

九

我聽到她穿著我幫她在懶人賴瑞店裡買的毛絨拖鞋，啪啦啪啦走到書房。

我工作時她從來不會吵我，所以我把筆放下，轉身面對她。她看起來氣色好多了。她雙頰有了血色，胃口也都回來了。其實她手裡現在就拿著一片巧克力碎片餅乾，上頭咬一半。餅乾正是區區在下我今早烤的。

「你寫到哪了？」

「一樣。我在把一些內容打上去。法蘭斯要上火車來這裡了。怎麼了？」

她把餅乾扔到垃圾筒，望著我。我看著在垃圾筒的餅乾。

「我有幾件事要跟你說，湯瑪士。我回來有兩個原因。但我到的時候，我不知道我該不該說。然後我又生病了……但我必須把事情告訴你。」她走過來，坐到我大腿上。她從沒這麼做過。「你有聽過席尼．斯維爾嗎？」

「席尼誰？聽起來像個英文老師。」

「席尼．斯維爾是從普林斯頓大學來寫法蘭斯傳記的那個人。」

「真的？妳怎麼查的？」薩森妮真的是辦案女王。我好幾個月前就心服口服，但她挖出不可能發現的寶貴資訊時，我仍會情自不禁感到驚訝。

「那是我去聖路易其中一個原因。我怎麼發現的不重要。」

「威金斯？」我在椅子上盡可能向後。

「喔，別鬧了，湯瑪士，拜託。這很重要！席尼．斯維爾來加倫兩週。他離開時，應該是要去加州，他有個哥哥住在聖塔克拉拉。」她舔嘴脣，清了清喉嚨。「但他從來沒到那。他在密蘇里州羅拉市的休息站下巴士，接著便從世界上消失了。在那之後，沒人見過他，包括他哥哥。」

「什麼意思？」冰蜥蜴沿著我脊椎走到一半，等她開口，再繼續往上爬。

「他不見了。沒消沒息。再也沒有足跡。什麼都沒有。」

「那他哥哥呢？他有做什麼？」我將她從我大腿推開，站起身。

「斯維爾家人報警，後來他們沒任何發現時，他們又雇私家偵探花了六個月搜索。還是什麼都查不到，湯瑪士。」

「哇，真神祕。」我看著她，她沒有在笑。

「我有第二件事想告訴你，這是我在這裡發現的。拜託不要生我的氣。安娜有沒有跟你說過一個叫彼得．墨西哥的人？」

我從椅子上身體前傾。「有，他是她大學時的愛人。他死於心臟病。」

「不，湯瑪士，他不是死於心臟病。安娜和彼得．墨西哥當時在倫敦地鐵站，結果他掉到列車前被撞死。」

「什麼？」

「對。警方有展開調查，但有些事一直沒釐清。月臺除了一個醉漢之外，只有他們兩個人在。」

「安娜？席尼．斯維爾發生什麼事了？」

「席尼．斯維爾？」她朝我微笑，眼睛迅速眨了幾下。非常嬌媚可愛。「席尼．斯維爾離開這裡，感謝老天，後來沒人再見過他了。」

「這是什麼意思？」我努力讓語氣充滿好奇，而不是恐懼。

「他不見了。噗。他離開那裡，坐巴士到羅拉市，然後就消失了。警方到這裡搜查和問問題好幾天。感謝老天，幸好他消失的時候沒住在鎮上。那對我們會非常麻煩。」

「妳不覺得奇怪嗎？」

「不會，完全不會。他是個自大的混蛋，不見最好。」

記。」

「這也太狠心了吧，那人搞不好死了。」

「又怎樣？我要說很遺憾嗎？我才不要。看他一眼就知道，他永遠不可能寫出父親的傳記。」

今天有個驚喜，我決定給她看一份書稿。傳記第一部分的草稿已經完成，我覺得正好可以讓她看看我和薩森妮的進度。有點像向她再次證明薩森妮留下來是件好事。

書稿還有許多內容要寫，所以在那時，我還沒去想寫完之後會發生什麼事。我知道有許多危險的可能性，但那都還好遙遠，未來像一團迷霧，白茫茫的，充滿不祥的氣息。

當然我知道傳記寫成的話絕不可能出版。讓書重新燃起大眾對馬歇爾．法蘭斯的興趣？讓大家跑來加倫，張大嘴巴四處參觀偉人生活的地方？不可能，這傳記只是一個達成目的的手段。除了薩森妮，我們全都知道。

但要是我沒成功怎麼辦？如果我們失敗，安娜計畫要怎麼對付我們？讓我們住在加倫？讓我們像席尼．斯維爾一樣消失在人世？殺了我們？（那天晚上在酒吧，那人提到對另一個傳記作家做的事，我現在記憶猶新）。

這我全想過了，但那應該是好久以後的事，至少好幾個月以後。總之我們一件事一件事處理。薩森妮身體好了，我寫得正順，內容源源不絕像尼加拉瓜大瀑布一樣流出，鎮上沒再出現克朗，也沒有東西從窗戶外盯著我看……

安娜給我一塊蛋糕。仔細來說，那是奧地利式的奶油圓蛋糕。那是她唯一做得好吃的東西。

「湯瑪士，你多久會寫到父親抵達加倫的場景？」

「多久？現在快寫好了。我已經寫了一次，但薩森妮說應該要更有張力、更戲劇化。她說現在不足以表達這件事的重要性。」

「對，那還要多久？」

我小口吃著蛋糕。「我不知道。今天星期幾？星期二？我猜大概星期五之前會寫好。」

「你能不能……？」她笑了笑，垂頭看地板，面帶羞色，好像她想要求我做一件不可能答應的事。

「什麼？我可不可以怎樣？」難得看到安娜難為情和害羞。

「你覺得你可以在下午五點三十分之前寫完嗎？」

「當然可以。幹嘛？」

「就迷信。你看嘛，他坐的火車是五點三十分抵達，然後……我不知道。」她聳聳肩，嫣然一笑。「就是迷信。」

「不會、不會，我可以瞭解，安娜。尤其在加倫我特別能理解！」

「好，我本來沒打算跟你說，可是我打算替你們來辦個派對，慶祝父親抵達加倫。」

「那妳最好天天祈禱，等六個月之後。」

「不是，我是指象徵上的。我一看到書的進度，就想到父親在書裡抵達鎮上那天，我可以替你們辦個派對。原本是個驚喜，但大家湧向你的時候，你就假裝很驚喜就好。」

「你打算邀請全鎮的人啊？」

我本來是在開玩笑，但她笑容綻放，牽起我兩隻手臂，將我拉到沙發上，坐到她旁邊。

「哇！我想現在只能告訴你全部的計畫了，你聽聽看我的想法。我想這麼做，湯瑪士。你寫完他抵達的場景，對吧？然後**那天**，我們鎮上所有人五點三十分會去火車站，假裝他坐火車來了。」

「可是再也沒有載客車會停加倫站了，不是嗎？」

「對、對，大家假裝的！這樣不是很棒嗎？像是冬至節！五到十分鐘之後，我們每人會帶點食物，走回到你家，一起吃頓晚餐。」

「在我家？」

「對！你和薩森妮會讓他起死回生，所以我們會帶禮物。貢獻給打字機之神！」她把我拉近，親吻我臉頰。我發覺我們上次做愛已經隔了好久。「這樣不覺得很棒嗎？那會像以前火炬遊行。你和薩森妮待在家，然後突然你們會聽到一大群人從街上走來。你們兩人從窗戶向外看，會看到上百個人端著食物、拿著火把，走到門口。很神奇吧！」

「這聽起來像是三K黨的聚會。」

「喔，湯瑪士，不要這麼憤世嫉俗又負面嘛。」

「對不起，妳說得對。但我們不能也去火車站嗎？我是說，既然我們是起死回生的使者之類的？」

她咬著嘴脣，看著地板。我知道她打算拒絕我。「你希望我老實說嗎？我們已經討論過這件事，大家都希望你讓我們獨自待在那裡。這事我說出來很不好聽吧？有害你很受傷嗎？」

對，有，但我明白她為什麼這麼說。不管我們在讓馬歇爾．法蘭斯起死回生中扮演多重要的角色，我們永遠不可能成為加倫的一分子。永遠不可能。

「沒關係，安娜。我完全理解。」

「真的嗎？你確定嗎？我不希望自己——」

「不會，聽著，別再說了。我完全理解。我們會待在家，等你們的隊伍過來。」我朝她笑了笑，親一下她臉頰。「而且我答應妳在星期五五點三十分前寫完。」

薩森妮稱之為「幽靈返家日」派對，她喜歡這主意，除了安娜在這點。她不想見到安娜。就算在人群中也一樣。目前為止，她們都成功避開彼此，但那只是因為薩森妮不常外出。

最後我說服她，就算那老女孩那天晚上也在，人會多到她輕易就能躲開任何面對面的機會。

我花一整個下午研究加倫火車站，這樣我才能寫出內外每一寸的細節。火車站建在一九〇七年，但歲月卻對車站手下留情。我走到月臺上，左右望出鐵軌。上頭什麼都沒有。就連旁軌上也沒停半臺鐵路棚車。地上仍有一塊塊稀疏骯髒的殘雪。

但馬歇爾・法蘭斯曾坐火車來到這裡。這是他醉心於火車站的原因之一。「出站和進站，起點、終點和過程。」這句是他日誌中寫的，不是我說的。

我站在那看暗銀色的鐵軌，我不知道自己最後會不會改寫傳記，讓他的人生最後不會死於心臟病，讓他……心臟病發但不知何故活下來？去到某個地方，後來回來鎮上？我不知道。那全是好遙遠的事。我搖搖頭，走回車上。

那一整週加倫都吵吵鬧鬧的。店裡都擠滿人，每個人在街上看起來都像有忙不完的要事，就連消防隊都自發性把消防車開到街上洗乾淨，準備遊行。空氣中瀰漫一股像聖誕節前的興奮，光是走來走去，沉浸在那氣氛就很有趣，因為我知道這一切是因為我。都是因為我。

「嗨，湯瑪士！週五都準備好了？我們要辦場派對！」

「湯瑪士，你把那部分寫完，剩下交給我們！」

我在綠酒館得到一杯免費的酒，在裡頭我感覺自己就像個意氣風發的英雄。

偶爾有人會做些怪事，像有人在街上看到我走向他，他就會趕快衝向車，把後行李廂蓋快速關上。我猜他們替我們準備了特別的食物或小禮物，希望是個驚喜。我全心期待。

我在星期五早上十點寫完那場景，一共十一頁半，我把稿子給薩森妮看，她讀的時候，我站在房間角落。她抬頭看向我，一臉專業，朝我點頭。

「寫得很好，湯瑪士。我真的很喜歡。」

我打電話給安娜通知她。她聽起來很開心，並告訴我時間正好，因為她才剛買了幾百袋麵粉回來，她打電話告訴大家之後，馬上會開始做奶油圓蛋糕。她提醒我叮嚀薩森妮別靠近爐子。他們會負責準備所有食物。

午餐前我出門散步，街上一片荒無。空氣中飄散著期待（你可以感覺得到），但放眼望去空無一人，像是一座鬼城，現在才有臺車開過去進行祕密任務。我放棄回家。

芙列契太太家接下來飄著某種美味的肉香。雖然我非常討厭派對和社交聚會，但我對今晚感到無比興奮。

四點鐘，薩森妮停下手邊最新的木偶工作（結果竟然是牛頭㹴），然後關到浴室洗頭和洗泡泡浴。

我試著去讀貝特罕的《童話的魅力》[71]，但沒有用。我先是好奇薩森妮有沒有跟吉歐夫・

71 貝特罕（Bruno Bettelheim, 1903-1990），美國心理學家，專門研究孩童心理的問題。《童話的魅力》獲得美國國家圖書獎和書評獎。

威金斯睡覺，接著一直猜樓上在煮什麼。

四點四十五分，芙列契太太沒說再見，也沒吩咐樓上烤爐要怎麼辦便出了門。我看到她走到街上，不久便不見蹤影，我知道自己非常想在五點半去火車站看他們要做什麼。我告訴自己，我有權去那裡。他們本來就應該邀請我們一起去，媽的！

我起身走到浴室門口。我猶豫一、兩秒，然後走進去。裡面都是灰濛濛的蒸氣，溼氣讓我都悶出汗了。

「薩森妮？」

「怎麼了？」她從浴簾之間探出頭，瞇眼看著我。她的頭髮都是白泡沫。

「薩森妮，我不管了，我要偷跑去火車站看他們在幹嘛。我只是想看他們會做什麼。」

「喔，湯瑪士，不要啦，真的。如果有人看到你，他們會非常生氣——」

「不會、不會，沒有人會看到我。我五點十五分會溜出去，馬上趕回來等遊行。拜託，薩森妮，一定很棒。」

她手指勾了勾，要我過去。「我愛你，湯瑪士。我離開時每分每秒都想著你。拜託不要讓別人看到你。他們一定會氣瘋！」她手勾住我脖子，水流到我背上。她將我拉過去用濡溼的脣深深吻我。

我離開屋子，像阿里巴巴中的大盜躡手躡腳走下樓梯，天已經黑了快半小時。今晚外頭的感覺讓我覺得會再下雪。天沒有像之前那麼冷。四周非常安靜，天空呈現下雪前那種牛奶巧克力般的棕色。

十

我花了三年多一直在想，我為什麼沒趁所有人在火車站準備「抵達」那一刻，把薩森妮拉進車裡，趕快逃出加倫。

我們在格林德瓦時，他有天坐在鎮中間陽光普照的陽臺餐廳，抬頭看著艾格峰問我這問題。我望向他，但早晨的太陽剛好在他身後，所以我轉回來看著山峰。

「天曉得，我真應該這樣。老天，那一定他媽超容易！但你一定要考量當時發生什麼事。我再怎麼神經，我也從不曾想過我有藝術家的天份。結果突然之間，我就接近像……我不知道，**普羅米修斯**什麼的。從神祇手中偷來了火！透過我的藝術，或其實是透過**我們的**藝術，我們將重新創造一個人類。而且和我一起合作的人就是我的愛人！我想相伴一生的愛人。還有其他各式各樣的原因。在那種時刻，總是有無數的事情要考量。加倫人再次擁戴我，當然那完全是自尊心在作祟。甚至安娜也照我跟她說的做……薩森妮回來時，鎮上馬上恢復正常。我覺得自己無敵了。只要我們兩個在一起，我們就不會出事。怎麼可能嘛？我們是新一代的馬歇爾・法蘭斯，你知道嗎？我們擁有他的力量。我們控制了那整座鬼城鎮。」

「所以你從來沒有想過……」他看著咖啡杯，不想讓我尷尬。

「想都沒想過。」我拿起我的義式濃縮小湯匙，放到杯子裡。

街道兩邊的屋子燈都亮著，色彩繽紛，但裡面都沒有一絲生氣。所有人都在加倫火車站，全都很開心自己能出門，期待馬歇爾・法蘭斯未來真的回來，永遠接管大家生活的那一刻。

我一路上都聞到松木和汽車廢氣味，並走到我越過好幾次的火車平交道。我看了看手錶。時間是五點二十一分。接下來沿著平行鐵軌的路走，大概五到八分鐘就會到車站。時間是有點趕，但很刺激，我感覺到胸中的心臟怦怦跳動。

我右轉向東走上漢芒街，跑一段走一段的。人行道上有些殘雪，我鞋底都有感覺，像踩在尖銳的石頭上。

我喘著氣，手臂在我身側擺動，不斷向前。他們在那裡幹什麼？五點三十分時，他們臉上會有什麼表情？會發生……？這時我聽到遠方傳來的聲音。我停下來，雙眼模糊。兩聲短汽笛傳來，緊接著又是一聲長鳴。長汽笛聲像古怪生物的叫聲一樣，高聲響起，迴盪良久。我從人行道跳回馬路上。汽笛再次響起，這次更近了，火車已快進到加倫火車站。**可是沒有載客車會停加倫站啊……**街道尾端是個小圓環，我越過矮石牆，繼續向前跑。我終於看到火車站。火車站燈火通明，好像他們在拍電影一樣。那些燈光從哪來的？月臺上上百人在那徘徊。我距離仍太遠了，認不出任何一人，但現場傳來好多聲音，大家同時七嘴八舌說著話。這時有人大喊：「那裡！那裡！」其他人都安靜下來。車站另一端的黑暗中，從東方、紐約、太西洋和奧地利方向，一道淡淡的黃光出現，我停下腳步，不再往前跑，我看到火車頭駛近車站。我站在那裡，全身顫抖。那是老舊的黑色火車頭，火星和蒸氣從煙囪冒出。車緩緩進站，然後再向前拖行，把後頭銀光閃閃的乘車廂拉到和月臺平行。

火車停了。除了引擎嘶嘶聲和鏗鏘的撞擊聲，現場一片寂靜。

我依稀看到車長下了車，群眾推擠向其中一截車廂。

這時一股不可思議的熱氣擴散開來。我光用看都看得到，那股熱氣湧到我身上時，感覺像一陣的夏日炎風。風不算太強勁，令人神清氣爽。我記得自己覺得非常舒服。

月臺上的人開始擠向火車。他們又七嘴八舌起來。

這時我身後爆炸聲響起。巨大的爆裂聲劈空傳來，我想都不想轉身去看發生什麼事。油黃色的火焰雲團團燃起，上升到中途，又落到房子和樹的高度。一股股烈焰不斷向上冒出又消失。

我轉身望向火車站，發現眾人圍在月臺某個東西旁。沒人轉身去看爆炸。火車汽笛鳴響兩聲，開始軋軋向前。

我再次跑向漢芒街，衝向我家。我聽到火車汽笛響起，看到前方天空的火焰。

火車加速，我到平交道時，火車就在我身後，我再次左轉，跑上我家的街道。我看到火焰，確定是哪棟房子爆炸。我想停下腳步，仔細看那畫面，消化剛剛發生的事。要是有人房子燒毀、妻子中彈、孩子被車輾，他都有這個權利。厄運降臨的人有權利看自己要面對的未來。但我沒停下腳步。我聽到後頭火車經過的聲音，我繼續向前跑。房子在街中央，像孩子的仙女棒。

「安娜！安娜！妳真是他媽太聰明了！妳這計畫他媽太聰——明了！」

這一切其實就足夠了，對不對。要我們寫個初稿，寫得好到不需要再修改或重寫。寫到馬歇爾．法蘭斯來到加倫那一刻。然後走到火車站，看成不成功，看車有沒有在五點半抵達……看他有沒有在五點半抵達。沒有的話，那妳沒什麼損失。有的話，你唯一要做的就是把作家解決掉，解決證據。不需要他們了。父親回家了。

我站在街對面看大火燃燒的屋子。我無法再靠近。殘骸到處都是，有的殘骸還在燃燒。那裡有一個枕頭、倒過來的椅子和許多書本。前柵門附近有個屍體的殘骸。殘骸上還有我在懶人賴瑞買的那件亮紅色羊毛夾克的碎片。

我不知道我有多少時間，但我不能浪費每一秒。我的車就停在幾公尺之外。火焰吞噬了一切。我上了車，黃色的火光映在儀錶板上。我記得自己在想，我好一陣子不需要開頭燈了，因為四周好亮。我打了檔，緩緩開走。我還沒駛離那條街時，另一聲爆炸聲傳來。充油式電暖氣？另一根火藥？我看向後視鏡，無數東西以慢動作高高飛到房子上方。

尾聲

我那天看到一隻牛頭㹴。在那件事之後，這不是我第一次看到，但這是我第一次沒有退縮和跑走。他全身白色，有著黑色斑點，讓我想起《小搗蛋》[72]喜劇中的狗狗彼得。我坐在咖啡店前的圓形鑄鐵小桌，喝著法國茴香酒，在日記寫些東西。

車子引擎掛了，但幸好鎮上有間雪鐵龍汽車修理廠。有個男的戴著藍色貝雷帽，抽著黃色的吉普賽人牌香菸。總之停下來休息幾天沒什麼不好。我從史特拉斯堡馬不停蹄來這裡，都是我在開車。但我們一到布列塔尼，天空晴朗，太陽普照，像鋪出一塊歡迎我們的地毯。

狗的名字叫波波，他是咖啡店老闆的狗。我看了他一會兒，繼續寫日記。加倫的事之後，我就很習慣將生活發生的事記錄下來。

我在密西根州柏克買了這本筆記本。第一大段寫了好幾頁。文句跳來跳去、亂七八糟、

72 《小搗蛋》（*Our Gang*）是一系列美國喜劇短片，內容描述貧窮社區中一群孩子的冒險故事。

充滿妄想。寫了一大堆「他們要來抓我了！」這種話。我當然還是有這種焦慮，但過了三年之後，什麼樣的生活都能習慣，即使是那件事也一樣。我不知道他們多久才發現我沒死在爆炸之中，但我一開始就知道，他們一確定之後，他們會來追殺我。

所以我馬上逃跑，我在底特律市短暫停留，取得一本護照，隨即過河去了加拿大。我在多倫多書店工作一陣子。然後跟美國的銀行聯絡，請他們將我所有錢轉帳到那裡。錢轉帳完成後，我便辭職，跳上飛機飛到德國法蘭克福。從那時起，我的行程是什麼樣子？法蘭克福、慕尼黑（剛好來得及去啤酒節）、薩爾茲堡、米蘭、斯特雷薩、采馬特、格林德瓦、蘇黎世、斯特拉斯堡、迪納赫……

我母親仍然不知道到底發生什麼事，但她人很好，從來沒多問。她突然收到我電報，我請她把父親她手邊所有傳記資料都寄來，兩週之後，一個仔細封好的包裹透過國際快遞，送到了阿騰斯泰格搞笑的小郵局裡。裡面裝滿了書本、文章和泛黃的工作室手稿，這些她一定收集好幾年了。

我在德國的冬天開始寫傳記，並在沒多少旅客的山中小鎮繼續寫。每天除了寫書的時間，我腦中一直想著薩森妮。我哭過，也恨自己沒能救她，我好想念她。其實我覺得我對她的想念，可能比我對她的愛還強烈。如果這話聽起來很怪，對不起，但這是我現在唯一能表達的方式。

我開始寫書也是因為在我想出自己未來的打算之前，我需要找個踏實的事情來做。我唯一確定的是，有一天我在荷蘭、希臘或某個地方轉身時，會看到一張加倫的臉孔朝我露出邪惡的微笑。但他們會追殺我多久？永遠嗎？還是要到他們確定我不會因為薩森妮的死報復他們？我開始寫父親傳記，是為了讓我不要一直去害怕，也因為薩森妮說，寫傳記對我來說是好事，再加上這也是我想做的。

那年我日記沒有多少長篇的記錄。只有一些興奮和難過的小事，因為我大多沉浸在電影明星史蒂芬・艾比的人生中，我偶爾跳脫出來時才匆匆記下。

我寫到他從北卡羅來納州到紐約百老匯闖蕩時，有天去郵局意外在櫃檯人員身後的桌上，看到一個寄給理查・李的包裹，寄件者屬名蓋斯索斯・史坦鮑爾。謝天謝地，幸好歐洲郵局這麼小。三秒鐘之後，我包包和筆記全都扔到全新的雪鐵龍 2CV 車上，我馬上用那大眼蛙車以最快的速度開往山裡。我在斯特雷薩待了三個月，因為那裡景色優美，空空蕩蕩，亨利中尉和護士凱薩琳[73]曾在那休息，後來才划船越過馬焦雷湖到瑞士。

真蠢，居然派理查來追我，但背後可能有其他目的。也許現在他復活了，他們就想完全淨化加倫，希望馬歇爾・法蘭斯的鎮上不要有正常人。至少安娜不需要再幹理查了。沒錯，

73 兩人出自海明威《戰地春夢》（*A Farewell to Arms*），這是一本半自傳體小說，創作靈感來自海明威一戰時在義大利部隊服役的經歷。

也許安娜就是下一個，誰曉得？她父親可以重新創造她，比之前更好全新版本的安娜。她永遠不會老，永遠不會生病。也許那就是他們派理查來的原因，如果他發生什麼事，造物主可以直接創造另一個。

一切都沒有差別了。我們在采馬特等他，趁半夜在一條偏僻的小巷殺了他。

「嘿，理查！」

「湯瑪士、湯瑪士．艾比！怎麼在這裡碰到你！」

他手中拿把鋸齒長刀，努力藏在身側。他露出笑容，轉頭四顧，朝我走來，以防我朋友出現在周圍。

理查離我一、兩公尺時，我爸從我身後的陰影中走出，輕鬆地說：「要我替你拿帽子嗎，孩子？」

我尖聲大笑，一槍正中理查可悲又震驚的臉。

歡笑國度

作　　者　強納森・卡洛
譯　　者　章晉唯
封面設計　劉孟宗
內頁排版　高巧怡
行銷企劃　陳慧敏、蕭浩仰
行銷統籌　駱漢琦
業務發行　邱紹溢
營運顧問　郭其彬
特約編輯　蔡欣育
總 編 輯　李亞南
出　　版　漫遊者文化事業股份有限公司
地　　址　台北市松山區復興北路331號4樓
電　　話　(02) 2715-2022
傳　　真　(02) 2715-2021
服務信箱　service@azothbooks.com
網路書店　www.azothbooks.com
臉　　書　www.facebook.com/azothbooks.read
營運統籌　大雁文化事業股份有限公司
地　　址　台北市松山區復興北路333號11樓之4
劃撥帳號　50022001
戶　　名　漫遊者文化事業股份有限公司
初　　版　2023年03月
定　　價　台幣450元

ISBN　978-986-489-762-9

國家圖書館出版品預行編目 (CIP) 資料

歡笑國度／強納森・卡洛（Jonathan Carroll）著；章晉唯譯 .—初版 .—台北市：漫遊者文化初版：大雁文化發行, 2023.03
328 面 ; 14.8 × 21 公分
譯自：The Land of Laughs
ISBN 978-986-489-762-9(平裝)

874.57　　112001546